문화문고 014

우리 설화[說話] 1

천년의 사랑을 품다

김동주 편역

傳統文化硏究會

우리 설화1

문화문고 **천년의 사랑을 품다**　　　　정가 10,000원

2014년 10월 30일 초판 인쇄
2014년 11월 10일 초판 발행

편　 역 김동주

기　 획 이계황

편　 집 남현희

교　 정 박상수 · 하정원

출　 판 김주현

관　 리 함명숙

보　 급 서원영

발행인 이계황

발행처 (사)전통문화연구회

　서울시 종로구 낙원동 284-6 낙원빌딩 411호

　전화 : 02-762-8401 전송 : 02-747-0083

　사이버書堂 : cyberseodang.or.kr

　온라인서점 : book.cyberseodang.or.kr

　전자우편 : juntong@juntong.or.kr

등　 록 : 1989. 7. 3. 제1-936호

인쇄처 : 한국법령정보주식회사(02-462-3860)

총　 판 : 한국출판협동조합(070-7119-1750)

ISBN 979-11-85856-13-1 04810

　　　 978-89-91720-76-3(세트)

간행사

　본회는 한국고전의 연구와 번역의 선결과제先決課題로, 동양고전의 협동연구번역과 on-off 라인을 통한 교육을 해온 지 20여 년이 되었다. 이는 우리의 역사歷史와 문화文化를 깊이 이해하기 위하여 동양의 역사와 문화를 총체적으로 조명하여야 한다는 취지에서이다.

　그런데 동서양 고전에 대해서 그 중요성은 인정하고 있지만, 특히 한국과 동양의 한문고전은 지식인이나 일반인은 물론 전문가조차 해독하기 어려워 일본이나 중국의 번역본을 중역하는 상황이었고, 동양고전은 현대화가 늦어져 이제야 본격적인 작업을 하고 있다.

　오늘날 각계의 교류가 긴밀히 이루어지면서 세계가 하나로 되는 상황에 이르러, 우리 국민의 역사·문화 의식이 한국에서 동양으로, 또 세계로 지향해야 하는 시급한 시대가 다가왔다.

　그러나 세계로의 지향이 서구화의 다른 이름이고 우리로서는 허상일 수 있음을 주의해야겠지만, 우리와 동양의 자주성과 자존의 아집도 경계하여 새로운 그 무엇을 그려내야 할 것이다. 이를 위해서는 일차적으로 한韓·중中·일日이 삼국양립三國兩立에서 발전하여 삼국정립三國鼎立을 이룸으로써, 치욕의 역사에서 벗어나 안정과 발전의 기반을 마련해야 할 것이다.

　본회는 이러한 상황에서 1차적인 준비로 '동양문화총서'를 몇

권 간행한 바 있으나, 이 계획의 충실을 기하기 위해서는 한 손에는 연구, 다른 한 손에는 보급이라는 과제를 좀 더 확실히 해결하지 않으면 안 된다. 이러한 문화 보급의 취지에서 앞으로 국민의 전체적인 수준 향상을 위하여 '사서四書'의 문고화를 시작으로, 우리와 동양에서부터 서양의 고전과 인물과 문화에 관한 '문화문고' 간행의 출발점으로 삼고자 하는 것이다.

대체로 문고는 연구서에 비하면 2차적 작품이므로, 해석과 주석 등을 본문에 녹여서 중등학생 수준의 독자가 읽어서 이해되도록 하려고 한다. 그러나 특수한 분야나 전문적인 것도 필요한 것이다. 또한 시대에 부응하여 편리하며 염가로 읽힐 수 있는 '전자출판'도 겸행할 예정이다.

구미歐美의 유명한 문고본이 끼친 세계 문화적 영향이나, 이웃 일본의 교양과 지식이 이와나미문고岩波文庫에서 나왔다는 사실을 기억해야겠다. 우리나라의 문고본은 그간 부침浮沈이 있었으나, 여러 분의 서가에도 상당수 있듯이 그 공헌은 인정하지 않을 수 없다.

앞으로 우리는 동양고전의 번역 및 교육사업과 함께 통섭적統攝的 방법으로, 국가경쟁력을 키우고 문예부흥을 개막하는 계획의 꿈도 이루기 위하여 지혜를 모아 헌신할 것을 다짐하며, 이에 각계의 관심과 지원을 기대한다.

전통문화연구회 회장 이계황

이 책에 대하여

해방 이후 학계에서 설화說話에 대한 논의가 활발하게 이루어졌다. 설화는 문학文學뿐만 아니라 역사歷史·사회社會·문화文化 등의 제반 연구에 대한 기초적인 자료로 활용할 수 있어, 지속적인 관심이 이루어져야 한다. 그러나 아쉽게도 아직까지도 다소 지엽적인 연구에 치우치는 경향이 있어서, 설화 본연의 모습을 있는 그대로 보여주고 있지 못하고, 이로 인해 설화에 대한 독자층이 전문 연구자나 관심을 갖고 있는 소수에 국한되어 있다.

이러한 이유로 필자는 여러 해에 걸쳐 설화문학자료를 섭렵하고 재정리하여, 1997년 ≪설화문학총서≫(총 5책)라는 책명으로 출간하였다. 그 당시 각종 방송국·신문사에서 ≪설화문학총서≫를 다투어 소개하고 필자를 취재해 보도하여 큰 이슈가 되기도 하였다.

≪설화문학총서≫가 출간된 지도 벌써 20년이 다 되어간다. 당시에도 한문漢文에 익숙한 독자층이 많지 않았지만, 요사이는 더욱 보기 드물어졌다. 그나마 몇몇 기관들이 한문학漢文學을 우리 국문학國文學의 귀중한 유산이라고 중시하고, 한문학을 전공하는 연구자와 학생들에게 지대한 영향을 끼쳐, 한문학의 명맥이 근근이 이어져오고 있다.

근래에 한문학을 고리타분하고 소수의 학자들만 영유하는 산물이 아닌, 친숙하게 일반 독자층에게도 다가갈 수 있도록 하는 시도가 필요하다는 의견이 대두되기 시작하였다. 이와 연관하여 ≪설화문학총서≫도 일반 독자층을 겨냥하여, 쉽고 재미있는 이야기만을 간추려 문고로 재출간하는 것이 어떠냐는 제안이 있었다. 평소 필자도 한문학이 소수 지식층의 고급문화라는 고정관념을 깨고, 일반 대중들과 호흡할 수 있는 소통의 장場이 필요하다는 생각을 하고 있어서, 흔쾌히 동의하였다.

이를 위해서 이 책에는 대중들이 좋아할 만한 이야기를 재선정하고, 옛날이야기를 전해 듣는 분위기를 살리면서도 쉽게 이해할 수 있는 문체文體로 재구성하였다. 이러한 과정을 통하여, 옛사람들이 달빛이 비취는 고요한 밤에, 사랑방에서 옹기종기 모여 주로 나누었을 법한 '진솔한 사랑이야기'와 '해학적諧謔的이고 골계미滑稽美 넘치는 이야기'를 주제로 엮어 보았다.

그런데 이 이야기들 중에는 등장인물이 실제 역사상 존재하였던 인물과 성명이나 배경 면에서 유사한 점이 있기도 하다. 그러나 구전설화口傳說話의 성격상 과장이나 허구적인 내용이 있기에 독자들이 사실로 받아들일 염려도 있다. 그리하여 자료의 출전에 대해서만이라도 부록으로 간략히 소개하였음을 밝힌다.

이 책을 읽는 독자들이 선인들의 생활상을 이해하면서 그들의 정서를 이어받아, 4천만 모두가 이야기꾼이 되어 우리문학에 꽃을 피우는 데 일조할 수 있기를 기대해본다.

일러두기

1. 본서는 동서양東西洋의 중요한 고전古典, 인물人物, 문화文化에 관한 모든 국민의 교양도서로, 미래 한국의 양식良識 기반을 구축하기 위한 문화문고文化文庫이다.

2. 본서는 본회에서 간행한 ≪설화문학총서≫(김주동金東柱 편역編譯, 전 5책) 중 유익하고 재미있는 이야기를 선별하여 2책으로 구성하였다.

   1책에는 옛사람들의 진솔한 애정을 다룬 이야기들을 수록하였고, 2책에는 선조들의 전통적인 인간상을 보여주는 내용들을 모아 엮었다.

3. 고어투古語套 표현은 현대인이 이해하기 쉽게 윤문하였고, 설명이 필요한 용어는 ( ) 안에 간략한 설명을 달았다.

4. 이 책에 수록된 이야기들의 원출전原出典들에 대해서는 부록에 간략하게 설명하여 첨부하였다.

5. 고유명사 및 주요 어휘는 독자의 문장 이해를 위하여 한자漢字를 병기하였다.

6. 본서에 사용된 주요 부호符號는 다음과 같다.

   " ": 대화, 인용

' ' : 재인용, 강조

( ) : 간단한 주석註釋

≪ ≫ : 서명書名

〈 〉 : 편장명篇章名, 작품명作品名

〔 〕 : 관용구慣用句, 보충 원문原文

9

목 차

간행사

이 책에 대하여

일러두기

1. 양녕대군讓寧大君과 기생 정향丁香

양녕대군은 태종대왕의 맏아들로, 처음에는 세자에 책봉이 되었으나 둘째 동생에게 주周나라 문왕文王과 같은 덕이 있음을 보고 첫째 동생인 효령대군孝寧大君과 함께 왕위를 양보하기로 하였다.

이에 양녕대군은 질병이 있다고 핑계를 대고 호방한 무리들을 모아 토끼를 몰고 여우를 잡는 등 날마다 사냥을 일삼았고, 효령대군은 승려들과 보시를 청하는 권선문勸善文을 써서 쌀과 재물을 모으는 등 불도佛道를 신봉하였다. 이들 형제는 이렇게 하여 결국 왕위를 셋째에게 양보하였으니, 이분이 바로 세종대왕世宗大王으로 진정 동방의 성인聖人이었다. 또한 두 대군에게는 아우인 문왕에게 왕위를 양보한 태백泰伯·우중虞仲과 같은 덕이 있었다고 할 수 있겠다.

세종 임금이 즉위한 뒤로 덕정德政이 펼쳐져 해마다 풍년이 들고 만물이 번성하여 팔도 백성 모두가 태평성대를 노래하였다.

하루는 양녕대군이 세종 임금에게 아뢰었다.

"평안도는 우리나라의 명승지라, 산천이 수려하여 경치가 매우 아름답습니다. 신臣은 서너 달 말미를 얻어 한번 평양의 을밀대乙密臺에 가서 기자箕子의 유허지遺墟地를 보고 그 길로 성천成川으로 가서 무산巫山 열두 봉우리의 선경仙景을 바라보고 돌아오는 것이 소원이옵니다."

"평안도는 본시 화류지향花柳之鄕(기생妓生이 많이 있는 고을)이니 혹시 주색酒色에 몸을 상할까 염려되어 감히 허락하지 못하겠습니다."

"성상聖上의 가르침이 이와 같으시니 신은 주색을 조심하고 돌아오겠습니다."

"술은 사람을 미치광이로 만드는 약물이라 입에 대면 마음이 상하고, 여색女色은 요사한 여우와 같아 눈에 접하면 정신이 혼미해집니다. 비록 조행操行이 있는 군자라 하더라도 미혹되지 않을 자 적은데, 하물며 풍류남아로 혈기 왕성한 젊은 사람이야 말할 게 있겠습니까? 여색을 조심하겠다는 말씀을 저는 감히 믿지 못하겠습니다."

양녕대군은 계속 아뢰었다.

"전하께서 우애하는 정의로 이처럼 지나치게 염려하시는 것입니다. 신은 맹세컨대, 전하의 말씀을 우러러 깊이 생각하여 위로는 하늘을 속이지 않고 안으로는 마음을 속이지 않으며 천만 번 근신하고 돌아오겠습니다."

세종 임금은 양녕대군의 뜻을 막기 어려움을 알고 마지못해 허락하면서 말했다.

"만일 여색을 조심하고 탈 없이 돌아오신다면 제가 반드시 친히 숭례문崇禮文 밖에서 영접하여 3일 동안 잔치를 베풀겠습니다."

양녕대군은 황공하여 감격을 이기지 못했다.

"성상께서 이렇게까지 간곡하게 말씀하시는데 어찌 감히 분부를 받들지 않겠습니까?"

양녕대군은 세종 임금에게 하직하고 나서 즉시 엄중한 내용을 적은 공문을 행로의 각 고을과 평양 전체의 수령들에게 띄웠다.

"노소老少를 막론하고 명색이 여자라는 것과 청탁淸濁을 막론하고 명색이 술이라는 것을 만일 내 눈 앞 가까이에 있게 하면 해당 수령은 관직을 삭탈하고 삼공형三公兄(고을의 호장·이방·수형리首刑吏의 세 관속)은 모두 매로 쳐 죽일 것이다."

각 고을 수령들은 이 공문을 보고 모두들 두려워하였다.

"대군의 위엄이 참으로 무섭다."

아전들은 온통 벌벌 떨면서 백성들에게 분부하였다.

"대군이 행차할 때에는 비록 늙은 부인이나 거지 여자라 하더라도 구경하지 말고, 시골에서 만든 막걸리를 각별히 경계하라."

세종 임금은 양녕대군을 보내놓고 나서 속으로 생각하였다.

'형님은 젊은 풍류객으로 평안도 같은 아름다운 지방에 가서서, 아무리 좋은 산천경개가 있다 하더라도 술 한잔 못 마시고 여자 하나 가까이 못하고 돌아오신다면 뒤에 필시 일생을 두고 한으로 여기실 것이다.'

그래서 드디어 평안도의 각 고을에 밀지를 내렸다.

"만일 수령 중에 나의 형님께 일등 가는 기생을 동침시켜 집을 떠나 억제하기 어려운 풍정風情을 풀어드리고 좋은 음식과 향기로운 술을 대접하여 쓸쓸한 나그네의 회포를 달래준다면 그 수령은 두 계급을 올려 차서에 관계없이 발탁해 쓰리라."

평안도 수령들은 이미 주색을 가까이 대지 말라는 양녕대군의 공문을 받았는데, 또 다시 미색美色을 동침시키라는 세종 임금의 분부를 받자 이렇게 하기도 저렇게 하기도 어려운 진퇴양난進退兩難에 처해 어떻게 해야 할지 도무지 계책이 서지 않았다. 임금의 분부를 받들지 않으면 문책이 없지 않을 것이고 만일 대군의 위엄을 범한다면 죽음이 당장 닥칠 것이니, 두려워서 몸을 움츠리지 않는 자가 없었다.

감사와 서윤庶尹(관윤判尹을 보좌하는 벼슬아치)이 여러 기생에게 물었다.

"너희 중에 누가 한번 대군을 모실 수 있겠느냐?"

"차라리 주린 범의 아가리를 가까이하지 대군의 위엄은 범할 수 없습니다."

모두들 머리를 흔들었다.

재주가 뛰어난 정향丁香이란 기생이 있었다. 나이는 갓 열여섯이 되었는데 미색이 평안도에서 으뜸이고 또한 기특한 꾀도 있었던지라, 그녀가 자청하고 나섰다.

"제가 한번 대군을 모셔서 명승지라 이름난 곳을 무색하게 만들지 않겠습니다."

그리고 드디어 꾀 하나를 말해주니, 감사와 서윤은 무척이나 기특하게 여겼다.

이튿날 객사客舍의 정남쪽 담 한 쪽을 마치 비바람에 손상된 것처럼 허물고 담 밖에 집 한 채를 수리하여 정향이 거처할 집으로 만들었다. 또 통인通引(잔심부름하는 어린 아전) 중에서 용모가 가장 수려한 자를 골라 의복을 곱고 단정하게 입혀놓고 대군의 행차를 기다렸다.

며칠 뒤 양녕대군이 평양에 당도하였다. 10리나 뻗은 백사장에 푸른 버들은 숲을 이루고 맑은 강에는 비단처럼 빛나는 물결이 일고 갈매기가 헤엄치듯 날아다니며, 어부들의 노랫소리와 목동들의 피리소리는 여기저기에서 들렸다. 양녕대군은 대동문루大同門樓에 올라가 창문에 기대서서,

"참으로 제일강산第一江山이라 할 만하구나."

라고 찬탄을 아끼지 않았다.

양녕대군이 객사로 돌아올 때 네거리의 좌우에 웅장한 집들이 줄줄이 이어졌는데, 한 사람도 엿보는 자가 없는 것을 보고 경계가 엄하다는 것을 알았다. 객사로 들어와 앉아서 사방의 산들을 두루 바라보니 눈 돌리는 곳마다 몹시 아름다웠다. 남쪽 이웃 북쪽 집이며 동쪽 마을 서쪽 집들이 멀기도 하고 가깝기도 한데 피리소리와 노랫소리가 요란스러웠건만, 대군이 앉아 있는 곳만은 너무도 고요하여 흥미가 한 푼어치도 없었다.

조금 후에 감사가 앞으로 와서 절을 올리고 큰 상을 내왔지만 진수성찬인데도 별맛이 없었다. 감사가 절하고 말했다.

"달콤한 홍로주紅露酒와 계당주桂糖酒가 비록 이 지방의 아름다운 술이오나 엄한 공문이 내려진 마당이라 감히 올리지 못하옵고 오직 밥알이 뜬 향기로운 단술을 대신 드리게 되어 매우 죄송스

럽습니다."

"술은 금했지만 단술이야 뭐 상관이 있겠소."

드디어 한 잔을 들이키니 맛은 극히 달고 취하는 기운 또한 얼얼하였다. 양녕대군은 오랫동안 적적하던 참이라 비록 속임을 당한 줄을 알면서도, 탓하지 않고 결국 몇 잔을 기울이고 말았다.

감사가 감영으로 돌아가고 날이 어두워지자, 밥 짓는 연기가 성안에 가득하고 담이 허물어진 곳에서도 저녁연기가 일어났다.

두세 명의 통인이 좌우에 모시고 서 있는데 그중 한 아이는 의복이 선명하고 용모가 매우 아름다웠다. 양녕대군은 그 아이를 몹시 사랑하여 물었다.

"네 나이 몇인고?"

그 통인은 꿇어앉아서 대답하였다.

"15세이옵니다."

양녕대군은 속으로 생각하였다.

'내가 사는 서울에는 본래 인물이 많으나 일찍이 이와 같은 아이를 보지 못하였다. 남자도 이와 같이 아름다운데 하물며 여자야 오죽하겠는가. 평양에 인물이 있다는 것을 비로소 믿겠구나.'

조금 후에 담이 무너진 곳에서 고양이 한 마리가 닭다리를 물고 달려나와 양녕대군이 앉아 있는 마루 밑으로 들어가려 했다. 그리고 그 뒤에 어떤 여자가 장대를 들고 고양이를 쫓아서 뜰 가운데까지 이르렀다가 좌우에 있는 나졸羅卒들이 큰 소리로 꾸짖자 멈춰섰다.

양녕대군이 나졸을 시켜 그 여자를 끌고 오게 하니 나이는 17, 8세쯤 되어 보였는데 용모가 아주 뛰어났다. 그녀는 소복을 입고 뜰 아래에 꿇어앉아서 울며 하소연했다.

"소녀는 금년 18세이옵니다. 남편을 잃고 혼자 산 지 반년도 못 되었는데 저 요망한 고양이가 죽은 남편의 상식上食에 쓸 닭다리를 물고 가기에 분한 나머지 지엄하신 분이 마루 위에 계신 줄도 모르고 그만 이렇게 죽을죄를 지었으니 죽을 목숨을 살려주시기 비옵니다."

꾀꼬리처럼 혀를 교묘하게 놀리니 아름다운 목소리가 구슬퍼 말마다 애처롭고 소리마다 슬펐다.

구름 같은 머리는 치렁거리고 구슬 같은 눈물은 뺨을 적시니, 예쁜 자태와 고운 말소리가 굳은 마음을 녹였다.

양녕대군은 이미 그 통인의 아름다움을 보았고 또 그 누이의 용모를 생각하던 터라 그녀를 살려줄 작정으로 다시 물었다.

"과연 관가에서 엄하게 경계하였다면 어찌 이와 같은 일이 있었겠느냐?"

그 통인은 또 대답했다.

"평양 성안 사람들은 모두 대동강물을 이용합니다. 그래서 물 긷고 빨래하는 고운 옷 입은 여인들이 줄을 잇는데 오희吳姬와 월녀越女의 어여쁜 자색도 이보다는 못했을 것입니다. 그런데 행차하실 때 모습을 드러낸 자가 한 사람도 없었던 것은 실제로 관가의 단속이 엄하였기 때문입니다. 팔자 사나운 누이가 망각하고 죽을죄를 범하였으니 하늘을 어찌 원망하며 사람을 어찌 탓하오리까? 소인이 대신 뜰 아래에서 죽어 누이를 대신하여 속죄하고 싶사옵니다."

"그렇다면 본관의 탓이 아니고 네 누이가 망각한 때문이구나."

이때는 춘삼월 호시절이라 성에 가득한 화려한 집에 푸른 대나무와 붉은 살구꽃이 마치 비단에 수를 놓은 병풍같았다. 길고 짧은 노랫소리가 구슬프고 호방한 관현악기 소리들이 집집마다 시끄러운 것으로 보아, 노래하고 거문고 뜯는 기녀들의 번화한 때임을 알 수 있었다.

날이 저물자 양녕대군은 나졸들을 모두 물린 뒤 통인 두셋만 거느리고 초 한 자루 켜놓은 채 외로이 앉아 있으려니, 머릿속에는 온통 고양이를 쫓아온 젊은 여인 생각뿐이었다. 다른 통인들은 병풍 뒤에서 쓰러져 자고 한 통인만이 모시고 서 있으니, 양녕대군은 그 통인과 가까이 앉아서 물었다.

"너희 집은 어떠한고?"

"부모는 다 돌아가시고 집도 매우 가난합니다."

"그런데 너의 의복이 어찌 그렇게도 몹시 아름다우냐?"

"소인은 다른 형제는 없고 누이와 함께 저 헐어진 담 밖에서 살고 있사옵니다. 누이의 바느질 솜씨가 평양성에서 제일이므로 남에게 옷을 지어주고 품삯을 받아 연명하고 있사옵니다. 소인이 입은 의복도 누이의 솜씨로 지은 것입니다."

남매 두 사람만이 서로 의지하고 살아갈 뿐이라는 말을 듣고,

양녕대군이 가만히 생각하기를 '자색이 아름답고 재주가 특이하니 참으로 훌륭한 여자인데 다만 팔자가 기구한 것이 애석하구나!' 하고 다시 물었다.

"너의 집은 크냐?"

"담 밖에 달팽이 껍질만 한 집이 바로 소인의 집이옵니다."

조금 후에 담 밖에서 나던 노랫소리와 거문고 소리가 점점 멎고 사람의 말소리와 말의 울음소리도 그쳤으므로 밤이 이미 깊은 것을 알 수 있었다. 곁에 있던 통인도 머리를 떨구고 잠이 들었다.

양녕대군은 계단 위에서 배회하다가 이내 계단을 내려가 마당에서 산보를 하였다. 이때는 달빛이 낮처럼 밝고 북두칠성北斗七星이 난간에 비껴 있었다. 소복에 아름다운 자태가 끊임없이 눈앞에 어른거리고, 울며 하소연하던 부드러운 목소리가 귓가에 완연하였다. 잊으려고 해도 잊기 어려웠고 생각하지 않아도 저절로 생각이 났다. 결국 아무도 모르게 결심했다.

"내 한번 그녀의 집을 보리라."

그런데 막상 나가려고 하였으나 나가지 못하고 혹 남이 알까 싶어서 오랫동안 머뭇거리고 있었다. 때는 자정이라 온 천지가 고요하였다.

양녕대군은 결심을 하고 드디어 앞으로 나아갔다. 한 걸음 옮기면서 열 번이나 뒤를 돌아보고, 두 걸음 옮기면서 천 번이나 뒤를 돌아보았다. 발을 들어 사뿐히 걸었으나 그래도 신발소리가 났다. 그래서 아예 신까지 벗어버렸다. 담이 허물어진 근처에 이르러 보니, 과연 통인의 말처럼 달팽이 껍질만 한 작은 집이 있었다. 양녕대군은 그 집이 고양이를 쫓아온 여인의 집임을 알아보고 사립문을 살며시 열고 들어가니, 등불이 문틈으로 새어나왔다. 드디어 창문을 뚫고 들여다보았더니, 그녀가 등불 아래에 혼자 앉았는데 분명 선녀仙女의 풍도風度가 있었다. 참으로 이른바 물고기가 놀라고 꽃이 부끄러워할 정도의 미색이었다.

양녕대군은 보자마자 춘심春心이 동하고 광혼狂魂이 촉발하여 냅다 방문을 밀치고 들어갔다. 그녀가 몸을 돌려 대군을 보니, 용의容儀는 장엄莊嚴하여 만 길의 산악과 같고 기상氣像은 청수淸秀하여 천 길의 무지개와 같았다. 놀라 떨며 구석으로 몸을 숨기고 실낱같은 목소리로 말했다.

"어떤 사람이 야밤에 과부의 방을 들어오는 것이오?"

"별사람 아니라 바로 저녁에 온 대군이니라."

그녀는 더욱 황송하였다.

"대군께서 행차하신 것입니까? 이처럼 존귀하신 분께서 이리도 누추한 곳을 찾아주시니 황송하여 몸둘 바를 모르겠습니다."

"대군도 사람이니 겁낼 필요 없느니라. 연약한 몸이 상할까 염려스럽구나."

"죽더라도 애석할 것이 없는데 몸이 상하는 것을 어찌 염려하오리까?"

그녀는 이렇게 말하면서 애걸하였다.

"소첩은 양가良家의 딸이옵니다. 지아비가 죽던 날 곧장 따라 죽으려 하였으나 소첩이 죽으면 죽은 지아비의 혼령과 나이 어린 동생이 의탁할 곳이 없겠기에 생각 끝에 죽지 못하고 우선 동생이 장가들기만을 기다리며 고통을 참고 수절守節하고 있습니다. 어찌 대감께서 여기에 오셔서 저를 떨게 하실 줄을 생각이나 하였겠사옵니까? 차라리 죽을지언정 분부를 따르지 못하겠사옵니다."

"내 네 동생의 말을 들어 너의 높은 절개節概와 문벌門閥을 알았노라. 그러나 내 하찮지 않은 몸으로 이미 여기에 왔는데 어떻게 차마 헛걸음할 수 있겠느냐?"

"소첩이 비록 어리석다 하더라도 어찌 대감의 존귀함을 모르오리까? 다만 소첩의 지아비가 나이 겨우 10여 세로 부부의 이치를 알지 못하고 혼례를 올린 지 몇 달 만에 갑자기 죽었는데 지금 거의 반년이 되었습니다. 다만 이 몸을 돌아보면 큰 인륜이 이미 정해졌기에 한번 죽기를 맹세하였습니다. 삼가 비옵건대, 대감께서는 불쌍히 여기고 용서하시어 한 절개를 끝까지 지키도록 해주옵소서. 사람이 비천하다 하여 가문의 부끄러움이 되지 않게 해주옵소서."

양녕대군은 드디어 앞으로 다가가서 그녀의 손을 덥석 잡고 위로하였다.

"높구나, 그 절개! 애석하구나, 그 용모! 나이 지금 몇인데 이처럼 가련한 인생이 되었는고? 너는 지금 청춘이고 나도 소년이니라. 네 청춘의 나이로 어찌 차마 백 년을 헛되이 늙을 수 있겠으며, 내 젊은 기개로 어찌 차마 좋은 밤을 헛되이 보낼 수 있겠느냐?"

그녀는 울면서 애걸하였다.

"변절하는 날이 바로 지아비를 배신하는 날이옵니다. 지아비를 배신한 여자를 어디에 쓰겠습니까? 달게 죽겠습니다."

말을 마치자마자 그녀는 벽에서 은장도銀粧刀를 뽑아 자결하려고 하였다. 양녕대군은 황급히 그 칼을 빼앗아 던지고는 손으로 그녀의 눈물을 씻어주었다. 그러나 마음이 조급하여 다시 그녀의 뜻을 떠보았다.

"그렇다면 나는 병이 날 것인데 어떻게 하지? 너는 과연 나의 목숨을 구해주지 않을 셈이냐?"

그녀는 길게 한숨 쉬고는 옷깃을 여미고 단정히 앉아서 말했다.

"황공하고, 황공하옵니다. 천첩의 몸을 돌아보면 벌레만도 못하온데 대군께서 천상天上의 신선神仙처럼 강림하셨으니 이보다 존귀한 분이 없사옵니다. 이처럼 목숨 운운하신 분부가 계시는데 어찌 감히 소첩의 천한 몸으로 대감의 목숨을 구하지 않을 수 있겠사옵니까? 지금 엄한 분부를 받으니 황공하고, 황공하옵니다. 만 번 죽어도 어찌 사양하겠사옵니까? 오직 대감의 분부대로 하오리다."

양녕대군은 크게 기뻐하고 드디어 그녀와 동침을 하였는데, 마치 후한後漢의 유신劉晨과 완조阮肇가 천태산天台山에서 약을 캐다가 선녀를 만난 것과 같았다. 두터운 정을 나누자마자 혹시 통인이 알아차릴까 염려되어 즉시 객사로 돌아갔다. 이때 감사와 서윤은 좌우에서 엿보고 은밀히 내통해준 기별을 통해 이미 대군의 동정을 알고 있었다. 대군이 객사로 돌아간 뒤에 정향은 바로 관가로 들어가서 대군과 동침한 사실을 낱낱이 고하였다. 감사와 서윤이 말했다.

"어둠 속에서 행해진 일은 증거가 없으니 네가 기필코 양녕대군의 필적을 얻어낸 뒤에야 상감에게 아뢸 수 있을 것이다."

그러자 정향이 말했다.

"원컨대, 사또께서 대군의 행차를 만류하여 며칠만 머물게 해주시면 자연스레 방법이 생길 것입니다."

"그렇게 하지."

감사가 응낙하고 이튿날 들어가서 문안을 할 때 조용히 대군에게 말했다.

"소신이 관할한 평양성 안팎에는 유람할 곳이 많으니, 원컨대며칠 머무시면서 두루 산천山川을 구경하시는 것이 어떻겠습니까?"

양녕대군은 속으로 밤에 있을 일을 생각한지라 기쁜 기색으로 답하였다.

"나의 이번 걸음은 본래 경치를 유람하기 위한 것이오. 도백道伯의 말씀이 정말 나의 뜻에 합치하오."

그리하여 며칠을 머물면서 낮에는 밤을 기다리고 밤에는 매양 그녀의 집에 갔다. 은밀히 나누는 애정이 단술 같고 꿀 같았는데 정향은 잠자리에서 또 온갖 교태로써 대군의 마음을 기쁘게 하였다. 대군은 날로 더욱 빠져들어서 이미 10여 일이 지난 줄도 깨닫지 못하였다.

이윽고 봄과 여름이 교차하는 시기가 되자, 양녕대군은 다음날 성천成川으로 떠나려고 마음먹고 밤에 정향의 집에 가니, 정향은 잠자리에서 양녕대군에게 말했다.

"대감께서 돌아가시는 날 소첩은 서울로 따라가서 밥 짓고 물 긷는 여비가 되어 일생을 마치기를 원하옵니다."

"안 될 말이야. 내가 상감께 하직인사를 드릴 때 상감께서 친히 여색을 조심하라는 분부를 내리셨기에, 전일의 엄한 공문을 보냈던 것이다. 지금 너와 이 좋은 만남을 가진 것은 실로 상감의 분부를 어기는 짓이야. 체모를 손상하여 내 마음이 두렵고 부끄러운데 어떻게 데리고 갈 길이 있겠느냐?"

정향은 흐느껴 울며 말했다.

"그렇다면 소첩의 일생은 이로부터 그릇될 것입니다. 이것이 운명입니까? 위엄이 겁나 절개를 버렸으니 비록 지하에 간다 해도 다시 지아비를 볼 면목이 없습니다. 마치 담 밑의 꽃 한 가지가 농락을 당하다가 문득 진흙 속에 버려져 쇠잔한 꽃이 된 것과 같사옵니다. 살아서는 의지할 데가 없고 죽어서도 돌아갈 곳이 없어 공연히 주인 없는 외로운 넋이 되겠으니 어찌 망극하지 않겠사옵니까?"

이내 옥처럼 아름다운 얼굴을 대군의 앞가슴에 비비면서 목이 메도록 울었다. 흐느끼는 숨소리는 입 안을 벗어나지 않고 우는 소리는 실낱과 같아 곧 끊어질 듯하였다. 양녕대군은 정향의 등을 어루만지고 정향의 눈물을 씻어주면서 백방으로 위로하였다.

"헛되이 슬퍼하여 꽃 같은 얼굴을 상하게 하지 말라. 생전에 어찌 다시 만날 날이 없겠느냐?"

"소첩은 이미 따라갈 길이 없고 대감께서도 다시 오실 날이 없을 것이니, 생전에는 오로지 애달픈 생각으로 지새우는 날만 계속될 것입니다. 봄꽃과 가을달은 공연히 창자를 에는 빛이 되고, 조각구름과 쇠잔한 비는 부질없이 넋을 사그라지게 하는 도구가 될 것입니다. 긴긴 세월을 어떻게 보내겠사옵니까?

신윤복申潤福 〈후원탄금도後園彈琴圖〉

소첩이 듣기에 서울은 인물의 고장이라 대감집들마다 얼굴이 아름다운 양가의 딸들을 뽑아 후실後室에 채워놓는다 하니, 대감께서 서울로 돌아가시고 나면 비단 치마폭에 둘러싸이고 지분脂粉 내음 속에 빠져계실 텐데 어찌 다시 소첩을 생각이나 하시겠습니

까? 무염無鹽(전국시대 제齊나라 무염 땅의 추녀醜女 종리춘鍾離春) 같은 소
첩은 공연히 황천의 외로운 넋이 될 것인데 어찌 슬프지 않겠으
며, 어찌 애처롭지 않겠사옵니까?"

슬픈 태도와 애처로운 말은 장부의 심장을 가를 만하였다. 양
녕대군도 슬픈 마음을 이기지 못하여 애정 어린 눈물이 고인 채
로 어렵사리 말문을 열었다.

"너는 어찌 가련한 형상을 하여 나의 마음을 산란케 하느냐?"

"일이 이미 이렇게 되었는데 말해 무엇하겠습니까? 원컨대, 소
첩을 위해 정을 표시하는 물건을 하나 주시어 후일에 마음을 위
로할 자료로 삼게 하시는 것이 어떻겠사옵니까?"

"그야 어렵지 않지. 노래를 불러줄까? 시를 지어줄까?"

"노래는 기녀들이 하는 일이니 원치 않사옵니다. 시 한 수를 얻
어 대감의 얼굴을 대신할 수 있게 해주옵소서."

양녕대군이 즉시 종이와 붓을 찾으니, 정향은 붓과 벼루 받들
어 올리면서 말했다.

"종이는 쉽게 찢어지니 소첩이 시집올 때 가져온 채색 치마의
안쪽에 써서 평생 동안 닳지도, 찢어지지도 않게 하여, 죽은 뒤에
구덩이에 같이 묻을 수 있게 해주옵소서."

"뜻 있는 말이구나. 애석한 정이구나."

양녕대군은 드디어 사운四韻 한 수를 치마의 속폭에 썼는데 그
시는 다음과 같다.

한번 이별하면

모습도 음성도 접하지 못하리니　　　　　　一別音容兩莫追

초대楚臺 어디에서 아름다운 기약 찾을까　　楚臺何處覓佳期

곱게 단장한 꽃다운 얼굴 누가 봐주리오　　粧成丰面人誰見

수심에 잠긴 붉은 낯 거울만이 알리라　　　愁殺紅顔鏡獨知

밤 달이 수놓은 베개 엿보는 것조차 싫은데　夜月猶嫌窺繡枕

새벽바람이

비단휘장을 들추는 건 무슨 뜻인가　　　　曉風何意捲羅帷

마지막 구절에 이르자 잠시 붓을 멈추고 물었다.

"네 이름이 무엇이냐?"

"소첩의 이름은 정향이옵니다."

그러자 다음과 같이 썼다.

뜰 앞에 마침 정향나무 서 있으니　　　　庭前幸有丁香樹

어찌 춘정春情에 겨워 굳이 꺾지 않으리　盍把春情强折枝

치마폭에 아직도 여백餘白이 있어 양녕대군은 또 오언五言 한 수를 다음과 같이 썼다.

이별하는 길엔 향기로운 구름 흩어지고　　別路香雲散

헤어진 정자엔 조각달만 걸렸어라　　　　離亭片月鉤

가련타 잠 못 이뤄 뒤척이는 밤에	可憐轉輾夜
뉘 다시 그대 수심 위로해 주리	誰復慰殘愁

양녕대군은 시를 다 쓰고 나서 정향에게 건네주어 간수하게 하였다.

이날 밤은 이별 생각에 잠겨 한숨도 잠을 이루지 못했다. 새벽닭은 벌써 세 번이나 울고 밤은 5경更이 되었다. 양녕대군은 결국 객사로 돌아왔고 이튿날 바로 성천으로 향하였다.

양녕대군이 떠난 뒤에 정향은 즉시 관가에 들어가 그 치마를 꺼내 보였다. 감사와 서윤은 크게 기뻐하고 곧 곱게 꾸민 상자를 구해 치마를 담아서 서울로 보냈다. 세종 임금은 친히 상자를 열어 치마에 적힌 시를 보고 매우 기특히 여겼다.

"이것은 과연 형님의 필적이다. 형님께서 사랑하신 여인을 어찌 기적妓籍에 그대로 둘 수 있겠는가. 즉시 평양에 공문을 띄워 정향을 태워 오게 하고 미리 집 한 채를 지어 정향의 처소를 만들어 놓고 대기하라."

얼마 후에 정향이 당도하여 궁궐에 들어가서 상감을 뵈었다. 세종 임금이 그녀를 보니, 하얀 손이며 붉은 얼굴이 참으로 국색國色이었다. 대군과 인연을 맺은 일을 물으니, 정향은 그 일을 자세히 아뢰었다. 세종 임금은 파안대소破顏大笑했다.

"기특하구나. 기특도 해. 참으로 재간 있는 여자로구나."

그리고 우선 정향을 궁중에 두고 양녕대군이 돌아오기를 기다렀다. 궁중의 여러 하인들은 모여서 정향을 보고 아연실색啞然失色하며 큰 소리로 칭찬하지 않는 자가 없었고 서로 돌아보며 말했다.

"참으로 낙포洛浦의 선녀仙女로구나."

한편, 양녕대군은 성천에 가서 산천을 두루 구경하고 돌아오는 길에 평양에 들러 다시 정향을 볼 수 있기를 기대했다. 객사에 들어가서 보았더니, 일전에 허물어졌던 담은 이미 높이 쌓아져 다시 통행할 길이 없었고, 시중들던 통인도 교체되었다.

양녕대군은 속으로 되뇌었다.

'담이 이미 높이 쌓여졌으니, 마루 밑의 날랜 고양이는 다시 반찬을 훔치지 못할 것이고, 마루 위의 광망狂妄한 손님은 다시 향기를 도둑질하지 못하겠구나.'

양녕대군은 자연 심기가 좋지 못하여 밤새도록 잠을 이루지 못하고 몰래 중얼거렸다.

"아! 정향은 필시 내가 온 줄을 알 것이다. 몇 길의 짧았던 담장이 갑자기 3천 리의 약수弱水처럼 되었으니 참으로 호사다마好事多魔로구나. 정향의 간장은 아마도 거의 끊어졌겠구나."

이튿날 드디어 서울로 향하였다. 양녕대군은 객사의 문 밖을 나와서 수레의 휘장을 높이 걷고 사방으로 성 안을 바라보았으나 정향이 거처하는 달팽이 껍질만 한 집은 큰 집에 가리어서 다시는 보이지 아니하였다. 양녕대군은 속으로 탄식하였다.

'저번 성천의 행차가 과연 영원한 이별이었으니 정향의 말이 참으로 틀린 말이 아니었구나. 아! 정향은 필시 담 틈으로 내가

지나가는 뒷모습을 바라볼 것이니 갑절이나 슬프구나.'

며칠 후에 양녕대군은 서울로 돌아왔다. 그가 아직 서울에 들어가기에 앞서, 문안을 드리는 승지承旨와 중사中使를 연달아 보내그들의 발길이 길에 끊이지 않았고 여색을 조심했다는 보고를 올리자, 세종 임금은 크게 기뻐하고 태상太常(봉상시奉常寺)과 아악서雅樂署 그리고 여러 고을의 명기名妓들에게 명하여 미리 음악을 익히고 또 잔치를 베풀 제반 준비를 하고 기다리게 하였다.

양녕대군의 행차가 모화관慕華館에 당도하자, 세종 임금은 드디어 숭례문 밖에 행차하여 양녕대군이 들어오기를 기다렸다. 이윽고 양녕대군이 이르러 관군官軍의 용위容威가 성대함을 보고서 상감이 친히 임어臨御하심을 알고는 멀리서부터 말에서 내리려고 하자, 한 중사가 진문陣門에 서서 왕명을 전하였다.

"말에서 내리지 말고 속히 오시도록 하라."

그리고 역졸驛卒에게 분부하여 조금도 멈추지 말고 빨리 달려들어오게 하였다. 양녕대군은 말에서 내리려 하였으나 되지 않자, 그대로 곧장 숭례문 앞에 이르러 비로소 수레에서 내려서 몸을 굽히고 들어가 절을 하였다. 세종 임금은 마루로 나가서 혼연히 맞이했다.

"먼 길을 평안히 갔다 오시니 천만 다행입니다."

양녕대군은 엎드려서 아뢰었다.

"외람되이 성상의 염려 덕분에 무사히 돌아왔습니다."

세종 임금은 양녕대군을 불러 앞으로 오게 하여 손을 잡고 가까이 다가가 앉아서 서로 오랫동안 이별한 회포를 풀었다. 직분으로는 비록 군신君臣이나 정리로는 실로 골육骨肉이었다. 그러므로 형제간의 화락한 정리는 붓으로 다 표현할 수 없었다. 세종 임금은 평안도의 산천풍물山川風物에 대해 자세히 물어보고 또 은근히 떠보았다.

"천태만상의 꽃떨기 속에 가셨다가 한 가지도 꺾지 못하고 돌아오셨으니, 후회하는 마음이 없으십니까?"

양녕대군은 엎드려서 대답했다.

"성상의 분부가 지중하온데 어찌 저버릴 수 있겠습니까? 또 아예 보지 않는 편이 낫겠기에 기생배들을 처음부터 근접하지 못하도록 엄금하였으니, 미색美色이 있었는지 없었는지조차 애초에 알지 못하니 절로 후회하는 마음이 생기지 않습니다."

세종 임금은 위로하였다.

이에 앞서 세종 임금은 양녕대군의 두 시를 악부樂府에 내려 관현管絃으로 곡을 붙이고 기생들에게 노래를 익히게 하였다.

이때 정향은 오랫동안 궁중에 있으면서 비단옷에 고량진미膏粱珍味를 먹었으므로 옥처럼 빼어난 용모가 전보다 백배나 수려해져서 전일의 정향이 아니었다.

이날 세종 임금은 정향더러 여러 기생들 속에 끼어 앉아서 양녕대군의 동정을 보게 하였는데, 양녕대군은 임금과 가까운 자리에서 감히 눈을 돌려 훔쳐보지 못하는지라, 밤낮으로 이어진 연회였지만 낯이 여전히 익지 못하였다. 또한 천만 뜻밖의 일이라 전혀 생각지도 못하였던 것이다.

세종 임금은 술상을 올리게 한 다음, 악공은 음악을 연주하고 기생들은 노래를 부르게 하였다. 기생들은 양녕대군의 율시를 노래한 뒤 오언절구를 가지고 화답하였다. 양녕대군이 그 노래를 들어보니 바로 자기가 정향에게 준 시였다. 크게 의심하고 속으로 생각하였다.

'이 시가 어떻게 여기에 왔다지? 옛말에 「시인의 생각은 똑같다.」 하였으니 아마 옛날 사람이 먼저 나의 마음을 알아차리고 이 시를 지은 것이겠지?'

그렇게 생각하고 어리석게 반나절이 되도록 그 까닭을 알지 못하였다.

조금 후에 한 기생이 자리에서 일어났다. 선녀와 같은 자태는 사뿐 나는 꾀꼬리의 맵시도 따르지 못하였다. 그녀는 다시 휘장 뒤로 들어가서 새 옷으로 갈아입고 나와서 춤을 추었다. 춤소매가 너울너울 좌우로 회전할 때마다 문득 치마폭에 쓰인 시가 보이니 바로 자기의 필적이었다.

양녕대군은 술잔을 들어 마시려다가 상 위에 놓고 황망히 자리에서 일어나 머리를 조아리며 사죄하였다.

"소신이 평양에 갔을 때 과연 저 기생과 며칠 밤을 동침하였습니다. 성상을 속인 죄는 말할 것도 없이 장차 무슨 면목으로 다시 성상의 얼굴을 대할 수 있겠습니까?"

양녕대군은 이내 엎드리고 일어나지 아니하였다. 세종 임금은 황급히 가서 손을 잡아 일으키며 말했다.

"이것이 어찌 형님의 과실입니까? 제 죄입니다. 탓하지 말아주
소서."

그리고 그 밀교密教의 내용을 말해주고 억지로 양녕대군을 끌
어다가 다시 자리에 앉혔다. 그리고 정향에게 명하여 양녕대군 앞
에 가서 절을 하게 하였다. 정향은 살짝 부끄러움을 띤 모습으로
구름 같은 머리를 반쯤 옆으로 드리우고 곁에 모시고 섰다. 그 고
운 맵시와 천연스런 태도는 비할 수 없이 감동을 주었으니, 옛날
의 사랑과 새로 솟아난 정이 전보다 열 배나 더하였다.

세종 임금은 웃으며 말했다.

"형의 과실이니 아우의 죄니 하는 것은 더 이상 따질 필요가
없습니다. 정향은 재주와 지혜로써 우리 형제의 즐거움을 도왔으
니 참으로 재녀才女이면서 기교한 여자입니다. 오늘 만나시니 전
일 밤에 담을 넘어가 훔쳐보시던 것에 비해 어떠하신지요?"

양녕대군은 부끄러움이 아직 가시지 않아 빙긋이 웃으며 엎드
려 대답했다.

"앞에서 경계하고 뒤에서 생각해주는 것은 성상의 간절한 뜻에
서 나온 것입니다. 황송함과 감격함이 아울러 지극하니, 그 은혜
를 어떻게 갚아야 할지 모르겠사옵니다."

세종 임금은 정향을 앞으로 불러서 상으로 금은보화를 후하게
내리고, 휘장이며 그릇이며 쌀이며 베 등 여러 물품을 새로 지은
집에 가득 채우고 정향을 그 집에서 살게 하였으므로 부귀영화가

한 세상을 울렸다.

이날 여러 신하들은 미낭 즐기다 떠났고 양녕대군은 시은숙배謝恩肅拜하고 물러갔다. 양녕대군은 드디어 정향과 함께 새로 지은 집으로 가서 그녀의 손을 잡고 희롱하였다.

"이렇게 사람을 속일 수 있느냐? 너무도 교활하구나."

정향은 엎드려 부끄러움을 머금고 대답했다.

"소첩은 밀지를 받들고 부득이해서 한 일이었으나 실로 교만한 죄가 많았습니다. 삼가 원하옵건대, 대감께서는 불쌍히 여겨 용서해주소서."

"허물어진 담으로 고양이를 쫓아서 뜰에 들어섰을 때에도 너를 죄주지 않았었는데, 하물며 이제는 정이 이미 무르익고 사랑이 이미 깊었거늘 어찌 죄줄 생각이 있겠느냐?"

양녕대군은 이내 다가가 정향의 허리를 안고 말했다.

"네가 나를 속인 꾀는 비록 한漢나라 때 여섯 번 기이한 꾀를 낸 진평陳平의 재주라 하더라도 이보다 더하지는 않았을 것이다. 내가 성천에서 도로 평양으로 갔더니 헐어진 담이 높이 쌓아져 있더구나. 다시 너를 보지 못하게 되자 이별의 쓰라린 마음을 건잡을 수가 없어 마치 낚시 바늘에 걸린 물고기와 같았느니라. 떠가는 구름과 흐르는 물을 돌아보고 한갓 마음만 상했을 뿐이니라. 뜻하지 않게 이제 홀연히 다시 만나니 마치 황천黃泉의 사람을 만난 것과 같구나."

정향은 대답했다.

"모두가 성은聖恩이옵니다. 그러나 천첩은 복이 과하여 재앙이 생길까 두렵습니다."

양녕대군은 웃고 나서 드디어 정향과 잠자리에 들어 함께 즐겼다. 애정은 날로 깊어져 자녀도 많이 낳고 함께 부귀를 누리며 백년해로하였다.　　　　　　　　　　≪기문총화記聞叢話≫

2. 도령과 기생의 첫사랑

조선 성종成宗 때 어떤 유명한 재상이 일찍이 평안감사平安監司로 나갔다. 예로부터 평안도는 아름답고 수려한 땅으로 이름이 높았다. 강산江山과 누관樓觀의 뛰어난 경치며 기생과 음악의 성대함은 조선팔도에서 으뜸이었다. 그래서 풍류를 즐기는 호걸스런 선비나 벼슬을 구하려는 재능 있는 사람들 가운데 간혹 아리따운 여인의 웃음소리라도 한번 듣기 위하여 3년씩이나 평양에 머무는 자들도 있었다.

기생의 명부에 어린 여자 한 명이 올라 있었는데 이름은 자란紫鸞이고 호는 옥소선玉籬仙이었다. 나이는 겨우 12살이었지만 타고난 고운 자태는 둘도 없는 절세미인絶世美人이었고, 노래와 춤 그리고 피리와 거문고 솜씨 또한 정묘精妙하지 않은 것이 없었다. 게다가 재주가 뛰어나고 지식이 풍부하여 시문詩文을 잘 이해하였다. 때문에 그녀가 기생 가운데 제일이라는 소문이 평안도에 자자하였다.

이때 평안감사에게는 아들이 하나 있었다. 그의 나이 역시 12살로 얼굴은 그림처럼 잘생겼고, 어려서부터 경전經傳과 역사歷史에 능통하고 글을 짓는 재주가 뛰어나, 붓을 들기만 하면 문장을 지어내어 당세에 그를 기이한 아이로 지목하였다. 감사는 다른 자식은 없고 오직 아들 하나만 둔 데다 재주 또한 뛰어나서 그를 몹시 사랑하였다.

감사가 마침 생일을 맞아 손님들과 추향당秋香堂에서 술자리를 마련하고 크게 기악妓樂을 벌였다. 거나하게 술에 취해 흥이 한창 무르익자 감사의 아들 아랑兒郎에게 춤을 추게 하고 우두머리 기생을 불러 말하였다.

"어린 기생 하나를 골라 아랑과 춤을 추게 하여 재미있는 볼거리를 만들도록 하라."

여러 기생과 감영監營에 있던 모든 사람들이 말하였다.

"자란은 꽃다운 자태에 오묘한 재예才藝를 가지고 있으니 아랑과 짝이 될 만합니다. 또한 그 아이의 나이가 마침 아랑과 동갑이니 딱 맞습니다."

그래서 결국 자란에게 감사의 분부를 따르도록 하였다. 그러자한 쌍의 교묘한 춤은 야들야들한 것이 마치 연약한 버들과 같고, 너울너울한 것이 마치 가볍게 나는 제비와 같았다. 좌중에서 이 광경을 바라보던 이들은 모두 놀라 감탄하여 그 기교하고 절묘함을 칭찬하지 않는 이가 없었다.

감사는 크게 기뻐하며 자란을 불러 술상머리에 앉히고 음식을 먹이고 다시 비단으로 후하게 상을 내렸다. 그리고 즉시 분부를 내려 자란을 계속 아랑의 시중드는 기생으로 정하여 차를 올리고 먹을 가는 허드렛일을 돕게 하였다.

그래서 자란은 이때부터 항상 아랑의 곁을 떠나지 않고 함께 재미있게 지냈다. 몇 년이 지나 이들이 나이가 차자 드디어 서로 친근해지게 되었다. 두 사람의 정은 무르익어 당나라 소설 ≪이왜전李娃傳≫의 정생鄭生과 이왜李娃의 애절한 사랑이나, ≪회진기會眞記≫의 장랑張郎과 앵앵鶯鶯의 오붓한 애정은 비교할 수조차 없었다.

감사는 임기가 찼지만 조정에서는 그가 인자한 정치[惠政]를 베풀었다고 해서 다시 연임시켰기 때문에 6년 만에야 비로소 체직遞職되었다. 체직되어 돌아갈 날을 앞두고 감사는 부인과 함께 그 아들이 자란과 떨어지기 어려울 것이라는 생각 때문에 걱정이 깊었다.

자란을 버리고 가자니 아들이 상사병이 날까 염려되고, 자란을 데리고 가자니 아들이 아직 장가들지 못했기 때문에 명예에 손상이 있을까 걱정이 되었다. 데리고 갈 수도 그렇다고 두고 갈 수도 없는 상황이라 부모가 마음대로 결정할 수가 없었다.

"일단 물어보고 나서 결정하도록 합시다!"

라고 하고는 아들을 불러서 말했다.

"남자의 여자관계는 아비라도 자식에게 이래라 저래라 하지 못하므로 나는 말릴 수가 없구나. 너와 자란은 애정이 이미 깊은 처지이니 앞으로 떨어지기 어려울 것 같구나. 그렇지만 네가 아직 장가들기 전이라 지금 만일 자란을 데리고 간다면 혼인에 지장이 있을까 염려되는구나. 그러나 한편으로 생각하면 남자가 첩 하나쯤 갖는 것은 세상에 허다한 일이니, 네가 만일 그리워서 잊을 수 없다면 사소한 지장이 있더라도 따질 것은 없다. 일단 네가 결정해야 될 일이니 너는 숨김없이 말해보아라."

도령은 곧 대답했다.

"아버지께서는 왜 제가 젊은 기생과 헤어진다고 상사병相思病이 날 것이라 생각하십니까? 제가 비록 한때 눈에 비치는 화려함에 빠져 사랑을 나누었지만, 지금 버리고 돌아가려는 마당에 헌신짝처럼 여길 뿐이오니 어찌 연연하여 잊지 못할 리가 있겠습니까? 아버지께서는 다시 염려하시지 마옵소서."

감사는 부인과 함께 기뻐하며 말했다.

"우리 아들은 참으로 장부丈夫로구나."

이별할 때가 되자, 자란은 눈물을 흘리며 오열하여 차마 볼 수가 없었지만 도령은 조금도 연연해하는 기색이 없었다. 감영의 요속僚屬과 비장裨將들은 도령의 늠름한 태도를 보고 그 준수함을 찬탄하였다. 그동안 자란과는 5, 6년을 동거하며 일찍이 하루도 떨어진 적이 없었기 때문에 이처럼 쾌활한 말로 쉽게 이별할 줄은 몰랐던 것이다.

사또는 이미 감사직을 내놓고 대사헌大司憲에 임명되어 조정으로 돌아왔다. 도령은 부모를 따라 서울로 온 뒤로 자란에 대한 애정은 점점 더해만 갔으나 감히 표현하지 못하였다.

어느 날 밤이었다. 여러 친구들은 다 자고 있었지만 도령은 잠을 이루지 못하고 혼자 일어나 앞뜰을 배회하였다. 때는 추운 겨울이라 눈 위에 비친 달빛은 유난히 밝고 깊은 산속 고요한 밤은 적막하기만 하였다.

　도령은 달을 쳐다보며 연인을 생각하니 마음이 걷잡을 수 없이 착잡하였다. 그리운 여인을 한 번이라도 보고 싶은 마음을 스스로 억누를 수 없어 이성을 잃을 듯하였다.

　그래서 그는 결국 한밤중에 산사山寺의 뜰에서 곧장 평양으로 향하였다. 털모자에 쪽빛 비단옷과 가죽신을 신고 길을 나섰지만 10여 리도 채 못 가 발이 부르터 갈 수가 없었다. 그래서 그는 촌가로 가서 가죽신을 짚신으로 바꿔 신고, 털모자를 버리고 가장자리가 떨어져나간 해진 벙거지를 머리에 썼다. 또한 나그네들에게 빌어먹으며 계속 굶주림에 허덕였고, 여관에 빌붙어 자야 했기 때문에 밤새도록 추위에 떨었다.

　도령은 부귀한 집 자제로서 귀하게 자라 일찍이 문 밖을 몇 발짝도 나가본 적이 없었는데, 갑자기 천릿길을 나서게 되니 절뚝거리며 걸음조차 제대로 걸을 수가 없었다. 게다가 굶주림과 추위까지 겹쳐서 온갖 고생을 겪어야만 했다. 옷은 갈기갈기 찢어지고 얼굴은 야위고 검게 타서 영락없는 귀신꼴을 하고 산길과 물길을 조금씩 앞으로 나아갔다. 그리하여 한 달 만에야 비로소 평양에 당도하였다.

　그 길로 곧장 자란의 집을 찾아갔다. 그러나 자란은 없었다. 그녀의 어미만이 있었는데 그를 보고도 알아보지 못했다. 그는 앞으로 다가가서 말했다.

　"나는 바로 전 사또의 아들로서 할멈의 딸을 잊을 수가 없어 천릿길을 걸어왔소. 그런데 할멈의 딸은 어디 가고 없단 말이요?"

그녀의 어미는 그 말을 듣고도 기뻐하지 않으며 말했다.

"내 딸은 신관사또 자제의 총애를 받아 밤낮없이 산정山亭에서 함께 지내느라 잠시도 외출할 수 없어 집에 돌아오지 못한 지가 벌써 여러 달째입니다. 도령께서는 비록 먼 길을 오셨지만 만날 방법이 없으니 참으로 딱하게 되었습니다."

그녀의 어미는 이렇게 말하고는 아예 대접할 생각조차 하지 않았다. 도령은 자란을 만나러 왔다가 자란을 보기는커녕 그 어미에게 이 같은 푸대접을 당하고 몸조차 맡길 데가 없어 매우 난처한 상황이 되었다. 그래서 주저하고 있었는데 갑자기 지난 일이 기억났다.

아버지가 평안감사로 있을 당시 그 감영의 어떤 아전이 큰 죄를 지어 사형에 처해질 상황에 놓였는데, 아무리 정상을 참작한다고 하더라도 도저히 용서받을 수가 없었다. 그런데 도령만은 그 아전을 불쌍히 여겨, 아버지의 시중을 들 때마다 그 아전을 용서해주도록 잘 말씀드렸더니, 아버지가 도령의 말을 들어 그 아전을 살려준 일이 있었다.

도령은 생각하였다.

'내 그 아전을 살려준 은혜가 있으니 그를 찾아가면 그가 박대하지는 않을 것이다.'

그래서 결국 자란의 집에서 나와 아전의 집을 찾아갔다. 그런데 그 아전 역시 처음에는 도령을 알아보지 못하였다. 그러나 도령이 자기 이름을 대며 찾아오게 된 까닭을 말하자, 아전은 깜짝 놀라 맞아들여 절을 하였다. 그러고 나서 방 하나를 깨끗이 청소하여 그를 거처하게 하고 음식을 푸짐하게 대접하였다.

그 집에 며칠 동안 머무르며 도령과 아전은 자란을 만날 계획을 의논하였다. 아전이 한참 후에 말했다.

"조용히 만날 방법은 전혀 없습니다. 꼭 한 번 얼굴이라도 보기 원하신다면 소인이 한 가지 묘책妙策을 말씀드릴 테니 도령님께서는 따라주실 수 있겠는지요?"

도령이 그 묘책을 묻자, 아전이 말했다.

"지금 눈이 내렸습니다. 감영에 눈이 쌓이면 으레 성안에 사는 백성들에게 분담시켜 쓸게 하는데 마침 소인이 그 책임을 맡고 있습니다. 지금 도령님께서 만일 일꾼들 속에 섞여 산정山亭에서 눈을 쓰신다면, 산정에 있는 자람의 얼굴을 보실 수 있을 것입니다. 이렇게 하지 않고서는 다른 방법이 없습니다."

도령은 그 묘책대로 이른 아침에 여러 일꾼들과 함께 산정에 들어가서 비를 들고 앞뜰에서 눈을 쓸었다. 이때 사또의 아들은 창문을 열고 의자에 기대어 앉아 있었지만, 자란은 방 안에 있어 볼 수가 없었다.

다른 일꾼들은 모두 장정이라 매우 힘차게 눈을 쓸었지만, 도령만은 비질하는 솜씨가 서툴렀기 때문에 다른 사람들만큼 쓸지를 못하였다.

사또의 아들은 그의 눈 쓰는 솜씨가 서툰 것을 보고 웃으며 자란을 불러 그것을 보게 하였다. 자란이 부름을 받고 방에서 나와 앞마루에 섰다.

도령은 벙거지의 앞챙을 들어 자란을 쳐다보았다. 그러자 자란은 한참 동안 눈이 뚫어지게 바라보다가 방으로 들어가서는 문을 닫고 다시 나오지 않았다. 도령은 멍하니 서운해하며 아전의 집으로 돌아왔다.

자란은 본래 총명하고 지혜가 있었기 때문에 한눈에 구관 사또의 도령인 것을 알아차리고 말없이 앉아 눈물을 흘렸다. 사또의 아들은 이상하게 여겨 그 이유를 물었다. 자란은 망설이던 끝에 비로소 말을 꺼냈다.

"낭군께서 천한 저를 총애하여 밤에는 비단이불을 함께 덮고 낮에는 고량진미를 같이 먹으며, 잠시도 집에 못 가게 하신 지 벌써 여러 달이 되었으니, 저에게는 더없는 영광입니다. 제가 어찌 다시 털끝만큼이라도 원망하는 마음을 품겠습니까? 그런데 저의 집은 가난하고 어머니는 늙었습니다. 제가 집에 있을 때는 매년 아버지의 제삿날이면 여기저기서 빌어다가 몇 그릇의 제물을 차려 제사를 지냈습니다. 그런데 지금 저는 여기에 갇혀 있는 몸이 되었고, 내일이 마침 아버지의 제삿날인데 늙은 어머니만 있으니 밥 한 그릇 지어 올리는 일마저도 못할 게 뻔합니다. 갑자기 그 일을 생각하니 저절로 슬퍼 눈물이 난 것입니다. 어찌 다른 이유가 있겠습니까?"

그러자 사또의 아들은 자란의 매력에 사로잡힌 지 이미 오래되어 자란의 말을 듣고는 철석같이 믿어 조금도 의심하지 않고 애처롭게 말했다.

"그렇다면 어찌 일찍 말하지 않았느냐?"

그리고 즉시 제수祭需를 푸짐하게 마련해서 자란에게 주며 집에 가서 제사를 지내고 오게 하였다.

자란은 허겁지겁 바쁜 걸음으로 서둘러 집으로 돌아와서 어미에게 말했다.

"저는 전 사또의 아들이 찾아온 것을 알고 있습니다. 반드시 내집에 있을 것으로 생각하였는데 지금 여기 있지 않으니 어디로 갔단 말입니까?"

그 어미가 말했다.

"그 도령이 과연 너를 보기 위하여 걸어서 어느 날 집에 도착하기는 했다. 그런데 네가 이미 감영 안에 있어 만날 길이 없기에 내가 그렇게 말했더니, 그 도령이 어디론가 가버리고는 나타나지 않더구나."

그러자 자란은 흐느껴 울다가 어미를 원망하며 말했다.

"이는 사람 된 도리로는 차마 할 수 없는 일인데, 어머니께서는 어찌하여 그리하셨단 말이오? 저는 그 도련님과 나이가 동갑이며, 열두 살 때 수연壽宴에서 춤으로 헌수獻壽하던 날, 감영의 모든 사람들이 저를 그와 짝지어주었으니, 이는 아무리 사람들이 주선한 일이라 하더라도 실제로는 하늘이 짝지어주신 것입니다. 이것이 제가 배반할 수 없는 첫 번째 이유입니다.

함께 춤을 춘 후로는 하루도 그의 곁을 떠나지 않고 자랐기에 사정私情관계를 가지며 서로 사랑하는 정과 서로 마음이 맞는 즐거움은 제 한평생 절대로 비할 데가 없습니다. 도련님이 비록 저를 잊는다 하더라도 저는 죽을 때까지 잊기 어려운 처지이니 이것이 제가 배반할 수 없는 두 번째 이유입니다.

전 사또께서는 저를 며느리처럼 아끼셨고 미천하다고 해서 거리를 두지 않으셨습니다. 깊이 어루만져주시고 후하게 물품을 주셨으니 그 은혜는 하늘과 같아 세상에 흔히 있는 일이 아닙니다. 이것이 제가 배반할 수 없는 세 번째 이유입니다.

평양은 큰 길이 통하고 있어 벼슬아치들과 귀한 신분을 가진 인사들의 왕래가 끊이지 않으므로 저는 많은 사람들을 보아왔습니다. 그러나 그릇과 자질의 영특하고 우수함과, 재주와 문장의 명민하고 풍부함이 그 도련님과 같은 자가 없었습니다. 그래서 저는 내심으로 그와 혼인할 생각을 가졌으니 이것이 제가 배반할 수 없는 네 번째 이유입니다.

도련님이 비록 저를 버린다 하더라도 저는 저버릴 수 없는 처지인데 저는 자존심도 없이 능히 죽음으로써 몸을 지키지 못하고 위협에 눌려서 지금 다시 새 사람에게 아양을 떨고 있습니다. 그런데도 도련님은 지조 없는 천한 계집에게 무슨 미련이 있어 그먼 천릿길을 걸어왔단 말입니까? 이것이 제가 배반할 수 없는 다섯 번째 이유입니다.

이뿐이 아닙니다. 도련님은 그 얼마나 귀한 사람인데도 천한 기생을 생각하여 갖은 고생을 하며 저를 찾아왔는데, 우리의 도리로 어찌 차마 괄시恝視할 수 있겠습니까? 제가 비록 집에 없다 하더라도 어머니께서는 전날 돌봐준 인정과 물품을 보내주던 은혜는 생각지 않고, 어찌 밥 한 그릇 대접하여 머물게 하지 않으셨습니까? 이것은 사람 된 도리로는 차마 할 수 없는 일인데 어머니는 그리하셨으니 제가 어찌 애통해하지 않을 수 있겠습니까?"

그녀는 한참 동안 흐느껴 울다가 가만히 생각하였다.

'이 성안에는 도련님이 머무를 만한 곳이 없으니, 분명히 옛날 그 아전의 집에 있을 것이다.'

이렇게 생각한 그녀는 바로 일어나서 그 아전의 집으로 달려가 보니 과연 그가 그 집에 있었다. 자란과 도령은 그저 서로 부둥켜안고 흐느껴 울기만 할 뿐 한마디 말도 나누지 못하였다.

이내 자란은 도령을 데리고 자기 집으로 돌아와서 술과 안주를 푸짐하게 장만하여 대접하였다. 이윽고 밤이 되자 자란은 도령에게 말하였다.

"내일부터는 다시 서로 만나기 어려울 텐데 어떻게 하지요?"

두 사람은 결국 몰래 도망갈 계획을 세웠다. 자란은 옷상자를 꺼내 무명옷 등 값비싼 비단옷만 챙기고, 또 약간의 금은金銀과 주옥珠玉과 패물佩物 등 가벼운 보물만 꺼내서 두 보자기에 쌌다. 이렇게 짐을 꾸린 다음 밤이 깊어 어머니가 깊이 잠든 틈을 타서 서로 이고 지고 몰래 도망하였다. 그들은 이리저리 돌아서 평안남도 양덕군陽德郡 맹산孟山의 깊은 골짜기 속으로 들어가 시골 민가에 몸을 맡겼다.

거처를 정한 이들은 처음으로 품팔이를 하게 되었는데 도령은 궂은일을 잘하지 못하였으므로 자란이 길쌈과 바느질을 하여 겨우 입에 풀칠을 하였다. 세월이 얼마 흐른 뒤에는 두어 간 초가집을 마을 가운데에 짓고 살게 되었다. 자란은 밤낮으로 게으름을 피우지 않고 열심히 길쌈을 하고, 또 수시로 싸가지고 온 패물을 팔아서 입고 먹는 데 드는 비용을 대어 식량이나 의복이 떨어지지 않게 하였다.

자란은 또 이웃이나 마을에서 처신을 잘하여 여러 사람들로부터 좋은 평판을 받았다. 그래서 사방 이웃사람들이 신접살이의 빈궁함을 보고 불쌍히 여겨 도와주지 않는 자가 없었으므로 드디어 안정된 생활을 할 수 있게 되었다.

한편, 산사山寺에서는 도령과 함께 기숙하던 여러 친구들이 아침에 일어나서 보니 도령이 보이지 않았다. 크게 놀란 그들은 승려들과 함께 사방의 산을 샅샅이 수색하였지만 끝내 찾아내지 못하고 결국은 도령의 집에 소식을 알려야만 했다. 도령의 집안은 발칵 뒤집혀 노복들을 풀어 여러 날 절 주변 수십 리를 두루 찾았지만 끝내 흔적조차 찾을 수 없었다. 그러자 모두들 말하였다.

"요망한 여우에게 홀려 죽지 않았으면 반드시 사나운 범에게 잡혀 먹혔을 것이다."

마침내 그들은 시신 없는 허장虛葬을 지냈다.

한편, 신관사또의 아들은 자란이 없어지고 난 뒤에 평양서윤平

壤庶尹을 시켜 그녀의 어미와 족속들을 가두고 자란을 찾아내게 하였다. 그러다가 한 달이 지나도 찾지 못하게 되자 그때야 그만 두었다.

한편, 자란과 도령은 이미 안정된 생활을 하게 되었다. 자란이 도령에게 말했다.

"낭군은 재상집의 외아들로서 창기娼妓에게 미혹되어 부모를 버리고 궁벽한 산골로 도망하여 자신의 생사조차 알리지 않으니 불효막심하고 낭군의 품행이 모조리 없어지게 되었습니다. 이대로 여기서 끝내 늙을 수는 없는 일이며 또 얼굴을 들고 집에 돌아갈 수도 없는 형편이니, 낭군께서는 장차 어떻게 처신하시렵니까?"

도령은 눈물을 흘리며 말했다.

"나도 그것이 걱정이오. 다만 묘책妙策을 내지 못했을 뿐이오."

그러자 자란이 말했다.

"그렇다면 옛 허물을 덮고 새로이 공을 닦아 위로는 어버이를 섬기고 아래로는 스스로 세상에 출세할 수 있는 하나의 묘책이 있는데, 낭군께서는 하실 수 있겠습니까?"

"무슨 묘책이오?"

도령이 묻자 자란은 대답하였다.

"오직 과거에 급제하여 이름을 드날리는 길만이 있을 뿐이니, 말하지 않아도 낭군께서는 알아들으실 것입니다."

도령은 크게 기뻐하며 말했다.

"낭자가 나를 위해 생각해낸 묘책은 더 이상 좋을 수 없지만 책은 어디서 구해 읽을 수 있겠소?"

자란이 말했다.

"낭군께서는 걱정하지 마세요. 소첩이 낭군을 위하여 마련할 것입니다."

이때부터 자란은 값을 따지지 않고 사방으로 책을 구하려고 하였다. 그러나 궁벽한 두메산골이라 오랫동안 책을 구할 수가 없었다. 그런데 하루는 같은 마을 사람이 지나가는 행상에게 벽을 바르기 위해 사려던 책을 자란이 가져다 도령에게 보이니, 바로 표문表文과 전문箋文의 과문科文으로서 세필細筆로 쓰여진 책이었다. 책은 말[斗]만 하고 거의 수천 수數의 시詩가 실려 있었다.

도령은 매우 기뻐하며 말했다.

"이 책 한 권이면 충분하오."

자란이 기뻐하며 그 책을 사서 도령에게 주었다. 도령은 이 책을 얻고서 쉬지 않고 외고 읽었다. 밤에는 등잔 하나를 밝혀놓고 도령은 왼쪽에서 책을 읽고 자란은 오른쪽에서 길쌈을 하였다. 이렇게 불빛을 나누어 각각 자신이 할 일을 하였다. 도령이 간혹 조금이라도 게으름을 피우면 자란은 갑자기 성을 내며 꾸짖어 공부에 힘쓰게 하였다.

도령의 글재주가 워낙 탁월하였으므로 이렇게 한 지 3년 만에 문장 솜씨가 빠른 속도로 성취되었다. 변려문체騈儷文體에 대한 생각이 뱃속에 꽉 차 있어서 붓을 들면 곧 문장을 이루었다. 풍부하고 화려한 문장 솜씨가 특출하였으므로 과거에 응시하면 합격할 수 있었다.

마침 나라에 임금이 문묘文廟의 공자신위神位에 참배하고 나서 보이는 알성대과謁聖大科가 있다는 소식이 들렸다. 자란은 양식 등을 마련하여 짐을 꾸려주며 도령을 과장科場으로 보냈다. 도령은 도보로 상경上京하여 성균관成均館에 마련된 과장에 들어갔다.

잠시 후에 임금이 직접 나와서 글제를 냈다. 도령은 글제를 대하자 생각이 마치 샘물처럼 솟아 곧바로 써서 바치고 나왔다.

급제자를 발표할 때에 임금이 어전에서 봉함을 뜯게 하였는데, 도령이 장원을 차지하였다. 이때 도령의 아버지는 이조판서吏曹判書로 임금을 모시고 있었다. 임금은 이조판서를 불러 말했다.

"지금 장원을 한 자가 바로 경卿의 아들인 것 같은데, 다만 아버지의 직함이 대사헌으로 적혀 있으니, 이것은 무슨 까닭인가?"

그러면서 곧 시험지를 보여주었다. 도령의 아버지는 시험지를 보자마자 자리에서 일어나 울고는 대답하였다.

"이것은 신의 자식이 틀림없습니다. 3년 전에 친구들과 함께 산사에서 글을 읽다가 한밤에 홀연히 실종되었는데 끝내 찾을 길이 없었습니다. 그래서 필시 맹수猛獸에게 죽었을 것이라고 생각하고 허장虛葬을 한 다음 상복을 입었는데 이제야 상복을 벗게 되었습니다. 신에게는 다른 자식이 없고 다만 이 아이 하나뿐이었습니다. 재주와 자질이 꽤 준수하였으므로 뜻밖에 실종되어 슬픈 마음이 지금도 여전합니다. 그런데 지금 시험지를 보니 과연 그 아이의 친필입니다. 실종되었을 때 신의 직함이 대사헌이었습니다. 그래서 아마 그 직함을 쓴 모양입니다. 그런데 그 아이가 3년간 어디에 있다가 이제야 이 과거에 와서 응시하였는지 참으로 알지 못할 일입니다."

임금은 그 말을 듣고 이상하게 여겨 곧 그 도령을 불러들이도록 명하였다. 급제자에게 주는 증서를 받기 전에 도령을 불렀으므로 도령은 유생儒生의 옷차림으로 들어갔다. 이날 왕을 모신 신하로서 이 광경을 지켜보는 자들은 얼굴빛이 변하지 않는 자가 없었다.

임금이 그간 산사에서 무슨 일로 나가서 3년 동안 어느 곳에 머물러 있었는가 등등을 직접 물어보므로, 도령은 자리에서 일어나 머리를 조아리며 아뢰었다.

"신이 불초不肖하여 어버이를 버리고 도망하여 사람의 도리에 죄를 지었으니 중벌로 다스려주옵소서."

임금이 말하였다.

"군부君父 앞에서는 숨김이 있을 수 없다. 비록 잘못이 있더라도 내 너를 벌하지 않을 것이니, 너는 그동안의 사정을 다 말하여라."

그러자 도령은 곧 전후 사정을 자세히 말씀드렸다. 좌우에 있는 여러 신하들 중 귀를 기울여 경청하지 않는 자가 없었다. 임금은 매우 감탄하고 도령의 아버지에게 지시하였다.

"경의 아들이 지금 허물을 뉘우치고 학업에 열중해 과거에 급제하여 조정에 서게 되었구려. 남자가 소년 시절에 잠시 여색에 미혹됨은 깊이 탓할 것이 못 되오. 그러므로 전날의 죄를 다 용서하고 다시 이후의 일을 격려하도록 하오. 그리고 자란으로 말하면 도망해 산중에 숨었으니 그 일도 기특한데, 또 능히 묘책을 내어 허물을 바로잡고 책을 사서 학업을 권면하였으니 그 뜻이 가상하오. 관기官妓라고 해서 천하게 다룰 수는 없는 일이오. 그러니 아들을 다시 장가보내지 말고 자란을 정실正室로 삼으시오. 아울러 그가 낳은 아들도 높은 벼슬에 구애됨이 없도록 하는 것이 옳으오."

이렇게 말하고 나서 임금은 이내 합격증서를 내렸다. 도령의 아버지는 어전에서 아들을 찾았고, 그 아들이 머리에 계화桂花를 꽂고 말 위에 앉아서 풍악을 울리며 집으로 돌아오므로 온 집안 사람이 모두 놀라 슬픔과 기쁨이 교차하였다.

도령의 부모는 왕명王命에 따라 수레를 갖추어 맞아 돌아와서 성대히 연회를 베풀고 정실正室로 맞았다.

그 뒤 도령은 벼슬이 재상에 이르고 부부夫婦가 해로偕老하였으며 아들 두 명을 두었는데, 모두 과거에 올라 세상에 이름을 드날렸다.

자란을 맹산孟山에서 맞이하던 날, 장원급제한 도령은 곧바로 6품에 올라 병조좌랑兵曹佐郎으로 임명되었다. 그래서 자란은 좌랑의 아내로서 가마를 타고 상경하였다. 그리하여 지금 맹산 사람들은 그들이 살던 마을을 좌랑촌佐郎村이라 부른다 한다.

≪천예록天倪錄≫

3. 서울과 정읍 길의 끝없는 청혼

옛날 성이 김씨인 정읍井邑 원님에게 나이가 어리고 주변머리 없는 졸렬한 아들이 있었다. 그가 정읍에서 서울로 돌아가던 길에 한 촌가村家에 묵게 되었는데, 그 집은 바로 교생校生(향교鄕校의 심부름꾼)의 집이었다. 그 집은 벽 하나를 사이로 객실과 안방이 나뉘어 있었는데, 등잔불이 창문을 환히 비추고 있었다.

김생이 몰래 손가락 끝에 침을 발라서 창문을 뚫고 엿보니 젊은 낭자가 빈방에서 홀로 등잔에 의지하여 옷을 꿰매고 있었다. 자태와 용모가 매우 뛰어나서 마치 천상天上의 선녀 같았는데 바로 주인집 딸이었다.

김생은 한눈에 마음이 동하여 정욕情慾을 자제할 수가 없었다. 그래서 그는 결국 창문을 열고 뛰어 들어 강간하려고 하였으나 그녀는 죽기를 각오하고 완강히 거절하였다. 밤이 깊도록 실랑이를 하자 그녀는 김생에게 말했다.

"제가 비록 미천하지만 조금이나마 예절을 압니다. 이처럼 예에 어긋나게 범하려고 하면 저는 죽을지언정 끝내 따를 수 없습니다. 그러나 도령께서 이미 저와 실랑이를 하다가 서로 살이 닿았으니 교합交合한 것이나 다름이 없어 저는 다른 사람에게 시집갈 수조차 없습니다. 저는 교생의 딸이므로 사대부의 소실이 되는 것도 마땅한데, 도령께서는 왜 우리 아버지께 저를 소실로 삼겠다 청하지 않습니까? 우리 아버지께서는 틀림없이 허락하실 것입니다. 설령 허락하지 않더라도 제가 가운데서 주선할 방법이 있을 것입니다. 우리 부모께서 허락하신 뒤에 예절을 갖추어 저를 맞이하신다면 저는 마땅히 평생을 섬길 텐데, 도령께서는 왜 그런 생각은 하지 않고 이렇게 도리에 어긋난 짓을 하시려 합니까?"

"낭자 말이 백 번 옳으나 우선 내 말대로 한 뒤에 낭자의 아버지에게 청하는 것도 좋지 않겠소?"

"우리 부모가 허락하시기 전에 예도 갖추지 않고 남몰래 하는 짓은 차마 못하겠습니다. 도령께서 예절을 갖추어 저에게 장가들지 않고 끝내 강제로 겁탈하려고 한다면 저는 도령의 앞에서 자결할 것입니다."

김생은 그녀의 마음을 돌이킬 수 없음을 알아차리고는 자신있게 말했다.

"내 반드시 내일 낭자의 아버지에게 청할 것이오."

김생은 이렇게 약속하고 결국 밖으로 나와 잠을 청했으나 새벽까지 잠을 이룰 수가 없었다.

그런데 김생이 막상 아침에 그녀의 아버지에게 혼인을 청하려고 했지만 낯이 먼저 붉어져 끝내 입을 떼지도 못하고 길을 떠나 서울에 이르렀다.

이때부터 김생은 마음이 조급하여 미칠 것만 같았다. 그래서 며칠 뒤 다시 서울에서 정읍으로 향할 때 교생의 집에 이르렀다.

해는 아직 지지 않았지만 일부러 그 집에서 묵었다.

김생이 밤에 또다시 몰래 그녀의 방에 들어가 겁탈하려고 하자, 그녀는 전처럼 완강히 거절하고 따르지 않으면서 말했다.

"도련님은 왜 우리 아버지에게 청하지 않고 또 예에 어긋난 행동을 하시려 합니까?"

"지난번에 말하려다 너무 갑작스럽고 부끄러워 입조차 떼지 못했소. 내일은 꼭 청하려고 하는데 낭자는 어찌 내 말을 따르지 않소?"

그녀가 다시 정색正色을 하며 거절하여 밤이 깊도록 서로 실랑이만 벌이다 김생은 다시 밖으로 나왔다. 아침에 그녀의 아버지를 보았으나 또다시 부끄러워서 감히 말 한마디 못한 채 정읍으로 떠났다.

김생은 며칠 만에 다른 일을 핑계로 자기 아버지에게 청하여 또 서울로 갔다. 역시 교생의 집에 이르러 밤에 몰래 그녀의 방에 들어갔다. 그녀가 김생에게 말했다.

"우리 아버지는 제게 이런 만남이 있는 줄 모르고 이미 다른 사람과 혼인을 약속하였으니, 도련님이 만일 지금 말하지 않으면 저는 장차 자결하여 제 뜻을 밝힐 것입니다."

김생은 깜짝 놀라며 또 대답했다.

"그래 그렇다면 내일 내가 꼭 말하리다."

그러나 잠시 후에 다시 말하였다.

"낭자가 낭자 아버지한테 말할 수 없겠소?"

그녀가 한숨을 쉬면서 한탄하였다.

"도련님은 감히 소실小室을 삼겠다는 말 한마디 제대로 놓하면서 대관절 강제로 겁탈할 꾀를 낸 것은 어찌 된 일입니까? 도련님은 남자인데도 감히 말 한마디 못하는데 여자인 제가 어떻게 차마 이런 말을 할 수 있겠습니까? 아, 저는 장차 죽게 될 것입니다."

그래서 김생은 틀림없이 말하겠노라며 간곡하게 약속을 하고 나왔다. 이튿날 아침에 그녀의 아버지를 보니 또다시 부끄러워서 끝내 감히 말을 못한 채 길을 떠났다.

김생은 서울에 이른 지 며칠 만에 또 정읍으로 향하였다. 교생의 집에 이르러 밤에 그녀를 보았지만 그녀는 냉정하게 거절하는 것이었다.

"일이 너무 급하게 되었으니 저는 죽고 말 것입니다. 오늘을 놓치고 말하지 않으면 끝장입니다."

그렇지만 김생은 그 이튿날에도 감히 말하지 못하고 떠났다.

김생은 정읍에 이른 지 며칠 만에 다시 서울로 떠날 차비를 하였다. 그의 행동을 보다 못해 그 아버지가 노하여 꾸짖었다.

"이 자식이 관아에도 있지 못하고 서울 집에도 있지 못하고 천리의 먼 길을 오가며 길에만 늘 있으려고 하니 혹시 실성한 것이 아니냐?"

그러고는 그가 나다니는 것을 금지하고 그곳에 머물러 있게 하였다. 그러자 10여 일 만에 김생은 가고 싶은 마음이 굴뚝같아 먹지도 자지도 못하고 횡설수설橫說竪說하면서 문을 들락거리며 안절부절하였다. 그 아버지는 그 모양을 보고 막을 수 없음을 알고는 결국 서울로 올라가도록 하였다.

김생은 다시 교생의 집에 이르렀다. 교생이 상복을 입고 나오는 것을 보고 깜짝 놀라며 그 까닭을 물으니, 교생은 서러워하며 통곡하였다.

"내 딸이 시집갈 나이가 되어서 정혼定婚한 지 꽤 되었는데 갑자기 목을 매어 죽었으니 이 슬픔을 어떻게 말하겠소?"

김생은 그 말을 듣자 교생을 붙들고 자신도 모르게 실성한 것처럼 통곡을 하였다. 교생이 이상히 여겨 물어보았다.

"내 딸의 죽음에 당신이 어찌 통곡을 하오?"

김생은 한참 동안 크게 통곡하고 나서 눈물을 거두고 그 일의 자초지종自初至終을 이야기하였다. 그러자 교생은 화를 내며 대들었다.

"그렇다면 내 딸을 죽인 놈은 바로 너였구나. 네가 만일 한마디 말만 하였더라도 내 딸은 죽지 않았을 것이다. 이미 죽은 뒤에 말하는 것보다는 죽기 전에 말하는 것이 낫지 않았겠느냐? 네가 바로 나의 원수이니, 나의 울분을 씻어야만 하겠다."

교생이 팔을 휘둘러 치려고 하자, 낭패를 당한 김생은 급히 말에 올라 달아나 겨우 화를 면할 수 있었다.　　≪천예록天倪錄≫

4. 한밤의 소 울음소리

벼슬이 높고 집안도 부유한 어떤 젊은 내시가 과천 도로가에 살고 있었다. 과거시험을 치르는 때가 되자, 어느 이른 아침 하인 세 명에게 분부하였다.

"나가서 길가에서 기다리고 있다가 서울로 과거 보러 가는 사람이 있거든 누구이건 따지지 말고 맨 처음 만나는 사람을 꼭 모시고 오너라."

그리고 술상도 마련하도록 분부하였다. 이윽고 영남嶺南의 한 선비가 조랑말에 초라한 행장을 하고 피로한 기색으로 오고 있었다. 세 하인이 말 앞으로 나가서 절을 하며 잠깐 들어가기를 청하였으나 선비는 거절하였다.

"내 일면식─面識도 없을 뿐더러 갈 길이 너무 바쁘다."

할 수 없이 세 하인은 앞뒤에서 에워싸고 말을 채찍질하여 마치 잡아가듯 강제로 끌고 갔다. 선비는 말에서 내리지도 못하고 결국 골목 어귀로 끌려 들어갔다. 그가 간 고래등 같은 기와집은 영락없는 귀족 대갓집이었다.

세 하인은 강제로 그를 말에서 내려 껴안아 마루에 올려놓았다. 선비는 분통을 터뜨리며 크게 꾸짖었다.

"길 가는 사람을 불러다 왜 이런 곤욕困辱을 보이오?"

"차차 알게 되리다. 오늘은 여기서 주무시지요."

주인은 이렇게 말하고 하인들에게 명령하였다.

"짐을 풀어 내리고 말은 마름집에서 잘 먹이도록 해라."

그러자 하인들은 일제히 대답하고 그 말대로 하였다.

"사람을 불러들여 욕보인 것도 이상한 일인데 게다가 이유도 말해주지 않고 강제로 붙잡아두다니 이게 무슨 짓이란 말이오?"

선비의 말에 주인은 다만 미소를 지으며 말하는 것이었다.

"그저 있어만 보시오."

선비는 말을 찾을 길도 없고, 짐도 주지 않아 줄곧 혀만 끌끌 차고 있었다. 이러는 동안 날은 저물어 길을 떠나기도 어려운 형편이 되었다.

손님과 주인의 저녁상이 잇달아 나왔는데, 음식이나 그릇들이 찬란하고 호사스러웠다. 그러나 선비는 분을 삭이지 못해 상을 밀치고 먹지 않았다. 그러자 주인이 달래며 말하였다.

"내 손님을 욕보이려는 것이 아니오. 곧 좋은 일이 있을 것이외다. 여행 중에 끼니를 거르다 병이 날까 두렵소. 마음 푹 놓으시고 어서 식사나 드시지요."

선비는 화가 조금 가라앉자 비로소 식사를 하였다. 날이 어두워지자 은촛불을 밝혀 앞에서 인도하며 주인이 말했다.

"손님이 주무실 곳은 따로 있소이다."

그리고 곧 별당別堂으로 데리고 들어가는데, 금화로에 향 연기가 피어오르고 마치 신방처럼 호화로운 원앙금침鴛鴦衾枕이 깔려 있었다. 잠시 후에 술상이 나왔다. 선비는 더욱 의아한 마음이 들었다. 그러나 주인은 술만 자꾸 권하였다.

"어서 드시지요."

상을 물리자, 곧바로 곱게 단장한 여인이 여러 시녀들의 부축을 받으며 문을 열고 들어왔다. 선비는 더욱 놀랍고 의아하여 어찌할 바를 모르고 급히 피하려고 하자 주인이 끌어 앉히며 말했다.

"만나볼 만한 사람이기 때문에 이러는 것이오."

그리고 자기는 바로 일어나 밖으로 나가 문에 열쇠를 채우며 말했다.

"오늘밤 잘 지내시오."

선비는 영문을 몰라 그저 초조하게 앉아 있을 뿐이었다. 촛불이 다하고 밤이 깊어 인적마저 끊어져 사방이 고요한데, 구름 같이 탐스러운 귀밑머리와 옥같이 고운 살결에 수줍게 부끄러움을 띤 여인의 모습은 참으로 아름다웠다. 선비는 분한 마음이 차츰 가라앉자 여색女色에 대한 마음이 점점 일어나 자꾸만 눈길이 여인에게로 갔다. 비단치마에 얼굴이 취하고 촛불 그림자에 눈이 어지러워 마음을 걷잡을 수가 없었다.

이때 그 여인이 비로소 입을 열었다.

"제 말을 따르셔야만 말씀에 순종할 것입니다."

"무슨 일이오?"

"제 배를 타 넘어가며 큰 소리로 소 울음소리를 내십시오."

"그 같은 해괴한 짓은 도저히 못하겠소."

선비는 물러나 베갯머리에 앉았지만 다시 정욕情慾이 일어났다. 그 여자가 말했다.

"제 말대로 하지 않으시면 몸이 부서지더라도 동침同寢하기 어려울 것입니다."

마침내 선비는 가느다란 목소리로 소 울음소리를 내고는 말했다.

"아무리 밤중이라 아무도 모른다 하지만, 그대가 알고 내가 아니 부끄럽기 짝이 없소."

"소 울음소리가 너무 작아 절대로 말씀을 따르지 못하겠습니다. 다시 목을 빼고 크게 소리를 내십시오."

선비는 불끈 화를 내었다.

"한 번도 못할 일을 두 번씩이나 하라니! 뜻하지 않게 밖에서 곤욕을 당하고 안에서 해괴한 짓을 하게 되다니 이게 무슨 액운인고!"

이렇게 중얼거리며 날만 새면 창문을 박차고 뛰어나가려고 하였다. 그러나 긴장이 조금씩 풀리자 정욕이 별안간 또다시 일어나는 것이었다. 다시 소 울음소리를 조금 크게 내고는 말했다.

"에이 참, 부끄럽네, 부끄러워."

"소 울음소리가 아직도 작습니다. 창밖까지 들리게 크게 내십시오."

선비는 애걸조로 말했다.

"두 번이나 한 것도 이미 수치스럽기 짝이 없소."

"이왕에 한 번 소리를 질렀는데 두 번이든 세 번이든 무슨 상관이 있겠습니까? 아무튼 닭 울음, 개 짖는 소리보다야 낫지요. 어찌 애간장을 태워 천금千金 같은 몸을 상하게 하려고 하십니까?"

선비는 이 말에 더욱 정욕을 이기지 못해 또다시 소 울음소리를 내며 배를 넘어가는데 때마침 늙은 계집종이 오줌을 누러 뜰에 나왔다가 밤중에 소 울음소리를 듣고 의아해하였다.

"이 밤중에 웬 소 울음소릴까?"

이 말에 놀란 선비는 자신도 모르게 넘어졌다. 이리하여 남녀의 정情이 무르익어서 밤이 길어지기만을 바랄 뿐이었다. 이윽고 닭이 울고 새벽별이 사라져갔다. 그들은 서로 이 밤이 다시 와서 아름다운 인연이 이어지기만을 바랐지만, 그러는 사이 동창東窓이 이미 밝았다. 주인이 와서 열쇠를 열고 웃으며 말했다.

"좋은 밤을 잘 지냈소?"

그녀는 머리를 숙이고 부끄러움을 머금은 채 얼른 일어나 안으로 들어가버렸다. 주인은 선비를 '우리 새신랑'이라 부르며, 시녀를 시켜 상을 내오는데, 마치 신랑의 아침상처럼 전에 보지 못한 산해진미山海珍味가 차려져 있었다.

선비는 분하게 여겼던 마음이 사라지고 기쁜 마음이 솟았다. 그러나 의아한 마음은 여전히 남아서 이유를 다시 물어보았다. 주인은 그저 빙그레 웃으며,

"좋은 일이 있으리라."

라고 할 뿐, 끝내 자세한 이야기는 해주지 않았다. 선비는 마음이

답답했으나 역시 어찌할 도리가 없었다. 손님과 주인이 아름다운 술잔을 주거니 받거니 마시다가, 선비는 그만 자기도 모르게 취하여 쓰러졌다.

선비가 술에서 깨어났을 때는 해가 이미 기울고 있었다. 그제야 놀라고 후회하며 바삐 서둘러 길을 나서려고 하였으나 주인이 만류하였다.

"해가 기울어가니 서울에 도착하기 어려울 것 같소. 오늘밤 더 묵고 가시지요."

선비는 새로 맺은 정이 미흡하고 주인의 정중한 만류도 있어 일단 묵기로 하였다. 이튿날 아침 선비가 떠나려 하였지만 주인은 또 허락하지 않았다.

"이틀 밤 동침의 꿈이 비록 행복하지만 천릿길 과거 보러 가는 것 역시 중요합니다. 먼 지방 사람은 미리 서울에 들어가야 동접同接들을 만날 수 있고 과거 볼 도구를 마련해야 가까스로 백지白紙를 내는 일은 면할 수 있을 것이오. 마냥 지체하다가 좋은 인연이 도리어 나쁜 인연이 되겠소."

"과거를 볼 수 있는 방도가 있을 것이니 우선 기다려보오."

이때 과거 시험이 겨우 이틀 남아 있었다. 선비는 한편으로 의심스럽기도 하고 한편으로 걱정도 되어 도망칠 생각도 해 보았으나 말이 어디에 있는지도 모르겠고, 사집私集(아직 출판되지 않은 문집) 등 과거에 필요한 물건들이 모두 짐 속에 들어 있어 꺼낼 길이 없어 다만 마음속에 온갖 생각만 오락가락할 뿐이었다. 이러지도 저러지도 못하는 사이에 또 날은 저물었다.

여러 동접들은 신비가 이곳에 붙잡혀 있는 줄은 까맣게 모르고 이미 서울에 들어왔다. 그러나 선비가 오지 않은 것은 도중에 병으로 몸져누웠기 때문이라 생각하고, 모두 한편으로 동정하고 한편으로 염려하고 있었다.

그는 하는 수 없이 하루 더 머물게 되었지만 밤새도록 잠을 이루지 못하였다. 새벽같이 일어나서 길게 탄식하며 말했다.

"떠나올 때 부모님께서는 계수나무[御史花]를 꺾으리라는 소망이 간절하셨는데, 공연히 여정旅程에서 새장에 갇힌 새처럼 억울한 신세가 되었구나. 이 무슨 변고란 말인가!"

주인은 말했다.

"걱정 마시오. 글쎄 걱정 마시라니까."

아침에 주인이 시지試紙와 필묵을 내주었다. 그것은 모두 최상품이었다. 또 과거에서 먹을 음식을 잘 차려주면서 말했다.

"과연 어떻소?"

선비는 다소 기뻐하며 사례하였다.

"선물은 실로 감사하오나 이미 동접들을 놓치고 글씨를 대필해줄 서수書手도 없으니, 급제하여 조정에 나갈 희망은 끊어지고 눈물로 고향으로 향할 수밖에 없소이다."

"그것도 걱정 마시오. 이번 과거를 보이는 장소는 바로 춘당대春塘臺입니다. 거기는 궁전 마당이라 우리들이 힘을 쓸 수 있으니 내 말대로만 한다면 반드시 과거에 급제할 것이오."

주인은 이렇게 말하고 나서 영리한 하인 두 명을 딸려 보냈다. 그리고 궁중의 액례掖隷(액정서掖庭署의 하인)와 시부寺府(내시부內侍府)에 명령서를 전달하여, 반드시 글씨를 잘 쓰는 사람을 골라 시권試券을 쓰고 시권을 바칠 때에 잘 주선해 달라고 신신당부하였다. 그러고 나서 다시 선비에게 말했다.

"다른 곳으로 가지 말고 바로 내 서울 집으로 가시오. 이렇게만 하면 이번 과거에 틀림없이 장원으로 급제할 것입니다. 급제하여 내려가는 길에 꼭 들리시어 내 뜻을 저버리지 말아주시오."

선비는 하나같이 그의 말대로 시행하였다. 과장에 들어가니 술과 안주가 좌우에 벌여져 있었다. 글씨를 잘 쓰는 사람이 경쾌한 필치로 써주자 액례掖隷가 잘 주선하여 시권을 올렸다. 그러고 나니 따라온 하인들은 온다간다 말도 없이 먼저 떠나버렸다.

선비는 동접들을 모두 잃고 터덜터덜 홀로 다니며 어찌할 바를 몰랐다. 그런데 합격이 발표되자 선비는 과연 장원으로 합격하였다. 삼일유가三日遊街(과거 급제자가 3일 동안 시관試官, 친척 등을 방문하여 인사하던 일)를 하고 돌아가는 길에 그 집을 찾았다.

주인은 미리 알고는 주안상을 성대하게 차리고 높이 흰 장막을 쳐놓고 기다렸다. 과연 그가 찾아오자, 주인은 어사화를 잡고 반겨 맞이하고 이내 과거급제를 축하하는 창방연唱榜宴을 베풀어 하룻밤을 묵게 한 다음, 비로소 선비에게 사연을 일러주었다.

"저 여인은 본래 양가良家의 딸로 가난하고 의지할 데 없어 내가 데리고 있었지요. 저렇게 예쁘고 재주도 있는데 속절없이 춘규

春閨(젊은 여자의 방)에서 늙어가니 마음속으로 늘 가엾게 여기었소. 그런데 지난 꿈에 황소 한 마리가 저 여인의 배에 걸터앉더니 용으로 변해 하늘로 날아가더군요. 내 몸이 병신만 아니었다면 족히 아들도 낳고 과거에도 급제할 수 있겠지만 그렇지 못하니, 귀한 손님을 맞아 이런 좋은 일을 꾸미게 된 것이오. 그리고 저 사람은 이왕 당신을 모셨으니 데려가 사는 것이 좋겠소."

"성의誠意는 감사하지만 여행 중인 몸이 어떻게 데려갈 수 있겠소."

"내 이미 신행新行준비를 해놓고 기다렸소."

주인은 바로 가마에 태워 문 밖에서 송별送別하고 아울러 살림 도구까지도 마련해주었다.

김준근金俊根 〈시집가는 모양〉

선비가 과거에 급제하고 소실까지 얻어 기쁜 마음으로 영남 고향에 돌아가자 고향 사람들이 모두 축하하였다.

그 뒤에 선비가 다시 과천果川에 들렀는데, 그때 주인은 처연한 기색으로 말하였다.

"아무리 전날의 정의가 있다지만, 저는 내시이고, 존객尊客은 이름난 관리이니 앞으로는 왕래를 끊고 오직 훗날 지하에서나 서로 만나기를 원합니다."

이리하여 서로 영영 관계가 끊어지고 말았다. 선비의 성명은 굳이 밝힐 필요가 없지만, 내시는 바로 김창의金昌義로 시도 잘하고 술도 좋아하며 글씨·거문고·그림·바둑도 잘하여 풍류 남아로 일컬어졌다. 일찍 고향으로 돌아가 자연에 은거하며 어초자漁樵子라 자호自號하였다. 그의 송별시는 다음과 같다.

만물이 다 음양陰陽을 갖추었건만	萬物具陰陽
나만이 그렇지 못함을 슬퍼하노라	獨憐自不然
이팔청춘二八青春 규중閨中의 여인이	二八春閨女
석양夕陽에 꽃 앞에서 눈물 짓노라	暮泣向花前

≪기문습유記聞拾遺≫

5. 눈물 젖은 이별의 편지

심생沈生은 서울의 사대부 집안 자손이다. 약관弱冠의 나이에 용모가 매우 준수하고 풍정風情이 흘러 넘쳤다. 어느 날 그가 운종가雲從(현 종로鐘路)에서 임금의 거둥을 구경하고 돌아오던 길에 어느 건장한 계집종이 자줏빛 명주보자기로 어떤 처녀를 씌워 업고 가고, 다른 계집애는 붉은 비단신을 들고 그 뒤를 따라가는 것을 보았다.

심생이 눈짐작으로 그 몸집을 가늠해보니 결코 어린아이는 아니었다. 그래서 심생은 바짝 붙어서 따라갔다. 그 뒤꽁무니를 밟기도 하고, 소매를 스치기도 하면서 잠시도 보자기에서 눈을 떼지 않았다. 소광통교小廣通橋에 이르렀을 때, 갑자기 돌개바람이 불어와 보자기가 반쯤 걷혀졌다. 그 틈에 보니 과연 처녀였다. 복사꽃처럼 발그레한 뺨에 버들잎처럼 가느다란 눈썹, 초록 저고리에 다홍치마를 입고 연지와 분으로 화장을 곱게 하였는데, 언뜻 보아도 절세미인絶世美人이었다.

처녀 역시 보자기 속에서 쪽빛 옷에 초립草笠을 쓴 젊은이가 좌우에 붙어서 따라오는 것을 어렴풋이 보고, 연신 추파秋波를 던지며 보자기 사이로 살피던 참이었는데, 보자기가 걷히는 순간 버들잎 같은 눈과 샛별 같은 네 눈동자가 서로 마주치자 놀랍기도 하고 부끄럽기도 하였다.

처녀는 보자기를 걷 어잡아 다시 쓰고 갔지 만 심생이 어찌 이를 놓 칠 리가 있겠는가. 얼마 뒤 소공주동小公主洞 홍 살문에 도착하자 처녀 는 어느 중문 안으로 들 어가버렸다.

신윤복申潤福 〈처네 * 쓴 여인〉
* 서민층 여인들이 외출할 때 쓰던 쓰개의 하나.

그러자 심생은 멍하 니 마치 무언가를 잃어버린 것처럼 허전하였다. 한참을 방황하다 가 어떤 이웃 할멈을 만나 그 집 내력을 자세히 물어보았다.

호조戶曹에 계사計士(회계일을 맡던 벼슬아치)로 있다가 물러난 중인 中人의 집으로, 딸 하나를 두어 지금 16, 7세가 되었지만 아직 혼 사를 정하지 못하고 있다는 것이다. 그녀가 거처하는 곳을 묻자, 할멈은 손으로 가리키며 말했다.

"저 조그만 네거리를 돌아가면 회색 담이 나오는데, 그 담 안쪽 작은 방이 바로 그 처녀의 처소이지요."

심생은 이 말을 듣고 나서 도저히 잊을 수가 없었다. 그래서 저 녁에 집안 식구에게 거짓말을 하였다.

"동창同窓 하나가 저와 밤을 같이 지내자고 합니다. 그래서 오 늘 저녁부터 가볼까 합니다."

그리고 행인이 끊어지기를 기다렸다가 그 집 담을 넘어 들어갔

다. 초승달이 으스름한 가운데 살펴보니 창밖에 꽃나무가 아담하
게 심어져 있고 창호지 너머 등불이 환하게 비쳤다. 심생은 처마
밑 벽에 숨을 죽이고 기대고 앉아 있었다.

방 안에는 두 명의 몸종이 있었으며, 그녀는 나지막한 소리로
언문소설諺文小說을 마치 꾀꼬리 같은 목소리로 낭랑하게 읽고 있
었다.

3경쯤 되자, 몸종은 벌써 깊이 잠들었다. 그녀는 그제야 등불을
끄고 잠자리에 들었지만 무언가를 고민하는 사람처럼 오래도록
잠을 이루지 못하고 이리저리 뒤척거렸다. 심생은 잠은 고사하고
부스럭 소리도 내지 못한 채 새벽 종이 울릴 때까지 있다가 도로
담을 넘어 나왔다. 그 뒤로는 이것을 일과日課로 삼아 저물면 갔다
가 새벽이면 돌아오곤 했다. 이렇게 하기를 20일 동안 계속하면
서도 조금도 물러서지 않았다.

그녀가 처음에는 소설책을 읽기도 하고 바느질을 하기도 하다
가 밤중이 되어 등불이 꺼지면 이내 잠을 자기도 하였지만 번민
으로 잠을 이루지 못하는 때도 있었다. 6, 7일이 지나자 그녀는
문득 '몸이 좋지 않다.'고 말하고, 겨우 초경初更만 되면 베개에 엎
드려 자주 손으로 벽을 두드리며 긴 한숨과 짧은 탄식을 하곤 하
였는데 그 숨결이 창 밖까지 들렸다.

하루하루 날이 갈수록 심해져만 가다가 20일째 되는 밤이었다.
그녀가 갑자기 마루에서 내려와 벽을 돌아 심생이 앉아 있는 곳
에 이르렀다. 심생은 깜깜한 속에서 불쑥 일어나 그녀를 붙잡았

다. 그녀는 조금도 놀라지 않고 낮은 소리로 말했다.

"도련님은 소광통교에서 우연히 만난 분이 아니세요? 도련님이 다니신 지 이미 스무 날이 된 것을 저는 벌써 알고 있답니다. 저를 붙잡지 마세요. 한번 소리치면 다시는 나가시지 못합니다. 저를 놓아주시면 제가 뒷문을 열고 맞아들일게요. 얼른 저를 놓아주세요."

심생은 믿고 물러서서 기다렸다. 그녀는 다시 돌아갔다. 방에 들어가서는 몸종을 불러 말했다.

"넌 어머니께 가서 큰 주석朱錫 자물쇠를 좀 받아오너라. 너무도 깜깜해서 겁이 나는구나."

몸종이 윗방 마루로 건너가서 금방 자물쇠를 가지고 왔다. 그녀는 열어주기로 약속한 뒷문에다 쇠꼬챙이를 단단히 꽂고, 다시 손으로 자물쇠를 채우면서 일부러 쇠 채우는 소리를 '찰카닥' 내었다. 그러고 나서 곧 등불을 끄고 고요히 깊이 잠든 척하였으나 실제로는 잠을 이루지 못하였다.

심생은 속은 것이 원통하기도 하고 분하기도 했지만 다시 한번 만나보게 되기를 기대하였다. 그래서 또 쇠를 채운 방문 밖에서 밤을 새우고 새벽이 되면 돌아갔다. 다음날에도 그 다음날에도 갔다. 방에 자물쇠가 채워졌다지만 조금도 물러서지 않았다. 비가 오면 비옷을 쓰고 가면서 옷이 젖는 것은 조금도 개의치 않고 열흘을 계속하였다.

밤이 깊어지자 온 집안이 모두 깊이 잠들었다. 그녀 역시 등불을 끄고 한참 동안 있다가 문득 일어나서 몸종을 불러 얼른 등불을 켜라고 재촉하며 말하였다.

"너희들 오늘밤에는 윗방으로 가서 편히 자거라."

두 몸종이 방문을 나가자 그녀는 벽에서 쇳대를 가져다 자물쇠를 따고 뒷문을 활짝 열어 심생을 불렀다.

"도련님, 방으로 들어오세요."

신윤복申潤福 〈춘야밀회春夜密會〉

심생은 얼떨결에 자신도 모르는 사이 몸이 벌써 방에 들어와 있었다. 그녀는 다시 그 문에 열쇠를 채우고 심생에게 말하였다.

"도련님, 잠깐 앉아 계셔요."

그리고 곧 윗방으로 가서 자기 부모를 모시고 나왔다. 그 부모가 크게 놀라자 그녀는 말을 꺼냈다.

"놀라지 마시고 제 말씀을 들어보셔요. 저는 나이 열일곱이 되도록 한 번도 문 밖을 나간 적이 없었는데, 한 달 전에 우연히 임금님의 거둥을 구경하게 되었습니다. 구경을 마치고 돌아오던 길에 소광통교에서 바람을 만나 덮어 쓴 보자기가 걷히는 바람에 마침 초립草笠을 쓴 한 도령과 얼굴이 마주쳤습니다.

그날 밤부터 도령은 밤마다 저희 집 뒷문 밑에 숨어 기다린 지 벌써 30일이 지났습니다. 비가 와도, 날씨가 추워도, 문에 열쇠를 채워 거절해도 왔습니다. 저는 오랫동안 곰곰이 생각해보았지요. 만일 소문이 퍼져서 동네 사람들이 알게 된다면, 밤에 들어왔다가 새벽이면 나가는 것을 혼자 밖에서 기다리다 간다고 누가 믿겠습니까? 사실과 다르게 누명을 뒤집어쓰게 되지요. 그렇게 되면 저는 필시 개에게 물린 꿩 꼴이 될 것입니다.

게다가 저분은 양반댁 도령으로서 이제 나이가 바야흐로 청춘입니다. 혈기血氣가 아직 왕성하기 때문에 나비와 벌이 꽃을 탐낼 줄만 알고 밤바람과 이슬에 젖어 병이 드는 것은 돌보지 않으니, 며칠 못 가서 병이 들지 않겠습니까? 병이 들면 필시 일어나지 못할 것이고, 그렇게 되면 제가 죽이지 않았어도 제가 죽인 것이나 다름이 없게 될 것입니다. 비록 남이 모른다 하더라도 필시 드러나지 않은 재앙이 있을 것입니다."

또 제 몸은 한낱 중인中人 처녀에 불과합니다. 제가 무슨 절세미인으로 꽃이 부끄러워할 만한 용모를 지닌 것도 아닌데, 도령은 솔개를 매로 여기어 저에게 이토록 지성至誠을 바칩니다. 그런데 제가 도령을 따르지 않는다면 하늘이 싫어하셔서 복이 반드시 제게 오지 않을 것입니다. 그래서 제 마음을 이미 결정하였으니 부모님께서는 근심하지 마옵소서.

아! 저는 부모님께서 연로年老하시고 형제가 없으므로 시집가서 데릴사위를 얻어 살아 계실 때에는 봉양奉養을 다하고 돌아가신 뒤에는 제사를 받드는 것이 제 소망의 전부였는데, 일이 갑자기 이렇게 되었으니 이 역시 운명일 테지요. 말해 무엇하겠습니까?"

그녀의 부모는 멍하니 할 말을 잊었고, 심생 역시 아무 말도 못하였다. 그래서 결국 같이 하룻밤을 보내게 되었고 애타게 사모하던 나머지 그 기쁨은 참으로 알 만한 일이었다.

심생은 그날 밤 방에 들어간 뒤로부터 저물면 나갔다가 새벽에야 돌아오곤 했는데 그렇지 않는 날이 없었다.

그녀의 집은 본래 부유했다. 그래서 이때부터 심생을 위하여 화려한 옷을 마련해주었지만 심생은 집에서 이상하게 여길까 봐 감히 입지 못하였다.

심생이 아무리 이를 감춘다고 한들 그가 오랫동안 바깥에서 자고 돌아오지 않는 것을 집에서 의심하지 않을 수 없었다.

결국 절에 가서 글을 읽으라는 명령이 떨어졌다. 심생은 마음에 몹시 내키지 않았으나, 집안의 압력에 못 이겨 친구들에게 이끌려서 책을 싸서 북한산성北漢山城으로 올라가 선방禪房에 머물렀다. 거의 한 달이 되어갈 즈음 어떤 사람이 심생에게 그녀의 언문諺文 편지를 전해주었다. 편지를 펼쳐보니 영원히 이별을 알리는 유서로 그녀는 벌써 죽은 것이었다.

그 편지의 내용은 대략 다음과 같았다.

"봄 날씨가 아직도 차가운데 절간에서 글공부를 하시는 중에 옥체玉體 평안하신지요? 항상 사모하여 잊을 날이 없습니다. 저는 도련님께서 떠나신 이후로 이름 모를 병이 점점 골수骨髓에 스며들어 어떤 약도 효험을 보지 못하고 죽을 수밖에 없음을 알게 되었습니다. 저처럼 박명薄命한 몸이 살아본들 무엇하겠습니까?

그러나 다만 세 가지 큰 한을 가슴에 안고 있어 죽어도 눈을 감기 어렵답니다. 저는 본래 무남독녀無男獨女로 부모님께서는 유난히 사랑하시어 장차 적당한 사위를 구해 늘그막에 의지하면서 뒷날의 계책을 마련코자 하셨습니다. 그런데 호사다마好事多魔라더니 뜻밖에도 악연에 얽혀 혼인조차 할 수 없게 되었습니다. 이제 저는 낙이 없어 시름시름 앓다가 마침내 병들어 죽게 되었고, 늙으신 부모님은 영원히 의지할 곳이 없게 되었으니, 이것이 첫째 한恨입니다.

여자가 출가出嫁하면 문에 기대어 손님을 맞는 기생이 아니라면 아무리 천한 종년이라 하더라도 남편이 있고 반드시 시부모媤父母가 있게 마련으로 세상에 시부모가 모르는 며느리는 없을 것입니다. 저 같은 여자는 남에게 속아 몇 달이 지났는데도 도련님 댁 늙은 하녀 하나도 보지 못하였으니, 살아서는 정조를 지키지 않은 자취를 남기고 죽어서는 돌아갈 곳 없는 귀신이 될 것입니다. 이것이 둘째 한입니다.

아내가 남편을 섬기게 되면 음식을 장만하여 의복을 지어 바치는 일을 하는 것인데, 도련님과 만난 이후 세월이 오래되지 않은 것도 아니요, 지어드린 의복이 많지 않은 것도 아닌데, 한 번도 도련님께 한 그릇 밥도 집에서 드시게 하지 못하였고 옷 한 별도 앞에서 입혀드리지 못하였으며, 도련님을 모시는 것은 오직 잠자리에서뿐이었으니, 이것이 셋째 한입니다.

그리고 상봉한 지 얼마 되지도 않아 문득 길이 나누어지고 병으로 누워 죽음이 다가왔지만 서로 얼굴을 마주 대하고 영원한 이별의 인사도 나눌 수 없으니, 이 같은 여자의 슬픔을 어찌 족히 군자君子에게 말씀드리오리까? 이런 생각을 창자가 이미 끊어지고 뼈가 녹으려 합니다. 아무리 연약한 풀이 바람에 쓰러지고 쇠잔한 꽃이 진흙이 된다 한들 끝없는 이 원한은 어느 날에 다하리이까?

아! 창 사이의 은밀한 만남은 이제 끝입니다. 오직 바라옵건대 도련님께서는 저를 염두에 두지 마시고 더욱 글공부에 힘쓰시어 하루빨리 청운靑雲의 뜻을 이루소서. 끝으로 옥체 내내 보중保重하시기를 천만 번 비옵니다."

심생은 이 편지를 보고 울음과 눈물이 쏟아지는 것을 금하지 못하였다. 비록 슬프게 울어본들 무슨 소용이겠는가!

후에 심생은 문필文筆을 그만두고 무과武科를 거쳐 벼슬이 금오랑金吾郞(의금부도사義禁府都事)에 이르렀으나 역시 일찍 죽고 말았다.

≪담정총서薄庭叢書≫

6. 한恨 서린 정초지正草紙 한 장

부제학副提學 최창대崔昌大는 문장과 재주가 뛰어나고 용모도 출중하여 남의 이목을 끌었다. 그가 아직 과거에 급제하기 전 어느 늦봄에 알성시謁聖試(임금이 문묘文廟의 공자 신위神位를 참배하고 나서 보이던 과거)를 거행한다는 왕명이 있었다.

그때 마침 일이 있어 나귀를 타고 어떤 동네를 지나가는데, 갑자기 누군가 나귀 앞으로 뛰어와 머리를 들이밀며 절을 하는 것이었다. 어리둥절한 최생이 말했다.

김홍도金弘道 〈행려풍속도行旅風俗圖 과교경객過橋驚客〉

"당신이 누구더라. 나는 전혀 기억이 없는데."

"소인은 지물포 장사치로 보잘것없는 사람이올시다. 아직 한 번도 문안을 드린 적은 없지만, 조용한 곳에서 간곡히 드릴 말씀이 있습니다. 소인의 집이 바로 저 집입니다. 송구하오나 잠시 쉬었다 가시지요."

그 말을 들은 최생이 이상하게 여기며 나귀에서 내려 그 집 사랑으로 들어가니, 방은 정갈하고 도서圖書가 벽에 가득하였다. 최생이 자리에 앉자 그 지물포 상인이 몸을 굽혀 절하고 앞으로 다가와 말을 꺼냈다.

"소인에게 딸자식이 하나 있습니다. 나이는 갓 16세로 미색美色도 약간 있고 재주와 식견도 갖춘 편인데, 평생의 소원이 젊고 이름난 선비의 소실이 되는 것이었습니다. 그래서 아직 혼처婚處를 정하지 못하고 있습니다.

그런데 지난밤 딸아이의 꿈에 정초지正草紙(과거 시험에 사용하던 시험지) 한 장이 갑자기 날아오르더니 곧 황룡이 되어 구름을 향해 가더랍니다. 꿈을 깬 뒤 기이하게 여기며 용이 되어 날아갔던 정초지를 찾아 열 겹이나 싸두고는 '이번 과거에 이 정초지로 응시하는 사람이 반드시 장원급제를 할 것이니, 직접 사람을 찾아 이것을 주고 그의 소실이 되겠노라.'고 말하는 것입니다.

그러고 나서, 소인의 집이 마침 큰 길 옆이라, 이른 아침부터 행랑 한 칸을 정갈히 치우고 창문에 발을 드리워 놓은 채 앉아서 오가는 사람을 지켜보다가, 마침 지나가시던 서방님을 보고 소인을 급히 불러 행차를 맞으라고 조르더군요. 그래서 이렇게 당돌唐突히 간청하게 된 것입니다."

조금 후에 큰 상이 나왔는데 음식이 모두 사치스러웠다. 또 그 딸에게 예를 갖추어 뵙도록 했는데 꽃 같은 용모에 달 같은 자태가 참으로 경국지색傾國之色이었다. 용모가 시원하고 행동거지가 조용하며 아담한 것이 결코 여염집의 천한 사람이 아니었다.

지물포 상인이 또 무릎을 꿇고 정초지 한 장을 바치면서 말했다.

"이것이 바로 소인의 딸자식이 용꿈을 꾼 그 종이 입니다. 과거 날도 다 되어 가는데 서방님께서 이 정초지에 글을 써서 올리시면 반드시 장원으로 급제하실 것입니다. 그러니, 과거급제가 발표되는 날 미천微賤한 것이라고 꺼리거나 미워하지 마시고, 곧바로 딸아이를 가마에 태워 데려가 집안일을 보살피게 해서 딸아이의 평소 소원이 이루어지도록 해주십시오."

최생은 이미 뛰어난 그 여자의 미모에 반했고, 또 꿈속 징조가 예사롭지 않아 흔쾌히 약속을 하고 떠났다.

과거 날, 최생은 그 정초지를 휴대하고 과장에 들어가서 생각을 짜내 붓을 휘둘러 즉시 써 내었는데, 과연 장원으로 급제하였다.

임금이 앞에서 호명하여 어사화를 꽂아주고 또 풍악이 하늘을 울리니 세상에 빛나는 영광이었다. 자기 집에 당도하자 관원의 수레가 문을 메우고 축하객이 마루에 가득하였으며, 노래하는 아이와 춤추는 여자가 앞뒤로 늘어서고 진수성찬珍羞盛饌이 양 옆으로 차려졌는데, 악기가 기쁨을 돋우고 광대가 재주를 자랑하여 구경꾼이 뜰과 거리를 가득 메웠다. 어느덧 날이 저물어 빈객賓客들이 차차 흩어졌다.

최생은 비록 전날 굳게 한 약속을 잊지는 않았지만 아직은 혈기 왕성한 젊은 나이라 주변머리가 없었다. 그리고 엄격한 집안이라 감히 부친에게 그 사정을 말씀드리지 못하였고, 또 몹시 바쁜 와

중에 부모를 모시고 있는 처지라 달리 주선周旋할 도리도 없었다.

이러지도 저러지도 못해 한숨만 들이쉬고 있었는데 대문 밖에서 갑자기 서러움에 겨운 곡소리가 들려왔다. 나가보니 어떤 사람이 가슴을 치고 대성통곡大聲痛哭하며 곧장 대문 안으로 뛰어들려는 것을 하인들이 몰아내자, 한사코 들어가겠다고 울며 떼를 쓰는 것이었다.

"너무도 원통한 일이 있으니 선달님께 아뢰야겠소."

그의 부친 의정공議政公이 이를 듣고 해괴한 생각을 떨치지 못한 채 울음을 달래 가까이 오게 한 다음 물었다.

"너는 도대체 무슨 원통한 일이 있기에 경사스러운 집에 와서 이런 해괴한 짓을 하느냐?"

그 사람은 울며 절을 하고 나서 울음을 삼키며 대답하였다.

"소인은 지물포 상인입니다."

그러고 나서 자기 딸이 용꿈 꾼 일이며 최생과 서로 언약한 일을 하나도 빠짐없이 진술하고는 연이어 말하였다.

"소인의 딸아이는 과거날이 되자, 아침부터 밥도 안 먹고 오직 서방님의 소식만을 기다리기에, 소인이 잇따라 길 가는 사람들에게 탐문하였더니, 댁의 서방님이 과연 장원급제하신 것이 틀림없었습니다.

여식女息에게 희소식을 전했더니, 저의 딸아이는 천지에 그렇게 기뻐할 수가 없었습니다. 오직 가마를 보내 데려간다는 기별이 오기만을 눈이 빠지게 기다렸습니다. 날이 저물어도 아무런 소식이 없자, 안절부절 얼빠져 실성한 사람처럼 아무 말도 없이 긴 한숨만 내쉬었습니다.

소인이 그 정상을 차마 보지 못하여 백방으로 타이르기를 '발표하는 날은 으레 바쁜 일이 많기 마련이다. 하객賀客이 밀려들어 응대하기 바쁘니, 한가한 일까지 생각할 겨를이 없지 않겠니? 저 서방님이 잠시 잊었다 해도 이상하게 여길 일이 아니고 혹시 잊지 않았다 해도 바쁘다 보면 미처 주선하지 못할 수도 있으니, 그 역시 이상하게 여길 일이 아니다. 내가 최정승 댁에 가서 축하드리고 동정을 살피고 올 것이니, 그때 어떻게 할지 정하는 것도 늦지 않다.'고 하였습니다.

그러나 딸아이는 '만약 마음속에 버리지 않았다면 아무리 바쁘다고 한들 저를 잊을 리가 있겠습니까? 만약 애정이 있다면 아무리 바쁘시다 하더라도 가마를 보내 데려가는 것이야 분부 한 번이면 될 일인데, 어찌 그럴 틈도 없단 말인가요? 그 서방님 마음에 이미 소녀가 없어 지금까지 소식이 없는 거예요. 남이 이미 저를 데려갈 생각조차 없는데 우리가 먼저 탐문하면 그 역시 수치가 아니겠어요. 설사 우리가 가서 탐문해서 억지로 데려간다 하더라도 그 또한 부부간에 무슨 재미가 있겠어요. 부부가 백년토록 함께 즐기는 것은 서로 정리와 의리를 믿기 때문이지요. 그런데 아름다운 맹세가 식기도 전에 이렇게 마음이 변했는데 다시 후일에 무엇을 바라겠어요. 제 뜻은 이미 결정되었으니 다시 더 말할 필요가 없어요.' 하고 이내 방에 들어가서 자결해 죽었습니다. 소인은 슬픔이 가슴에 북받치고 원한이 하늘에 사무쳐 감히 이렇게 달려와서 아뢴 것입니다."

최정승은 그 말을 듣고 놀라 측은한 마음을 이기지 못하여 한참 동안 말이 없다가, 아들을 불러 꾸짖었다.

"그 얼마나 중대한 일인데 네가 이미 저와 한 약속을 이렇게 배신하니 세상에 어찌 이처럼 신의信義도 없는 사람이 있겠느냐? 너무도 인정이 없고 원한을 지나치게 쌓았구나. 내 일찍이 너에게 거는 기대가 컸거늘, 이번 일을 보니 더 이상 볼 것이 없구나. 이래 가지고 무슨 일을 하겠으며 무슨 벼슬을 할 수 있겠느냐?"

최정승은 혀를 끌끌 차다가 또 말했다.

"곧 성대한 제물祭物을 마련하여 사죄하고 잘못을 깨닫는 심정으로 그 여자의 시체 앞에 가서 곡哭하거라. 또 초빈草殯하고 염습殮襲하는 등의 모든 절차를 네가 직접 점검하여 여한이 없게 하고, 언약言約을 어긴 죄를 씻어 눈을 감지 못하는 한을 위로하는 것이 지극히 옳으니라."

그리고 관과 장례에 필요한 각종 도구들을 넉넉히 지급하여 후하게 장례를 치르도록 하였다.

그 뒤에 최창대는 벼슬이 부제학에 이르렀지만 일찍 죽고 말았다.

≪청구야담靑邱野談≫

7. 심희수沈喜壽와 일타홍一朵紅

일송一松 심희수는 일찍이 아버지를 여의고 공부를 하지 않았다. 머리를 땋아 늘인 어린아이 때부터 거만하고 방탕한 일만을 일삼아 밤낮없이 기생집이나 드나들고, 왕손王孫이나 귀공자들이 베푸는 잔치나 노래하고 춤추는 기생들이 끼는 자리라면 어디라도 참석하였다.

그는 산발한 머리에 다 떨어진 신을 신고 누더기를 입었으나 조금도 부끄러워하거나 서먹해하는 기색이 없었다. 그래서 사람들은 그를 '광동狂童'이라고 하였다.

하루는 권세 있는 재상이 베푸는 잔치 자리에 달려가 기생들 틈에 끼어 앉았다. 침을 뱉고 욕을

김희겸金喜謙 〈석천한유도石泉閑遊圖〉

퍼부어도 아랑곳하지 않고 내쫓아도 나가지 않았다.

기생 가운데 일타홍—朶紅이란 나이 어리고 이름난 기생이 있었다. 그녀는 금산錦山에서 갓 올라왔는데 용모와 가무歌舞가 천하에 제일이었다.

심동沈童은 그녀의 미색에 빠져 그의 자리에 붙어 앉았다. 그러나 일타홍은 조금도 싫어하는 기색이 없었으며, 자주 추파를 던져 가만히 심동을 살피다가 이내 일어나 뒷간을 가면서 손짓으로 심동을 불렀다. 심동이 일어나 따라가니, 일타홍이 심동의 귀에 대고 물었다.

"도련님의 댁은 어디신지요?"

심동이 아무 동네 몇 번째 집이라고 자세히 알려주자 일타홍이 다시 말했다.

"도련님께서 먼저 가면 제가 곧바로 뒤따라가겠습니다. 절대로 믿음을 저버리지 않겠습니다."

심동은 너무나 기뻐 먼저 집으로 돌아와서 깨끗이 청소를 해놓고 그녀를 기다렸다. 해가 아직 저물기도 전에 일타홍은 과연 약속대로 왔다. 심동은 좋아서 어쩔 줄을 몰라 하며 일타홍과 무릎을 대고 다정히 서로 말을 주고받았다.

이때 한 어린 하녀가 안에서 나오다 그 광경을 보고 도로 들어가서 심동의 어머니께 알렸다. 그의 어머니는 제멋대로 행동하는 아들을 걱정하며 꾸짖으려고 하였다. 이 일을 눈치 챈 일타홍이 심동에게 말하였다.

"얼른 하녀를 불러 오십시오. 제가 들어가서 도련님의 어머니를 뵈올 것입니다."

심동은 그녀의 말대로 하녀를 불러서 일타홍이 자기 어머니를 뵐 수 있도록 하였다. 일타홍은 안에 들어가 뜰 아래에서 절하고 말했다.

"저는 금산에서 새로 온 일타홍이라고 하는 기생입니다. 오늘 모 재상집 연회에서 마침 귀댁의 도련님을 뵈었습니다. 모두들 미친 어린놈[狂童]이라고 하였지만 저의 안목에는 도련님께서 큰 귀인貴人이 될 기상이 있습니다. 그러나 기상이 너무 거칠어 색중아귀色中餓鬼라고 할 수 있습니다. 만일 여색女色을 자제하지 못하면 장차 제대로 사람이 되지 못할 것이니 그 형세대로 잘 인도하는 수밖에 없습니다.

저는 오늘부터 도련님을 위하여 기생에서 물러나 도련님을 공부하는 길로 인도하여 성취시키고자 하는데, 부인의 생각은 어떠하신지요? 제가 만에 하나라도 정욕 때문에 이런 말씀을 드린다면 왜 하필 가난한 집의 광동을 선택하겠습니까? 제가 도련님 곁에 있더라도 결코 정욕에 빠져 해치는 일이 없게 할 것이니, 이것은 염려하지 마소서."

부인은 말했다.

"내 자식이 일찍이 아버지를 여읜 뒤로 학업에 게으르고 오로지 방탕한 짓만 일삼았지만 이 늙은이는 그 아이를 제재할 방법이 없었단다. 그래서 밤낮으로 속을 태우고 있었는데 어제 어디서 좋은 바람이 불었는지 너처럼 아름다운 사람을 보내왔으니, 우리 집 아이를 성취시킬 수만 있다면 이보다 더한 은혜는 없겠다. 내가 어찌 의심하겠느냐? 그러나 우리 집은 워낙 가난해서 아침저녁 끼니조차 잇기 어렵단다. 너는 호사豪奢를 누렸던 기녀로서 어떻게 춥고 배고픔을 참으며 여기에 머물러 있을 수 있겠느냐?"

일타홍은 말했다.

"그것은 조금도 개의치 않으니 절대로 염려하지 마십시오."

일타홍을 이날로 창기의 홍루紅樓에 발을 끊고 심생의 집에 몸을 숨기어 심동의 머리를 빗겨주고 몸을 씻어주는 일을 게을리하지 않았다. 해가 뜨면 심동을 책상머리에 앉히고 새벽과 저녁으로 공부를 권면하였다. 공부할 분량을 엄격히 정하고 조금이라도 게으름을 피우면 화를 내며 떠나갈 것처럼 겁을 주었기 때문에 심동은 일타홍을 사랑하면서도 무서워하여 공부를 게을리할 수가 없었다.

혼인할 나이가 되었지만 심동은 일타홍 때문에 다른 여자에게 장가를 들려고 하지 않았다. 일타홍은 이를 알고 심동을 엄하게 꾸짖었다.

"도련님께서는 명문名門의 자제로서 앞길이 만 리인데, 어찌 한 천한 계집 때문에 큰 윤리倫理와 강상綱常을 폐하려 하십니까? 저는 결코 저 때문에 도련님의 집을 망하게 하고 싶지 않으니 이제 떠나겠습니다."

그래서 심동은 부득이 다른 여자에게 장가를 들었다. 일타홍은 표정을 부드럽게 하고 목소리를 온화하게 하는 등, 매우 조심스러운 태도로 심생沈生의 아내를 마치 노부인처럼 섬겼다. 그리고 심생에게는 날짜를 정하여 4, 5일은 아내의 방에 들어가고 하루쯤은 자기 방에 들어오게 하였다. 어쩌다 날짜를 어기면 기어이 문을 잠그고 들어오지도 못하게 하였다.

몇 년을 이렇게 하자 심생은 학문을 싫어하는 마음이 전보다 갑절이나 더하게 되었다. 그러던 어느 날, 일타홍에게 책을 던지고 누워서 말했다.

"너는 나를 공부시키려고 열성이지만 내가 하고 싶지 않은데 어떻게 하겠느냐?"

일타홍은 공부에 나태해진 그의 마음을 말로는 어찌할 수 없다는 것을 알고는 심생이 외출한 기회를 틈타 노부인에게 말했다.

"공부하기 싫어하는 아랑阿郎의 증세가 요즘 들어 더욱 심해졌습니다. 저의 성의로도 어떻게 해볼 수가 없기에 오늘 떠날까 합니다. 제가 지금 떠나는 것은 바로 격려하여 권장하려는 마음에서입니다. 제가 비록 집을 떠나지만 어찌 영영 이별할 수 있겠습니까? 과거에 급제했다는 소식을 들으면 곧바로 돌아올 것입니다."

일타홍은 이렇게 말하고 나서 이내 절하고 작별하였다. 부인은 그녀의 손을 잡고 울면서 말했다.

"네가 오면서부터는 우리 집 광패狂悖한 아이가 마치 엄한 스승을 얻은 것과 같았다. 그나마 몽학蒙學이라도 면한 것은 다 너의 힘이었다. 그런데 이제 글 읽기 싫어하는 작은 일로 우리 모자母子

를 놓아두고 간단 말이냐?"

일타홍은 일어서 절하며 말했다.

"제가 목석木石이 아닌 이상 어찌 이별의 괴로움을 모르겠습니까? 그러나 격려하여 권장하는 방법은 오직 이 한 가지뿐입니다. 아랑이 돌아와서, 만약 제가 과거에 급제하면 다시 만날 것이라는 약속을 남기고 떠났다는 말을 들으면 반드시 분발하여 학업에 열중할 것입니다. 그리 한다면 멀어도 6, 7년, 가까우면 4, 5년 안에 과거에 오르실 것입니다. 저는 몸을 정결히 하며 아랑이 과거에 오를 때를 기다릴 것입니다. 저의 이런 생각을 아랑에게 전해주십시오."

일타홍은 이렇게 부탁하고 나서 슬픈 마음으로 문을 나섰다.

심생의 집에서 나온 일타홍은 두루 돌아다니면서 아내가 없는 노재상老宰相의 집만을 찾았다. 마침내 그러한 집을 찾은 일타홍은 노재상을 뵙고 말했다.

"화를 당한 집안의 자손이 몸을 의탁할 곳이 없으니, 비복婢僕들 틈에서 보잘것없는 정성이나마 바칠 수 있게 해주십시오. 그렇게 해주시면 바느질이나 음식 만드는 일을 조심스럽게 보살펴드리겠습니다."

노재상은 일타홍의 단아함과 총명함을 보고 사랑하여 머물러 살게 하였다.

일타홍은 그날부터 부엌에서 정성을 다해 반찬을 장만하고 맛을 내어 노재상의 식성에 맞게 하니, 노재상은 더욱 기특하게 여기고 사랑하였다.

"내 기구한 운명을 타고났는데 다행히 너 같은 사람을 만나 음식이 입에 맞고 의복이 몸에 맞으니 비로소 의지할 곳이 있게 되었구나. 나는 벌써 마음속으로 허락을 하였고 너 역시 나에게 정성을 다하니, 지금부터 부녀父女의 정을 맺는 것이 좋겠다."

노재상은 이렇게 말하고 그녀를 안채로 들어와 거처하게 한 다음 딸이라 불렀다.

한편, 심생은 집에 돌아와서 보니, 일타홍이 이미 간 곳이 없어 이상하게 여겨 물어보았더니, 그 어머니는 그녀가 작별하며 한 말을 전해주고 꾸짖으며 말했다.

"네가 학문을 싫어해서 이 지경이 되었으니 장차 무슨 면목으로 세상을 살아 갈 수 있겠느냐? 그 아이가 네가 과거에 오르면 찾아올 것이라 언약하였으니, 그 사람 됨됨이로 보아 반드시 허투루 한 말은 아닐 것이다. 네가 만일 과거에 오르지 못하면 살아서는 다시 그 아이를 만날 길이 없을 것이니, 오직 네가 마음먹기에 달렸다."

심생은 이 말을 듣고 멍하니 마치 무엇을 잃은 듯하였다. 며칠 동안 서울 안팎을 두루 찾았으나 끝내 흔적조차 찾지 못하자, 마음속으로 맹세하였다.

'내가 한 여자에게 버림을 받았으니 무슨 낯으로 사람을 대하겠는가? 그녀가 이미 과거에 오른 뒤에 서로 만날 언약을 하였으니, 내 단단히 마음먹고 공부하여 옛 연인과 다시 만날 기회를 만

들 것이다. 만일 과거에 낙방하여 그녀를 만나지 못한다면 살아서 무엇하겠는가.'

이렇게 굳게 맹세한 심생은 결국 문을 닫고 들어앉아 찾아온 손님도 사절하고 밤낮으로 공부하였다. 그렇게 한 지 겨우 몇 해 만에 과거에 오르게 되었다.

심생은 신은新恩(새로 과거에 급제한 사람)으로 유가遊街를 하는 날 선배들을 두루 찾아보게 되었다. 노재상은 바로 심생 아버지의 친구로 지나는 길에 찾아뵈었더니, 그 노재상은 기쁘게 맞이하여 이런 저런 옛날 얘기로 심생과 조용히 이야기를 주고받았다.

잠시 후 술상이 나왔는데 상차림 솜씨를 보더니 신생의 얼굴빛이 갑자기 변하는 것이었다. 노재상이 이상하게 여겨 그 까닭을 묻자, 심생은 일타홍과 있었던 일의 자초지종을 얘기하고 또 말했다.

"시생侍生이 마음을 다잡아 공부하여 과거에 오르기를 기약한 것은 오로지 옛 연인과 만날 기회를 만들기 위한 것이었습니다. 그런데 지금 이 음식을 보니, 틀림없이 일타홍이 장만한 것입니다. 그래서 저절로 마음이 아픈 것입니다."

노재상은 그녀의 나이와 용모에 대해 묻고 말하였다.

"내게 한 양녀養女가 있는데 어디에서 왔는지는 모르겠지만, 아마 이 아이가 일타홍이 아닐까 싶구나."

노재상의 말이 미처 끝나기도 전에 갑자기 한 여인이 뒷문을 밀고 들어와서 심생을 안고 통곡하였다. 심생이 일어나 주인에게 절하며 말했다.

"존장尊長께서 지금 이 여인을 저에게 돌려주시지 않을 수 없게 되었습니다."

노재상은 말했다.

"내가 죽어가는 나이에 다행히 이 아이를 얻어 의지하며 생명을 부지하고 있는데, 지금 만일 자네에게 보낸다면 이 늙은이는 양손을 잃는 것이나 다름없을 것이네. 일이 매우 난처하지만 그 일은 참으로 기특하고 사랑스러우니 어찌 허락하지 않겠는가."

심생은 연거푸 고마움을 표하였다. 해가 이미 저물자 심생은 일타홍과 함께 말을 타고 하인들에게 횃불을 들려 앞에서 인도하게 하였다. 심생은 자기 집 대문에 이르자, 급히 모부인을 부르며 소리쳤다.

"홍랑紅娘이 왔습니다."

모부인은 기쁨을 이기지 못하여 신발도 신지 않은 채로 황급히 중문中門 안에 이르러 일타홍의 손을 잡고 뜰에 올랐다. 기쁨이 집에 넘치고 다시 이전의 즐거웠던 생활이 계속되었다.

심공은 뒤에 이조 낭관〔天官郞〕이 되었다. 하루는 일타홍이 옷깃을 여미며 말했다.

"저의 한 가닥 성심은 오로지 나리의 성공만을 위하느라 10여 년 동안 미처 다른 생각은 할 겨를도 없었습니다. 그래서 제 고향 부모의 안부도 들을 겨를이 없어 밤낮으로 마음이 아팠습니다. 나리께서는 지금 제 소원을 들어주실 수 있으니 저를 위해 금산錦山

의 원님이 되어 제가 생전에 부모를 볼 수 있게 해주신다면 저의
지극한 한이 풀릴 것입니다."

"그것은 무척 쉬운 일이요."

심공은 이렇게 말하고, 상소를 올려 지방관으로 나갈 것을 청
하였다. 과연 금산의 원님이 되어 일타홍을 데리고 갔다. 부임하
는 날 일타홍의 부모에 대한 안부를 물었더니 모두 잘 지내고 있
었다.

3일이 지난 뒤에 일타홍은 관아官衙에서 주찬酒饌을 풍성하게
마련하여 본가에 가서 부모께 배알하고 친척을 모아 3일 동안 큰
잔치를 베풀었다. 그리고 의복을 포함한 여러 가지 생활에 필요한
물품을 넉넉하게 마련하여 부모에게 드리며 말했다.

"관아는 사가私家와 다르고 관가官家의 안사람은 다른 사람과
더욱 다릅니다. 만일 부모와 형제가 저를 인연으로 자주 드나든
다면 남의 수군거리는 말을 듣게 되고 또 관정官政에 누를 끼칠
것입니다. 저는 이제 관아로 들어가야 합니다. 한번 들어가면 후
에는 다시 나올 수 없습니다. 또한 자주 서로 통해서도 아니 됩
니다."

일타홍은 이내 부모에게 하직 인사를 하고 관아로 들어왔다.
관아에 들어온 그녀는 한 번도 외부와 통하지 아니하였다.

외직外職으로 나온 지 거의 반년이 되어 가던 어느 날 갑자기
하녀가 일타홍의 심부름으로 사또에게 내실로 들어오기를 청하였
다. 마침 공무가 있어서 곧바로 일어나지 못하였더니 연달아 들어

오기를 청해 심공이 이상히 여겨 안으로 들어가서 이유를 묻자, 일타홍은 새 옷을 입고 자리에 앉아 별로 아픈 데도 없으면서 슬픈 표정을 하며 말하였다.

"오늘은 소첩이 나리를 영원히 이별하고 죽는 날입니다. 나리께서는 몸을 잘 보전하여 길이 부귀영화富貴榮華를 누리고 소첩 때문에 마음 아파하지 마십시오. 그리고 소첩의 시신은 나리의 선산에 묻어주십시오. 이것이 소원입니다."

말을 마치자 일타홍은 갑자기 죽었다. 심공은 슬피 통곡하면서 말했다.

"내가 외직으로 나온 것은 오직 너를 위해서였는데, 지금 네가 이미 죽고 없는데 내가 어찌 혼자 여기에 머물러 있겠는가?"

심공은 이렇게 말하고 이내 사직서를 올려 그녀의 영구靈柩와 함께 금강錦江을 따라 올라가면서 다음과 같이 망인亡人을 애도하는 도망시悼亡詩를 남겼다.

금강의 가을비에 명정銘旌이 젖으니　　　　錦江秋雨銘旌濕
아마도 연인을 눈물로 떠나보내는 때인가　　疑是佳人泣別時

《계서야담溪西野談》

8. 신익성申翊聖과 기생 홍장紅嬙

　동양위東陽尉 신익성은 상촌象村 신흠申欽의 아들로, 선조宣祖의 부마도위駙馬都尉였는데, 문장과 재주가 당시에 으뜸이었고 글씨와 그림, 거문고와 바둑 등에 대해서도 어느 것 하나 막힘이 없었다.

　그런데 신공申公은 자신이 부마도위가 되었기 때문에 경상卿相의 지위에 오를 수 없다는 것을 매우 한스럽게 여겼다. 그래서 옹주翁主를 대할 때마다 질책하였다.

　"내가 부마도위만 안 되었더라도 이 세상 문형文衡은 나를 놓아두고 그 누가 하겠소?"

　그리고 출입할 때면 반드시 나귀를 타고서 얼굴을 가리고 사잇길로 다니며 항상 우울한 표정을 지었다.

　한 번은 지친至親이 혼사가 있어 금교자金轎子를 빌리려고 하였다. 신공이 빌려주도록 하자, 상궁나인尙宮內人이 말했다.

　"이 가마는 옹주가 타는 것이므로 남에게 빌려주어서는 아니 되옵니다."

　그러자 신공은 버럭 화를 내었다.

　"가마를 놓아두고 남이 타는 것을 허락하지 않으면 장차 어디에 쓸 것인가?"

그리고는 가마를 부수어버리도록 명하였다.

선조宣祖 임금은 그가 대제학大提學이 되지 못하는 것을 한으로 여긴다는 것을 알고는, 대제학을 선출한 뒤에 뽑힌 사람에게 글의 제목을 주어 글을 지어 올리게 한 다음, 동양위에게 그 시권試券을 살펴 우열을 정하게 하면서 말했다.

"대제학에 뽑힌 사람의 시권을 뽑는 것이 오히려 대제학이 된 사람보다 낫지 않겠는가?"

신공은 거문고를 잘 탔다. 경치 좋은 때만 되면 거문고를 끌어 한두 곡을 타곤 했는데, 소리가 비장悲壯하고 청월淸越하여 그 여향餘響이 수풀을 흔들었다.

이때 강릉부江陵府의 홍장이란 기생도 거문고를 잘 타기로 이름이 나서 이원梨園에 소속되어 있었다. 신공은 그녀를 한번 보고 매우 사랑하였는데, 그녀의 아름다움과 재주가 세상에 뛰어났기 때문이었다. 항상 그녀를 몰래 협실夾室에 두고 사랑하며 열흘씩이나 나오지 않으니, 선조 임금은 그 기생을 본군本郡으로 내쫓도록 명령하고, 다시는 서울에 들어오지 못하게 하라고 감사에게 주의시켰다. 그러자 신공은 몹시 서운해하며 다음과 같은 시 한 수를 그녀에게 지어주고 전송하였다.

밝은 달아 수놓은 베개를 엿보지 말아다오　　明月不須窺繡枕
밤 바람아 무슨 일로 비단 휘장을 걷느냐　　夜風何事捲羅幃

이 시는 아마 그 은밀한 일이 남에게 발각되어 임금에게까지 알려져서 이처럼 이별의 한을 가져오게 된 것을 말한 것이리라.

신공은 정을 잊을 수가 없어서 항상 본군의 수령에게 편지를 하여 다시 만날 수 있게 해주기를 청하였다. 그러나 본군의 수령은 그녀가 이미 병들어 죽었다고 거짓말을 하여 그녀에 대한 그리움을 끊게 하였다.

신공이 마침 풍악산楓嶽山에 놀러갔다가 돌아서 경포대鏡浦臺에 이르자, 본군의 수령은 성대히 준비하여 신공을 맞이하였다. 그러나 신공은 그녀에 대한 그리움이 몰려들어 그녀가 살던 곳에 와 있다는 생각에 몹시 우울해하였다. 본군의 수령이 신공에게 제의했다.

"경치 좋은 호수에서는 뱃놀이가 제일인데, 오늘밤 밝은 달빛 아래에서 배를 타고 마음을 한번 시원하게 해보시렵니까?"

신공은 흔쾌히 따랐다. 이날 밤은 달빛이 유난히 밝고 바람이 없어 수면水面이 잔잔하였다. 그래서 비단 닻줄에 상아 돛대 기둥으로

김홍도金弘道 〈적벽야범赤壁夜泛〉

된 배를 타고 흰 이슬 내린 푸른 갈대 사이를 거슬러 올라갔다. 조금 후 피리와 퉁소 그리고 거문고와 비파 소리가 은은히 안개

긴 물결 너머에서 들려오는데, 가까이서 들리는 듯도 하고 멀리
서 들리는 듯도 하며, 원망하는 듯도 하고 사모하는 듯도 하였다.

신공은 귀를 기울이고 들으며 물었다.

"이게 무슨 소리요?"

그 고을 사람이 대답했다.

"이곳엔 바람이 맑고 달이 밝을 때면 이따금 선악仙樂이 들리고
난새와 학鶴을 탄 사람이 빠르게 오가는데, 아마 오늘밤에는 뭇
신선神仙들이 와서 노는 모양입니다."

신공은 듣고 기이하게 여겼다. 그 고을 수령이 말했다.

"오늘밤 뱃놀이에 마침 신선의 나들이를 만난 것은 공에게 반
드시 신선의 인연이 있어서 그럴 것입니다. 또 거문고와 퉁소 소
리가 점점 가까워지는 것으로 보아 이 배를 향해 오는 것 같으니,
참으로 이상한 일입니다"

신공은 기뻐하며 신선을 곧 만날 것처럼 기대하고 향을 태운
다음 옷깃을 여미고 앉아서 기다렸다. 그랬더니 얼마 후에 과연
일엽편주一葉片舟가 바람을 따라 지나갔다. 학발鶴髮 노인 하나가
성관星冠에 우의羽衣 차림으로 배에 기대 앉아 있고, 앞에는 푸른
옷차림의 동자 둘이 있었는데, 하나는 거문고를 타고 다른 하나는
퉁소를 불었다. 그리고 곁에는 푸른 빛 소매에 붉은 단장丹粧을 한
젊은 여자가 수건을 들고 서 있었는데, 나부끼는 것이 마치 구름
을 밟고 허공을 걷는 듯한 자태였다.

신공은 마치 멍청한 사람처럼, 술에 취한 사람처럼 얼빠진 눈

으로 뚫어지게 바라보았다. 그런데 틀림없는 홍장이었다. 그래서 노를 저어 그 배 앞으로 다가가 몸을 솟구쳐 그 뱃머리로 뛰어올라가 노인에게 절하며 말했다.

"하계下界의 진골塵骨이 신선이 강림한 것을 몰라보고 맞이하는 법식을 잃었으니, 어리석은 죄를 용서해주시기 바랍니다."

"그대는 신선으로서 인간 세상에 귀양 온 것인데 오늘밤의 만남은 역시 신선의 인연이로다."

노인은 웃으며 곁에 있는 미인을 가리켰다.

"그대는 이 여인을 아는가? 이 여인 역시 옥황상제玉皇上帝 향안香案 앞에서 시중드는 아이로 잠깐 인간 세상에 귀양 왔다가 이제 이미 기한이 차서 하늘로 돌아가게 되었도다."

신공이 다시 자세히 살펴보니, 과연 옛날에 만난 홍장이었다.

그녀는 마치 푸른 산이 잠깐 찡그리듯 가을 물결이 은은히 움직이듯 교태를 부리며 시무룩하게 서 있는데, 그에 대한 감정을 자제할 수가 없었다.

신공은 얼른 그녀의 손을 덥석 잡고 울며 하소연했다.

"너는 어찌 차마 나를 놓아두고 돌아가겠다는 것이냐?"

홍장이 눈물을 씻으며 조용히 이야기했다.

"인간 세상의 인연이 이미 다했으니 다시 어떻게 하오리까? 옥황상제께서 상공相公이 저를 연모하시는 정성이 하늘에까지 사무치는 것을 보시고 저에게 하룻밤 말미를 주시기에 노선老仙을 따라와서 상공과 한번 만나게 되었을 뿐입니다."

신공이 노인에게 물었다.

"이미 상제上帝께서 명령하셨다 하니, 저 여인을 제 배로 데려가도록 허락해주시겠습니까?"

노인이 웃으며 허락했다.

"이미 명령을 들었으니 우선 같이 가도록 하라."

그리고 홍장에게 주의를 시켰다.

"상제의 명령에 의하여 다만 하룻밤을 허락하노니 날이 밝기 전에 돌아와야 하느니라. 내 배를 대고 기다릴 것이니라."

홍장이 옷깃을 여미며 대답하였다.

"삼가 분부대로 하오리다."

신공은 드디어 홍장을 데리고 배를 타고 돌아와 동침同寢을 하였는데, 남녀의 무르익은 정은 여느 때와 다를 것이 없었다. 해가 높이 솟을 때에서야 비로소 잠에서 퍼뜩 깬 신공은 선녀가 벌써 떠났을 것이라 생각하고 눈을 들어 보았더니, 홍장은 곁에서 화장을 하고 있었다. 이상한 생각이 들어 물었지만 홍장은 단지 미소만 지을 뿐이었다. 이때 본군 수령이 들어와서 물었다.

"간밤 양대陽臺의 꿈은 즐거우셨는지요? 소생에겐 만남의 다리를 놓아준 월하노인月下老人(부부의 인연을 맺어준다는 전설상의 노인)의 공이 없지 않소이다."

신공은 비로소 속았다는 것을 알고 함께 껄껄대고 크게 웃었다.

《청야담수靑野談藪》

9. 돌고 도는 기구한 인연

선천宣川 사람 최 아무개는 나이 20여 세로 성품이 온화한 데다 풍채가 뛰어나고 아내 또한 용모가 아름답고 고왔으며, 부부의 사랑이 매우 돈독하였다.

최생은 호남湖南으로 장사하러 나간 후 오래도록 돌아오지 않았다. 최생의 집은 시장 근처에 있었다. 부인이 우연히 발이 내려진 창문을 통하여 밖을 내다보다가, 갑자기 모습이 남편과 닮은 미남자를 발견하였다. 곧 발을 젖히고 눈여겨보다가 잘못 본 것을 알고는 쑥스러워 몸을 피해버렸다.

그 남자는 호남 사람인데 장사하러 선천에 와 있은 지 여러 해였다. 그는 다락에서 미인이 자기를 눈여겨보는 것을 발견하고는 몹시 사모하여 그 집이 누구의 집인지 염탐하였다.

시장 동쪽에서 구슬을 파는 노파에게 찾아가 후한 뇌물을 건네주고 그녀와 사통私通할 수 있도록 주선을 청하였다.

노파가 말했다.

"내 알았소만, 그는 양가댁 부인이라 지조가 굳어 범할 수 없소. 평소 그 부인의 얼굴을 자주 본 것도 아닌데, 어떻게 손님을 위해 주선할 수 있겠소?"

그 남자가 애걸하며 매달리자, 노파가 말했다.

"당신은 내일 오후에 돈과 비단을 많이 가지고 와서, 그 집 대문 건너편 점포에서 나와 안에서도 들릴 수 있게 거짓으로 시끌벅적하게 물건 값을 흥정하는 소리를 들리게 합시다. 만일 그 부인이 이 늙은이를 불러 그 집 대문에 발을 들여놓을 수만 있다면, 혹 기회가 있을 것이오. 그러나 일이 잘되기만을 기대하고 서두르지는 마시오."

"예, 예."

그 남자는 좋아하며 갔다. 노파는 곧바로 자루에서 큰 구슬과 비녀 그리고 귀고리 등 진기한 것을 가려, 이튿날 약속한 점포로 가서 호남 남자와 거짓 장사를 하였다. 한참 동안 값을 흥정하면서 한낮에 구슬빛을 번쩍거리니, 시장 사람들이 앞을 다투어 구경하면서 시끄럽게 웃어댔다.

그 시끄러운 소리가 부인의 처소에 들리니, 부인이 과연 창문으로 와서 엿보고 곧 시녀를 시켜 노파를 불렀다. 노파가 물건을 걷어 상자에 담으면서 말했다.

"이 손님 퍽 사람을 괴롭히는구먼. 당신이 부른 값이면 나는 진작 팔았을 걸."

그리고 곧 최생의 집에 들어서 그 부인과 인사한 다음, 이웃에 살면서 공경해왔다고 대충 말하고, 상자를 열어 비녀와 귀고리 등 몇 가지를 꺼내 번갈아 부인에게 보여주면서, 이런저런 몇 마디 얘기를 나누었다. 그러다가 문득 물건을 주워 담으면서 말했다.

"내가 마침 급한 일이 있어서 다른 데를 가봐야 하겠소. 이 자물쇠와 상자를 같이 잠깐 맡겨둘 테니 낭자 마음에 드는 것을 골라두시오. 조금 후에 와서 천천히 의논합시다."

노파가 가버린 뒤에 부인은 구슬 등을 좋아하여 이것저것 사려고 하였다. 노파가 돌아오면 값을 치르려고 하였으나 3, 4일 동안 노파는 오지 아니하였다.

어느 비 오는 날 노파가 찾아왔다.

"집에 일이 있어서 며칠 분주하게 나대다가 그만 약속을 어기었소. 오늘 비가 와서 마침 시간이 있으니, 낭자의 비녀와 목걸이나 구경합시다."

"내 그 값을 알고 싶소."

부인은 곧 상자를 열어 가지가지 기묘한 것들을 줄줄이 꺼내놓았다. 노파는 그것들을 두세 번 만지작거리며 감탄해 마지않았다. 부인은 그 기묘한 것들을 한쪽으로 밀쳐놓고 노파의 물건을 갖다가 값을 계산하였는데, 값을 계산하는 데는 원칙이 있었으므로 노파는 전혀 이의가 없고 기쁜 빛이 얼굴에 가득하였다. 부인이 구슬 값의 반은 남편이 돌아온 뒤 갚겠노라 말했는데, 노파는 선뜻 허락하였다.

"이웃지간에 무얼 의심하겠소."

부인은 가격이 싼 데다가 반은 외상이라 다행으로 생각하였다. 그래서 노파를 붙잡아 앉히고 술을 대접하며, 서로 일찍 알고 지내지 못한 것을 한스러워하였다.

다음날 노파가 술을 가지고 와서 답례하였다. 주거니 받거니 실컷 마시며 마냥 즐겼다. 이때부터 부인에게는 날마다 노파가 없어서는 안 되는 존재가 되었다. 노파는 부인과 점점 친근해졌다. 때로는 남녀 간의 애정을 주고받는 정다운 이야기를 들려주어서 색정色情이 일어나게 하였다.

부인은 젊은 나이에 혼자 지내고 있어 마음속 근심이 표정과 말투에 나타났다. 그래서 간혹 노파를 붙들어 앉히면 노파 역시 못 이기는 체하며 말했다.

"내 집은 시끄럽고 비좁은데, 이곳은 조용하면서 깨끗하고 넓어 맘에 듭니다."

다음날 저녁에는 아예 침구寢具를 가지고 오고, 그 다음날은 부인이 노파를 위해 자리를 깔아놓아 노파는 저녁마다 찾아오게 되었다. 평소에는 두 시녀가 침대 앞에 엎드려서 모셨는데, 노파가 와서 자면서부터는 그 시녀들을 벽 뒤에 있는 방으로 가서 자게 하고 부인과 노파 둘만이 침대에 마주 대고 누웠다. 재미있게 이야기를 나누며 한밤중까지 잠을 자지 않았다. 심심풀이 잡담을 지어내어 속마음을 털어놓되 서로 꺼리지 않았다. 항간에 유행하는 외설스러운 말까지도 못할 것이 없었다.

노파는 또 거짓으로 술에 취해 정신이 없는 사람인 것처럼 속여, 자기가 소녀 때 담을 엿보고 울타리를 뚫는 등 사내를 넘보던 여러 가지 경험을 이야기해서 부인의 춘정春情이 일어나게 한 다음, 부인의 양쪽 뺨이 붉어진 것을 보면서 속으로 가늠해보았다.

그 남자가 노파에게 기회를 만들었는지 물으면, 노파는 그때마다 이야기하였다.

"아직 기회가 되지 않았소."

가을철에 접어들자 그 남자는 노파에게 말했다.

"버들잎이 아직 푸르기도 전에 약속을 하여 버들잎이 그늘을 이룰 때면 가능할 것이라 다짐하였는데 꽃이 벌써 열매를 맺었는데도 아직 시행되지 못하고 있으니, 이때가 지나면 버들잎마저 다떨어져 흰 눈이 가지를 뒤덮겠구려."

그러자 노파가 말했다.

"오늘 저녁에는 여하튼 나를 따라 들어오시오. 정신 바짝 차리고요. 일의 성공은 여기에 달려 있습니다. 그렇게 하지 않으면 반년을 헛되이 버리게 될 것이오."

그러면서 노파는 그에게 꾀를 알려주었다. 때는 7월 7석으로 부인의 생일이었다. 노파가 좋은 술과 안주를 가지고 와서 인사를하니, 부인은 고마움을 표시하고 노파를 앉히고 함께 국수를 먹었다. 갑자기 노파가 말했다.

"오늘 마침 무슨 일이 있네요. 저녁에 다시 와서 낭자를 모시고 견우牽牛·직녀織女가 만나는 것을 볼 것이니, 이 술과 안주는 두었다가 오늘 저녁에 먹읍시다."

말을 마치자마자 노파는 훌쩍 가버렸다. 이날 저녁은 보슬비가내려서 달빛이 없었다. 노파는 캄캄할 때 부인의 집에 이르렀는데, 몰래 그 남자와 함께 들어와서 침실 문밖에 엎드려 있게 하였다. 노파와 부인은 방에서 술을 마시며 다정하게 이야기를 나누어

두 사람의 정은 더욱 깊어졌다. 이때 노파가 시녀들에게 술을 억지로 권하니, 시녀들은 취기를 이기지 못하여 다른 곳으로 가서 누워버렸다. 노파와 부인은 문을 닫고 계속 마셔 이미 얼큰히 취하였다.

이때 마침 나방이 날아와서 등잔 위를 돌고 있었다. 노파는 일부러 부채로 쳐서 등불을 꺼뜨린 다음, 불씨를 찾아다 등불을 켜야겠다고 말하고, 방문을 나갔다가 다시 들어와서 거짓으로 웃으면서 말했다.

"내 정신 좀 봐. 초를 안 가지고 갔네."

노파는 몇 번 드나들고 이리저리 도는 척하면서 그 사이에 그 남자를 몰래 침실 안으로 끌어들였다. 그리고 조금 후에 노파는,

"아궁이에 불씨가 꺼져버렸다오."

라고 말하고 다시 문을 닫고 들어왔다. 부인은 캄캄한 것이 무서워서 자주 노파를 불렀다. 노파는,

"내가 침대에서 같이 자줄게요."

하고 그 남자를 끌어 부인의 침대로 올려 보냈다. 부인은 노파인 줄 알고 이불을 들고 그 몸을 어루만지며 말했다.

"할매 몸이 어쩌면 이렇게 부드러울까."

그 남자는 대꾸하지 않고 이불 속으로 파고 들어가 갑자기 몸으로 기어올랐다. 부인은 이미 마음이 취하고 정신이 방탕하여 이 지경이 되어도 자세히 알아보지 않고, 그의 경박한 행동에 맡겨버렸다. 그 남자는 본래 방탕한 짓에 능숙하여 난새가 엎어지고 봉

새가 거꾸러지는 듯 정을 나누며 부인이 정신을 차리지 못하도록 희롱해댔다.

정신을 차리지 못하던 부인은 운우雲雨의 일이 겨우 끝나자, 비로소 어떤 사람이냐고 물었다. 노파가 앞으로 다가가서 사죄하고 그 남자가 부인을 사모하여 주선을 요청한 전후 사정을 자세히 말해주었다.

"내가 어리석은 짓을 한 것이 아니라, 하나는 낭자가 청춘靑春으로 혼자 지내는 것을 가엾이 여긴 때문이고, 또 하나는 저 손님의 목숨을 구제하기 위함이니, 둘은 다 전생前生의 인연이요, 이 늙은이와는 무관한 일이라오."

신윤복申潤福 〈삼추가연三秋佳緣〉

부인은 이미 그들의 수법에 걸려들어 끝내 헤어날 수가 없었다. 그리하여 그 남자와 부인은 부부보다도 더 아끼고 사랑하게 되었다. 그 남자는 반년 남짓이나 밤이면 찾아오고 새벽에 나가곤

하였는데, 비용이 이미 천 냥이 넘어갔다.

어느 날 그 남자가 모친의 병환 소식을 듣고 집으로 돌아가려 하면서 눈물을 흘리며 부인에게 말했다.

"이별한 뒤에 몹시 그리울 것이니, 물건 하나를 빌려가 낭자의 얼굴이 떠오를 때마다 꺼내보려 하오."

부인은 장롱을 열고 흰 여우 갖옷 하나를 내어 그 남자에게 입혀주었다.

"길 가자면 추위에 고생할 것이니, 이것을 속에 입어 내가 당신의 몸을 가까이 댄 것처럼 여겨주십시오."

그리고 그들은 다음해 함께 다른 곳으로 가서 평생 즐겁게 살 것을 서로 약속하고는, 드디어 눈물을 뿌리며 헤어졌다. 그 남자는 여우 갖옷을 얻은 뒤로 한 번도 몸에서 떼어놓지 않고 여우 갖옷을 보며 문득 울곤 하였다.

그 남자는 이듬해 우연히 이웃 고을로 장사를 나갔다. 마침 부인의 남편인 최생과 한 객점에 같이 들어 매우 다정해서 못할 말이 없게 되었다. 그 남자가 말을 꺼냈다.

"일찍이 그대의 고을에서 한 미인과 이러이러하였소이다."

최생이 거짓으로 믿지 못하는 체하면서 물었다.

"증표가 있소이까?"

그는 입은 여우 갖옷을 들어 보이고, 못내 슬퍼하면서 말했다.

"당신이 돌아갈 때 편지를 좀 부쳐야겠소."

"그는 같은 고향의 절친한 친구의 처이니, 감히 죄를 지을 수 없소이다."

최생이 거절하자 그는 실언失言을 뉘우치고 사죄하였다.

최생은 장사에 실패하고 곧 집으로 돌아와 부인에게 말했다.

"올 때 당신 친정에 들렀더니 당신 어머님이 병을 앓으며 급히 당신을 보고자 하오. 내가 이미 가마를 구해 문 앞에 대기시켜 놓았으니 빨리 가보시오."

또 편지 한 통을 주면서 일렀다.

"이것은 뒷일의 처리에 대한 말을 적은 것이니, 당신은 친정에 가서 당신의 아버지와 함께 뜯어보시오. 나는 지금 들렀다 온 지 얼마 되지 않으니 뒤따라가겠소."

부인이 친정에 가서 어머니의 기색을 보니, 당초 아무 병이 없었던 것 같았다. 그래서 놀라 편지 봉투를 뜯고 보았더니, 바로 이혼장離婚狀이 아니던가. 온 집안이 분하게 여겼지만 그 이유를 알지 못하였다. 부인의 아버지가 사위의 집에 가서 까닭을 묻자 사위가 말했다.

"아무튼 여우 갖옷을 돌려주면 다시 서로 볼 것입니다."

그 아버지가 돌아와 사위의 말을 전하자, 부인은 속으로 부끄러워서 죽으려 하였다. 부모는 그 일은 자세히 모르고 우선 딸을 위안시키고 타일렀다.

얼마 후 오吳씨 성을 가진 음관蔭官 하나가 우연히 수서須西에 노닐며 소실을 구하자 중매인이 이 부인을 거론하였다. 오씨는 재물이 많고 의협심이 있어, 3백 냥으로 그 부인을 맞아들였다.

부인의 친정에서 전 사위에게 재혼 사실을 알리자, 사위는 부인 방에 있던 상자 16개를 가려내었다. 모두 금·비단·진주·패물들이었다. 그것을 모두 부인에게 부쳐보내니, 그 소식을 들은 자들은 모두 놀라 혀를 찼다.

한편 호남 상인인 그 남자는 집으로 돌아와 오직 그 부인만을 생각하며, 아침저녁으로 여우 갖옷을 보면서 갖가지로 탄식을 하였다. 그의 처 유劉씨는 남편의 이해 못할 해괴한 짓을 시기하여 몰래 갖옷을 깊이 감추어버렸다.

그 남자는 갖옷을 찾지 못하자, 화병이 나서 아내에게 고함을 지르고 기물을 부수곤 하였다. 그러다가 그 부인을 찾기 위해 평안도로 가던 중 도적을 만나 여비를 몽땅 잃어버리고, 선천宣川에 갔지만 부인을 만나 보지 못하자, 울화병이 나서 여관에서 죽고 말았다.

1년여 만에 최생은 다시 호남으로 가서 장사를 하였고, 널리 매파媒婆를 구하여 다시 다른 부인에게 장가를 갔다. 그 부인은 바로 죽은 호남 상인의 처 유씨였는데, 최생은 실로 그녀가 본래 아무개의 처라는 것을 까마득히 모르는 상태라 금실이 매우 좋았다.

마침 추운 날씨를 만나 부인이 갖옷 하나를 찾아내어 남편에게 입혀주었는데, 최생이 자세히 보았더니 바로 자기 집의 옛 물건이었다. 깜짝 놀라 그 까닭을 묻고서 비로소 그 곡절을 알고 물건에는 순환하는 이치가 있음을 더욱 탄식하였다.

최생은 시장 상점에서 우연히 이웃 노인과 물건값을 따지다가 말이 정직하지 못하다는 이유로 노인을 쳐서 땅에 쓰러뜨렸는데 노인이 별안간 죽었다. 그러자 노인의 두 아들이 원님에게 소장訴狀을 냈는데, 그 원님은 바로 오음관吳蔭官이었다. 깊은 밤에 원님이 촛불을 켜고 소장을 점검할 때 소실이 곁에 있다가 전 남편의 성명을 보고 울면서 말했다.

"이분은 제 외삼촌인데 지금 불행을 만났으니 살려주시기 원합니다."

"장차 옥사獄事가 이루어져 사형에 처해질 것일세."

소실이 꿇어앉아서 자신을 죽여달라고 청하자 원님이 말했다.

"일어나오. 관대하게 처분하리다."

이튿날 원님이 검시檢屍하러 나가려 할 때 소실은 다시 울면서 애원했다.

"일이 잘 안 되면 생전에는 저를 볼 수 없을 것입니다."

원님이 노인의 두 아들에게 말했다.

"너희 아비의 상처가 나타나지 않는다. 뼈를 부수어 검사해야겠으니, 시체를 볕으로 옮겨 칼로 살을 깎아야겠다."

두 아들은 집이 부자인 터에 아버지의 알몸을 보는 것이 부끄러워서 머리를 조아리고 말했다.

"아버지의 사망 원인이 매우 명백하니 번거롭게 해부할 필요가 없습니다."

"상처를 보지 않고 어떻게 형을 집행하겠느냐?"

두 아들이 여전히 간청하자 원님이 말했다.

"너희 아비는 늙었으니 죽음은 그 운명이다. 내게 너희들의 원한을 씻어줄 만한 한마디가 있는데, 너희는 들어주겠느냐?"

"분부대로 하오리다."

"피고인으로 하여금 참최斬衰를 입고 너희 아비를 아버지라 부르고 장례葬禮와 제사祭祀에 대한 일을 다 책임지며 상여줄을 잡고 땅을 치고 통곡하며 너희들의 반열을 따르게 한다면, 너희 마음이 상쾌하겠느냐?"

두 아들은 머리를 조아리며 대답했다.

"분부대로 하오리다."

이 조건을 들어 최생에게 말하자, 최생은 죽을 목숨이 살아난 것을 다행으로 여기고 역시 머리를 조아리고 분부대로 하였다. 일이 끝나자 소실이 외삼촌과 서로 만나보기를 요구하므로 대면시켰는데, 남녀가 서로 껴안고 지나치게 통곡하였다. 원님이 의심하고 그 사실을 캐물었더니, 곧 옛날 부부였다.

원님은 차마 어찌하지 못하고 그녀가 돌아가게 허락한 뒤, 전에 가지고 온 16개의 상자를 꺼내어 모두 최생의 집으로 돌려보내고, 또 호위하여 고을의 경계를 무사히 나갈 수 있게 하였다.

최생이 이미 다시 장가를 들었는지라 전 부인은 도리어 부실이 되었고, 한 남편과 두 부인이 늘그막까지 단란하게 지냈다.

오음관은 뒤에 다시 소실을 얻었고, 본처와 소실에게서 난 아들 다섯이 과거에 올라 벼슬을 하였으며 복록福祿이 비할 데 없었으니, 사람들은 이를 음덕의 응보라 하였다. ≪동야휘집東野彙輯≫

10. 이안눌李安訥의 바뀐 신방

판서判書까지 지낸 이안눌李安訥은 호가 동악東岳으로 얼굴이 아름답고 성품이 온화하며 어릴 때부터 문장으로 이름이 났다.

이공李公은 장가 든 정월 보름날 밤에 여러 소년들과 함께 보신각普信閣 타종 소리를 듣기 위하여 달빛 아래 운종가雲從街를 거닐었다.

그러다가 밤이 깊어 여러 사람들은 각각 흩어져 가고 이공 혼자 돌아오다가 입동笠洞 앞길을 지날 때 취기를 이기지 못해 그만 땅에 쓰러져 자버렸다.

마침 그곳을 지나던 젊은 하녀가 푸른 모포에 초립을 쓴 소년이 길에 가로 누워 코를 골며 자고 있는 것을 보고는 허겁지겁 주인집으로 달려가서 이 사실을 알렸다. 그것은 그 집이 혼례를 치른 지 겨우 며칠 째인데, 그 신랑 역시 놀러 나가서 아직 돌아오지 않으므로 눈이 빠지게 기다리던 중이었기 때문이었다.

그 집에서는 이 소식을 듣고 깜짝 놀라며 곧바로 종들에게 그 소년을 비단 보자기에 싸서 메고 오게 하고는 제대로 살펴보지도 않고서 곧장 신방에 집어넣었다.

때는 바야흐로 향 피운 연기가 안개를 이루고 방을 밝힌 촛불은 다 타가고 있는 때라, 오로지 화장 냄새만 날 뿐 꽃모습은 분변할 수가 없었다.

이공은 정신이 흐릿한 가운데에도 비단 이불과 뿔로 장식한 베개가 놓여 있고 그 곁에 미인이 있는 것을 얼핏 보고서, 이날 밤이 바로 자신의 혼인날인 줄로 알았다. 그래서 그는 오늘밤이 무슨 밤인가도 묻지 않고, 이 미인을 보고는 고당高唐(남녀가 합환合歡하는 곳)의 운우雲雨(남녀가 합환하는 일)를 맞아 곧 유선游仙의 꿈을 이루었다.

그리고 새벽에 비로소 깨어 눈을 뜨고 보니, 다른 사람의 방이 아니던가. 잔뜩 놀란 마음으로 신부를 흔들어 깨우자, 그녀는 푸른빛 쪽찐 머리를 처음 떨어뜨리고 붉은 뺨이 겨우 펴진 채 다만 수줍어 머리를 숙이고 있을 뿐이었다.

"여기가 뉘 집인데 내가 어떻게 여기에 와 있소?"

신부는 깜짝 놀라며 도리어 이공에게 따져 물었다. 이공이 자기 사정을 자세히 말해주자, 그들은 서로 놀라 어찌할 줄을 몰랐다.

"나는 꽃을 엿보는 나비가 아니거늘, 갑자기 그물에 걸린 기러기가 되었군요. 고의로 범한 일은 아니지만 이 집 주인이 알면 나의 목숨이 위태로울 것이니, 그대는 장차 나를 어떻게 처리하겠소?"

이공의 물음에 신부는 한참 동안 깊이 생각하다가 눈물을 주르륵 흘리면서 이야기했다.

"오늘밤은 제가 성혼成婚한 지 3일째 되는 날입니다. 마침 병이 나서 미처 합궁을 하지 못하였는데, 신랑이 구경 나가서 밤이 깊도록 돌아오지 않아 집안 사람들이 당신을 여기로 잘못 데려와 잠 자리를 같이하기까지 하였으니, 이것은 곧 하늘이 시킨 일입니다.

여자의 행실로 말하면 응당 죽어야 옳지만, 우리 집은 여러 대 역관譯官을 해왔기 때문에 재산은 꽤 넉넉하지만 슬하엔 오로지 이 한 몸뿐이라, 부모께서 마치 손에 쥔 구슬처럼 아끼시고, 집안 을 맡겨서 몸을 의탁依託하고 후사를 전할 계획을 하고 계십니다. 제가 죽으면 부모님은 너무 슬퍼하여 필시 몸을 버티고 보존하지 도 못하실 것인데, 제 어찌 차마 부모님께 슬픔을 남길 수 있겠습 니까? 이런 생각을 하면 마음이 찢어질 것 같습니다.

또 지난밤 꿈에 황룡 이 방에 들어와 저의 잠 자리를 칭칭 감는 것을 보았습니다. 그 용의 이 마에 '이동악李東岳'이란 세 글자가 있었는데, 한 노인이 그 용을 가리키 며 저에게, '이가 바로 너의 남편이니 함께 다 복多福을 누릴 수 있을 것이다.' 하였습니다. 깜

윤두서尹斗緒 〈수룡도水龍圖〉

짝 놀라 깨고 나서도 이상하게 여겼었는데, 지금 들은즉 당신의 성姓이 이씨라 하니 꿈의 징조徵兆와 서로 꼭 들어맞습니다. 이 역

시 삼생三生의 인연인데 순리로 받아들이지 않으면 반드시 재앙이 있을 것이니, 마땅히 권도權度에 따라 당신을 남편으로 받들고 또 우리 부모님을 보양하여 천수天壽를 다하게 하고 싶습니다. 제 어리석은 생각은 이렇습니다."

이공은 용꿈 꾸었다는 말을 듣고 몹시 기뻐하며 동악을 호로 삼았다. 그리고 신부에게 말하였다.

"나는 향기를 도둑질하는 습성이 없고 그대는 뽕나무 아래에서 만나자고 약속을 하는 행동을 아니하였으니, 지금의 상책으로는 권도를 따르는 수밖에 없소. 그러나 나의 가정교육이 엄격하고 내 나이 아직 약관弱冠이 못 되었는데 갑자기 소실을 둔다면 집사람과 불화할 뿐만 아니라, 응당 하늘을 시끄럽게 할 비방誹謗을 쌓게 될 것이니, 이 일을 장차 어찌하겠소?"

"그 일은 걱정하지 마십시오. 당신의 고모나 이모 등 친지 중에 혹 제가 몸을 감출 만한 데가 있는지요?"

"있소."

"그러면 밤은 짧은데 말이 길어지면 남의 눈에 띌까 두려우니, 속히 일어나 같이 가서 저를 그 집에 숨겨두고 종적을 끊어 두 집에서 알지 못하게 하십시오. 당신은 오래지 않아 반드시 청운靑雲에 오를 것입니다. 과거에 오른 뒤에 사실을 두 집 부모에게 말씀드리면 아마 그 참람僭濫한 짓을 용서하고 그 정상을 슬퍼하실 것이니, 비로소 아무 거리낌 없이 단란하게 모여 살 수 있을 것입니다."

"내 생각도 그러하오."

조금 후에 새벽종이 울렸는데, 가족들은 모두 잠이 들어 안팎이 고요하였다.

신부는 비녀·귀고리와 머리 장식품 등은 모두 버려두고 단지 한 폭 붉은 비단이불의 동정만을 챙기며 말하였다.

"이것은 쓸 때가 있습니다."

그리고는 맨머리에 보통 때 입는 옷차림으로 이공을 따라 문을 나섰다.

이공은 신부를 데리고 곧장 아무 동네에 사는 이모의 집으로 달려갔는데, 이모는 혼자 살고 있었으므로 집이 매우 조용하였다.

이공이 전후 사정을 자세히 이야기하니, 이모는 웃으며 흔연히 받아주었다. 신부는 그 집에 머물러서 바느질을 돕고 서로 의지하여 모녀같이 지냈다.

한편, 신부의 집에서는 아침에 일어나서 보니, 신방에 사람은 간데없고 비단 휘장揮帳은 반쯤 열린 채 비단이불이 가로 깔려 있을 뿐, 딸과 사위는 어디로 갔는지 알 수가 없었다.

깜짝 놀라 괴상히 여기고 사위집에 가서 탐문探問하여 비로소 가짜 신랑과 함께 도망간 것을 깨닫고, 드디어 그 일을 숨기기 위하여 딸이 갑작스런 병으로 죽었다고 소문을 퍼뜨리고 거짓으로 염습하여 허장虛葬을 하였다.

동악은 본디 재주가 있는 데다가 또 열심히 공부를 하였으므로 몇 해 안 가서 대과에 급제하고, 비로소 부모에게 사실을 고하여 소실을 데리고 왔다. 집안 사람들이 모두 그녀의 자태를 아름답게 여기고 지혜를 기특하게 여겼으며, 또 공의 기이한 인연을 칭찬하고 일을 잘 처리한 것에 감탄하였다.

그리고 소실의 본가本家에 통지하도록 하니, 소실이 붉은 비단 이불 동정을 내주면서 말했다.

"이것을 신표로 보이십시오. 이것은 특이한 비단입니다. 옛날 먼 조상께서 연경燕京에 들어갔을 때 황제가 하사한 것으로 우리 집에만 있는 것인데 혼인 때 이불 동정을 한 것이니, 우리 집에서 이것을 보면 반드시 믿을 것인즉, 한漢나라 때 문제文帝를 속이다가 죽은 신원평新垣平의 속임수(신원평이 신선술神仙術 등으로 문제를 속인 일을 가리킴)를 면할 수 있을 것입니다."

드디어 그녀의 말대로 하자, 그 부모가 와서 딸을 보고는 슬픔과 기쁨에 어찌할 바를 몰랐다. 또 이공을 보니, 참으로 재상의 풍채가 엿보였다. 그 일의 자초지종을 듣고 감탄하며 말했다.

"이 일은 모두 하늘이 시키신 것이다. 우리 늙은 부부의 후사를 맡길 데가 있으니 얼마나 다행스러운가!"

그들은 결국 다른 자녀가 없었기 때문에 집과 노비와 재산을 모두 딸에게 주어 딸 부부는 나라에서도 손꼽히는 부자가 되었다.

그녀는 어질면서 재주가 있고 슬기로웠으며, 남편을 공경히 받들면서 살림도 잘하였고 자손도 번성하였다. 이공의 집이 이로 인해 부유해졌는데, 입동의 저택은 대대로 전해져 유명하다.

≪동야휘집東野彙輯≫

11. 글재주 없어 쫓겨난 김안국金安國

김안국金安國은 판서에 대제학을 겸한 숙淑의 아들이다. 숙의 가문은 3대째 문장文章과 재망才望으로 대대로 문형文衡을 잡고 있었다. 안국이 태어날 때부터 얼굴이 수려하고 용모가 준수하였으므로 숙은 애지중지하며 말했다.

"이 아이는 참으로 우리 가문의 자식이로다."

안국이 말을 막 배울 때에 아버지가 글을 가르쳤다. 그런데 안국은 하늘 천天, 따 지地 두 글자도 깨우치지 못하였다. 그러자 아버지는 괴이하고 의아스럽게 여기며 말했다.

"저 아이가 용모와 얼굴이 이렇게 뛰어난데 어찌 총명과 재주는 이다지도 없단 말인가? 아직은 나이가 어려 재주가 드러나지 않아 그럴 것이니, 몇 년 더 지나서 가르쳐보아야겠구나."

몇 년 후에 다시 글을 가르쳐보았지만 여전히 깨우치지 못하였다. 그 아버지는 마음속으로 몹시 안타깝게 여기며 말했다.

"이 아이가 끝내 이렇다면 자신의 불행일 뿐만 아니라, 이보다 더한 집안 망신은 없을 것이다."

그래서 밤낮으로 가르치며 때때로 꾸짖거나 나무라는 등 깨우칠 수 있는 온갖 방법을 다 써보았지만 끝내 '하늘 천, 따 지' 두 글자도 깨우치지 못하였다.

한 달, 두 달이 가고 한 해, 두 해가 흘러서 안국의 나이 벌써 열네 살이 되었다. 그 아버지는 한숨을 쉬고 탄식을 하며 말했다.

"나는 저 아이가 아직 어려서 그런 줄로만 여겼는데 이제 벌써 열네 살이 되었는데도 저 지경이니 세상에 어디 저런 녀석이 있겠는가? 우리 선조의 빛나는 명성을 저 녀석이 다 망치겠구나! 선조를 욕되게 하는 자식을 두느니 차라리 제사가 끊기더라도 자식이 없는 편이 낫겠다. 내 저 녀석만 보면 울화가 치밀어 머릿골이 아프니 도저히 저것을 집에 둘 수 없겠다."

그래서 그를 없앨 방법을 찾았으나 차마 죽일 수는 없는 일이고 어딘가로 쫓아버리고 싶었지만 종적蹤迹이 곧 드러날까 염려되어 우선 눈앞에만 나타나지 못하게 할 뿐이었다.

한편, 작은 아들 안세安世는 나이가 5세였다. 안국보다는 용모가 준수하지 못하였지만 재주는 안국보다 조금 나았다. 안세로 뒤를 잇게 하고 싶어도 안국이 있으니 예법禮法에 온당치 못하였다. 매번 아무도 모르게 안국을 먼 곳으로 내쫓으려 하였지만 뜻대로 잘 되지 않았다.

그런데 마침 숙의 사촌 아우 청淸이 안동통판安東通判으로 나가게 되었다. 안동은 먼 고을이라 서울과 서로 멀리 떨어져 있지만 그 고을에는 부호富戶들이 많았다.

청이 사은숙배謝恩肅拜하고 부임하려 할 때에 숙의 집에 들렀다. 그때 숙은 안국을 맡아줄 것을 부탁했다.

"이 아이의 소행이 이러하니 죽이고 싶은 마음이 하루에도 몇 번이나 끓어올랐지만 차마 그러지는 못하겠더군. 그래서 쫓아버릴 생각을 오래전부터 하고 있었으나 보낼 곳이 없었는데, 이제 자네가 다행히 안동통판이 되었으니 저 아이를 데리고 가서 영영 안동 백성으로 만들어 세상 사람들이 알지 못하게 해주었으면 하네."

청은 반대하고 위로하며 말했다.

"형님은 어찌 그런 말씀을 하십니까? 자고로 문장이 뛰어난 집안에 글 못하는 자식이 한없이 많았지만 그런 자식들을 내쫓았다는 말은 들어보지 못하였는데, 형님이 그런 일을 하시렵니까?

그리고 이 애의 사람됨이 그처럼 비범非凡하니 설령 끝내 알지 못하더라도 반드시 가업家業을 보전하고 선대의 제향祭享을 잘 받들 것입니다. 안세가 재주는 있다고 하지만 그릇이 작을 뿐만 아니라 둘째 아들입니다. 그런데 어떻게 안세로 안국을 대신할 수 있겠습니까? 형님의 처사處事는 윤리에 어긋나는 일입니다."

청이 이렇게 말하고 일어서자 숙이 청의 손을 잡고 간청하였다.

"자네가 내 청을 들어주지 않으면 나는 더 살고 싶지 않네."

청은 계속 거절하다가 마지못해 승낙하였다. 숙이 안국을 불러 영원히 이별하면서 말했다.

"이제부터 나는 너를 자식으로 여기지 않겠다. 너도 나를 아비로 생각하지 말아라. 다시 올라와서는 안 된다. 서울에 올라오면 죽이겠다."

청은 안국을 데리고 부임해서 '안국의 용모가 저렇게 비범한데 어찌 가르치지 못할 리가 있겠는가? 내가 가르쳐보리라.' 생각하고 공무 여가에 틈틈이 안국을 불러서 가르쳤다. 그런데 석 달이 지나도록 '하늘 천, 따 지' 두 글자도 깨우치지 못하는 것이었다.

청은 탄식하며 말하였다.

"과연 이러니까 판서 형님이 내쫓으셨구나."

그리고는 안국을 조용히 불러서 그 까닭을 물었다.

"어째서 그러느냐?"

안국은 대답했다.

"이 조카는 전에부터 한잡설화閑雜說話를 들을 때는 정신이 맑아져서 밤낮으로 천 마디 만 마디라도 한 번 듣기만 해도 죄다 기억할 수 있으나 문자에 대해서는 이해가 안 될 뿐만 아니라, 글이란 말만 들어도 정신이 아찔해지고 또 두통이 일어납니다. 아저씨께서 죽으라면 죽겠습니다만 문자에 대해서는 참으로 어찌할 도리가 없습니다."

청은 어찌할 도리가 없음을 알고 안국을 책실冊室로 돌아가게 하고 다시는 글을 가르치지 않았다.

청은 본읍 좌수 이유신李有臣이 집이 부유하고 또 딸이 있다는 소식을 듣고서 안국이 그 집 사위가 되었으면 하였다. 그래서 미리 책실 낭자冊室郞子가 있음을 말하고 유신을 불러서 혼담婚談을 꺼냈다.

"책실 낭자는 누구 집 도령입니까?"

유신이 물어오자 청이 대답하였다.

"바로 우리 판서 종형님의 큰 아들이오."

유신은 집에 돌아와서 궁금해했다. '김숙은 서울의 귀족이다. 대대로 문형文衡을 잡았으므로 전국의 양반들이 누구나 우러러보는데, 김숙 소생의 적자嫡子라면 안동 같은 시골로 짝을 구할 이유가 있겠는가? 혹시 서자庶子가 아닐까?' 여겨 청에게 물었더니, 고故 상국相國 허연許捐의 외손이라 하는 것이었다.

유신은 또 의심이 났다. '서자가 아니면 아마도 병신이겠지, 장님일까, 아니면 고자일까?' 그래서 다시 캐물었다. 청이 병신인가 의심한다는 것을 알고 안국을 불러냈다. 안국은 팔척장신八尺長身에 미목이 그림 같고 음성이 낭랑하여 참으로 서울의 미남자였다.

유신은 마음속으로 기쁘게 여기면서도 고자가 아닌지 미심쩍었다. 그러나 묻고 싶었지만 차마 말을 꺼내지 못하고 있었다. 청은 눈치를 채고 안국에게 명하여 바지를 벗어보게 하였는데 고자도 아니었다. 유신은 안국이 서자가 아닌 것도 알고 병신이 아닌 것도 확인하였다.

그런데 또 의심이 났다. 그래서 청에게 물었다.

"종씨 대감은 서울의 귀족으로 저렇게 기특한 자제子弟를 굳이 천리 밖의 안동 땅에서 구혼을 하시려 하는 것은 대관절 무슨 까닭이오?"

청은 끝까지 숨기다가는 끝내 성사되지 않을까 싶어 결국 글을 못하여 쫓겨나게 된 사연을 말해주었다. 유신은 속으로 따져보았다.

'안동좌수의 딸이 시임 대제학의 아들에게 시집만 가게 되면 충분하지 어찌 감히 글까지 잘하기를 바라겠는가. 그가 비록 쫓겨 났다지만 내가 거두어 살리면 또한 무엇이 해로울 게 있겠는가.'

드디어 혼인을 허락하였다.

청은 유신의 집안이 풍족하다는 것을 알았기 때문에 당연히 큰 근심을 잊게 되었고, 문벌門閥도 사족士族임을 알아보고 분에 넘친 다는 것을 알고 크게 기뻐하였다.

그래서 곧 택일하여 성혼成婚하였다. 얼마 후에 청은 통판직을 내놓고 서울로 돌아와서 숙에게 안국이 혼인한 말을 하니, 숙은 자기의 뜻대로 된 것을 기뻐하며 고마워하였다.

"잘 처리했어. 잘 처리했어."

안국은 유신의 별당別堂에 틀어박혀 석 달 동안 뜰 밖으로 나가 지 않았다. 그러자 신부가 조용히 물었다.

"대장부가 오랫동안 방에만 계시니, 답답하지 않습니까? 입신 양명立身揚名하여 부모를 영광스럽게 할 방법은 문자보다 나은 것 이 없는데, 지금 방에 계신 지 3개월이나 되도록 글도 읽지 않고 문 밖도 나가지 않는 것은 무엇 때문입니까?"

안국은 이맛살을 찌푸리고 대답했다.

"처음 내가 말을 배울 때 아버지가 나에게 글을 가르치기 시작 하여 지금 열네 살이 되었는데도 '하늘 천, 따 지' 두 글자를 깨우 치지 못하였기 때문에 집안을 망칠 물건이라고 죽이려 하였소. 차 마 죽이지는 못하고 이곳으로 내쫓아 평생토록 다시는 부모 눈앞에 나타나지 못하게 하셨으니, 나는 실로 죄인이오. 무슨 면목으로 하늘을 우러러보겠소? 나는 단지 문자만 깨우치지 못했을 뿐 아니라, '글'이라는 한 소리만 들어도 머리가 쪼개질 듯하니 이제부터 다시는 나의 귓가에서 글에 대한 말을 말아주오."

아내는 하는 수 없이 한숨을 쉬며 물러갔다.

원래 유신은 문장으로 향리鄕里에서 일컬어지고 있었다. 두 아들도 꽤 글을 잘했다. 그러나 평소 안국의 사정을 들었던 까닭에 애당초 글을 가르쳐볼 생각도 하지 않았고 또한 찾아가보지도 않았다. 아내는 남편이 장성한 나이에 빈둥빈둥 지내는 것을 안타깝게 여겼다. 그래서 하루는 다시 남편에게 말했다.

"저의 부형은 모두 글을 잘하니 사랑에 나가서 글을 배워보셔요."

"저번에 내가 글에 대한 말만 들어도 머리가 아프다는 말을 했으면 다시는 나에게 글에 대한 말을 하지 말아야 하는데 또 그런 말을 하는 것은 무엇 때문이오?"

안국이 불끈 성을 내며 머리를 싸매고 누워버리자 아내는 낙심하여 물러났다. 그리고 그가 글 때문에 마음에 상처를 입은 것을 알고 다시는 글에 대한 말을 하지 않았다.

원래 부인 이씨는 문장에 뛰어난 여자였다. 시서詩書·육예六藝의 글과 제자諸子와 백가百家의 책을 모두 통하였지만 천성이 온화하며 부드럽고 또한 사리의 온당함을 알아 문장은 반드시 여자가 종사할 수 있는 것이 아니라고 여겼다.

그래서 자신만 알고 있을 뿐, 아는 척을 하지 않아 부모 형제도 그가 문장에 능하다는 것을 까맣게 몰랐다.

그녀는 매양 안국이 부친에게 죄를 짓고 있는 것을 슬퍼하여 글을 가르쳐보려고 생각하였다. 그러나 여자가 남편을 가르친다는 예법禮法이 없을 뿐더러, 또한 안국이 글에 대한 말을 이처럼 듣기를 싫어하므로 어찌할 도리가 없었다.

그래서 이번에는 이야기를 가지고 그의 재주가 어떠한지를 시험해보려고 다시 안국에게 물었다.

"사람이 돌부처도 나무허수아비도 아닌데 하루 종일 입을 다물고 가만히 있을 수 있겠어요?"

"말을 하고 싶으나 누구와 더불어 말을 하겠소?"

"저와 옛날 얘기나 하실까요?"

"나도 원하는 바요."

아내가 천황씨天皇氏 이래로 역사를 풀어서 이야기하니 안국은 귀를 기울여 듣고 말의 좋은 점을 칭찬하며 재미를 붙였다. 그녀는 책 한 권을 다 풀어서 이야기해주고 나서 말하였다.

"이런 한잡설화閑雜說話라 하더라도 들은 즉시 잊어서는 아니 되니 저를 위하여 한번 외어보세요."

"그래보지."

안국은 자신 있게 들려준 이야기를 다 외는데 빠지거나 틀린 데가 조금도 없었다. 아내는 내심 매우 기특하게 여기면서 '저이는 탁월한 재주를 지니고서 무언가에 속박을 당하고 있는 분이구

나. 내가 기어코 뛰어난 부분으로 통달시키리라.' 하고, 드디어 밤
낮으로 이야기를 해주고 모두 외게 하였더니, 처음 역사 이야기에
서 출발하여 마침내 경전에 이르기까지 수많은 구절들을 외지 못
하는 것이 없었다. 하루는 안국이 아내에게 물었다.

"지금 나와 그대가 왼 이야기는 과연 어떠한 이야기들이오?"

"이것은 다른 것이 아니고 바로 글이라는 것입니다."

안국은 몹시 놀라고 또 의아하게 여겼다.

"정말 글이란 말이오? 글이란 것이 그토록 재미있는 것이라면
내가 왜 머리가 아팠지?"

"글이란 본래 그렇게 재미있는 것인데 머리 아플 까닭이 있겠
어요?"

"그렇다면 이제부터 문자라는 것을 배워보겠소."

아내가 이에 ≪사략史略≫ 첫째 권을 가지고 천황씨 이하로 한
자 한 자 짚어가면서,

"저번에 왼 바로 그 이야기들입니다."

하고 그 글을 읽게 하였더니, 첫째 권과 둘째 권 이외에는 모두
스스로 해독하였다.

안국은 평생 깨치지 못하던 것을 그만 하루아침에 깨달으니 잠
시도 게을리할 수가 없었다. 낮에는 먹는 것을 잊고 밤에는 자는
것도 잊은 채 날마다 읽고 또 읽었다. 오직 이야기를 통해 외운
책뿐만 아니라 허다한 책들도 모두 해독하였다.

아내는 또 글을 짓고 글씨를 쓰는 법을 가르쳤다. 안국은 이에

정신을 집중시켜 짓고 쓰니 생각이 첩첩이 나오고 묘법이 층층이 생겨서 단가短歌와 장문長文, 초서草書와 해자楷字를 두루 깨우칠 수 있게 되었다.

아내는 또 문 밖을 나가게 하고 싶었으나 어떻게 할 길이 없자, 옛 글을 인용해서 깨우쳤다.

"≪논어論語≫에 '덕이 있는 사람은 외롭지 않다. 반드시 이웃이 있다.' 하였으니, 문장과 도덕은 그 이치가 다르지 않습니다. 그런데 지금 낭군께서는 외롭게 벗을 사귀지 못하였으니 이제부터는 사랑에 나가서 학문을 논하는 것이 어떠하시겠어요?"

안국은 드디어 목욕하고 의관衣冠을 차려입은 뒤 사랑으로 나와 장인인 유신에게 절을 하였다. 원래 유신은 딸이 글을 잘하는 것을 전혀 몰랐기 때문에 안국을 가르쳐 문장을 이룬 일을 어찌 생각이나 했겠는가. 또한 안국이 밖을 나오지 않은 지 이미 10여 년이었다. 그런데 지금 비로소 나와 앞에서 절을 하니 한편 놀랍고 한편 반가웠다. 두 아들도 몹시 놀라면서 어리둥절하여 물었다.

"오늘밤이 어떤 밤이기에 김서방이 방문을 다 나왔을까?"

"그대들이 글을 짓는단 말을 듣고 나도 엉성하나마 글을 한번 지어볼까 해서 나왔네."

유신과 그 아들들이 허허 웃으며 말하였다.

"전에 듣지 못했던 말일세. 좌우간 뜻이 가상하니 시험삼아 해보는 것이 어떻겠나?"

그리고는 글의 제목을 분판粉板에 썼다. 안국은 글제를 보자 즉시 붓을 들어 한 편의 문장을 지어냈다. 문사文辭는 호방하고 필법은 정교하였으므로 모두 대경실색大驚失色하였다.

"이는 옛 문장가의 솜씨인데 안국이 이걸 하다니, 이거 참으로 큰 이변이구만!"

강희언姜熙彦 〈사인시음士人詩吟〉

유신은 단걸음에 안으로 들어가서 딸을 불러 물었다.

"김서방이 문자를 해득하지 못하는 것은 내가 들었는데 지금 갑자기 문장 명필을 만들어냈으니 어찌된 변괴인고?"

딸은 이에 꿇어앉아서 지난 일을 아뢰었다. 그러자 모두들 탄복하여 말을 잊지 못했다. 이로부터 안국의 문장과 학업은 일취월장日就月將해서 비록 영남의 노사숙유老師宿儒라 하더라도 그의 위에 설 사람이 없었다.

이때 나라에서 왕자의 탄생을 경축慶祝하기 위하여 경과慶科 날짜를 잡아 전국에 공고하였다. 이씨가 그 남편에게 말했다.

"지금 경과가 앞으로 멀지 않았으니 나라 안의 글하는 선비란 선비들은 모두 응시할 것입니다. 대장부가 글을 못한다면 모르거니와 지금 낭군이 이처럼 문장을 성취하셨는데 어찌 좋은 시기를 허송하고 영영 안동의 촌사람으로 남아야 하겠습니까? 그리고 부모님께서 이곳으로 내쫓으신 이유는 단지 낭군께서 글을 못하기 때문이었습니다. 지금은 문장이 전과는 크게 달라졌으니 낭군께서는 이번 기회에 부모님을 찾아가 뵐 수 있도록 하소서."

안국은 한숨을 쉬고 눈물을 흘리며 대답했다.

"난들 답답하게 여기 오래 있고 싶겠소? 그런데 처음 내가 여기 내려올 적에 아버지께서 영원히 결별하면서 '다시 서울에 올라오면 죽이겠다.'라고 하셨다오. 그러나 내 어찌 죽음이 두렵다 하여 가지 않겠소? 오직 자식을 죽인 아버지가 되실 것을 두려워할 뿐이오. 또한 자식 된 자가 아버지에게 죄를 얻었으면 마땅히 일생 문 닫고 머리 숙인 채 지내는 것이 도리거늘, 어찌 태연히 과장科場에 들어가 임금 섬기기를 바라겠소?"

"대의大義야 그렇지요. 하지만 어찌 임시방편을 쓰지 못하겠습니까? 지금 낭군께서 먼저 과장에 들어가 이름을 금방金榜에 올린다면 글을 못한다는 오명汚名을 벗는 방법이 될 것입니다. 그런 연후에 부모님을 찾아가 뵈옵시면 부모님께서 어찌 기꺼이 용서해 주실 마음이 없겠습니까?"

안국은 그 말을 옳게 여겨 그날로 과거길을 떠났다. 천리 먼 길을 말 한 필에 노복 한 명을 데리고 물을 건너고 산을 넘어서 간신히 서울에 도착했다. 이때 자기 집으로 가고 싶었지만 부친을 뵙기가 두려웠고 다른 곳으로 가자니 모두 낯설어 탄식하며 방황하였다. 어디로 갈까 이리저리 생각해보니 갈 곳은 유모의 집뿐이었다.

이에 말을 채찍질하여 찾아가니, 유모는 그가 오는 것을 바라보고 깜짝 놀라 반기며 문 밖으로 뛰어나와 손을 잡고 맞아들였다.

"나는 서방님이 벌써 돌아가신 줄 알았는데, 오늘 이렇게 뵐 줄이야 꿈엔들 생각했겠어요? 그러나 만약에 대감님께서 서방님이 오신 것을 아신다면 큰 일이 날 것이니, 우선 저 골방으로 들어가서 다른 사람 눈에 띄지 않게 하소서."

밤이 되자, 유모가 몰래 안국의 모친을 찾아가서 아뢰었다.

"안동 서방님이 쇤네의 집에 와 있습니다."

모친은 여자인지라, 안국을 떠나보낸 이후로 울먹이며 생각하지 않는 날이 없었다. 안국이 왔다는 말을 듣고 허겁지겁 달려가 보고 싶었으나 대감이 알게 될까 두려워 가만히 유모에게 분부하였다.

"대감께서 잠자리에 드신 뒤에 아무도 모르게 데려오게."

유모가 분부대로 따라 모자간의 상봉이 이루어졌다. 모친이 울먹이며 안국에게 말했다.

"내가 너와 이별한 지 지금 10년인데 소식이 이승과 저승처럼 단절되었으니, 문밖에 나가 멀리 떠나는 구름을 바라볼 때마다 매양 나의 애가 끊어졌느니라. 이제 너의 얼굴을 보니 슬픔과 기쁨이 교차하는구나."

안국도 우러러 모친을 바라보니 주름진 얼굴, 흰 머리카락이 옛 모습이 아니었다. 마음이 북받쳐 눈물을 흘리며 말하였다.

"불초不肖 소자가 아버지께 죄를 지어 오랫동안 먼 시골로 쫓겨나 어머니를 마음 아프게 하였으니 이 어찌 자식 된 도리입니까?"

서로 울먹이며 이야기를 나누는 즈음에 밖에서 신발 끄는 소리가 들렸다. 모친은 안세가 들어오는 것을 알고 가만히 안국에게 일렀다.

"너희 아버지께서 만일 네가 온 것을 아시면 반드시 너를 죽이려 하실 것이니, 네 동생이 너를 보지 못하게 해야 하겠다."

모친은 끝내 숨기기 어렵다는 것을 알고 안세를 앉히고 낮은 소리로 말하였다.

"네 안동 형이다."

안세는 손바닥을 치고 하하 웃으며 말했다.

"그렇지, 안동 형이 여기에 와 있었구나. 아까 아버지께서 꿈에 안동 형을 보시고 지금까지 심하게 두통을 앓으시기에 어머니께 말씀드리려고 들어왔는데, 그러면 그렇지. 안동 형이 여기에 와 있었구나."

모친이 '쉬!' 하고 그의 입을 막았다.

"너의 아버지께서 만일 이 일을 아시면 반드시 큰 변고가 날 것이니, 너는 사랑에 나가서 절대로 입 밖에 내지 말아라."

원래 안세도 형 안국의 일을 들었기 때문에 아버지가 아시면 곧 죽인다는 것을 알고 끝내 알리지 않았다.

안국은 모친에게 하직하고 유모의 집으로 돌아왔다. 이튿날은 바로 과거를 보는 날이었다. 안국은 과장科場에 가려 하였으나 10년간 집을 떠났다가 서울에 왔기 때문에 사방四方이 생소하여 과장이 어디에 있는지 알 수가 없었다.

혼자 올라왔으니 어느 누구와 함께 갈 사람이 있겠는가. 서성이고 있을 때 마침 한 소년이 잘 차리고서 과장을 향해 가고 있었다.

"서방님은 가만히 저분의 뒤를 따라가셔요."

안국이 유모의 말대로 따라갔는데 그 사람은 곧 아우 안세였다.

과장에 들어가니 그의 동접同接들은 모두 재상가의 자제였다. 안세는 형이 글도 못하면서 따라온 것을 부끄럽게 여겨 누구냐고 묻는 사람이 있으면 형이라 하지 않고 마지못해 시골 손님이라고 대답하는 것이었다.

드디어 글제가 걸렸다. 바로 책문策問이었다. 서로 지필묵紙筆墨을 들고 요란스럽게 달려가 앞을 다투어 글제를 베꼈지만 안국은 빈 손으로 나아가 글제를 외우고 돌아와 앉아 조금 생각하더니 시지試紙를 펼쳐 먹을 갈아 붓대를 휘둘러 쓴 뒤, 한 번 읽어보고는 맨 먼저 제출하였다. 안세는 속으로 경탄하였다.

"누가 우리 안동 형이 글을 하지 못한다 하였던고!"

안국은 과장을 나와서 유모의 집으로 돌아왔다.

시관試官이 합격자를 발표하고 보니 장원은 김숙의 아들 안국이었다. 시관은 친구의 자제가 장원을 한 것이 기뻐 축하하려고 달려가서, 문전에 당도하기도 전에 '신은新恩은 나오라.'고 재촉하였다. 김숙이 안세인 줄 알고 기쁨에 넘쳐 과거급제한 사람의 성명을 적은 방목榜目을 보니 10년 전에 안동으로 쫓겨난 안국이었다. 그래서 노발대발 소리쳤다.

"그놈은 안동에 엎드려 있는 것이 제 분수이거늘, 감히 아비의 명을 어기고 서울에 올라왔으니 그 죄 만 번 죽어 마땅하다. 또 놈이 급제를 하였다지만 틀림없이 남의 손을 빌렸을 것이니, 김숙의 집안에 대필로 급제한 자가 어디 있었던가!"

당장 박살을 내려고 종들을 불렀다.

"속히 안동놈을 잡아오너라."

안국이 황망慌忙히 달려와서 뜰아래 엎드렸다. 김숙은 크게 화를 내며 한마디도 묻지 않고 급히 여러 종들에게 명하여 몽둥이를 가지고 와서 치게 하였다. 이때에 시관이 들어와서 안국을 찾았다.

"신은은 어디 있는가?"

"지금 그놈을 때려죽이려는 중이네."

시관이 깜짝 놀라며 물었다.

"그게 무슨 말씀인가?"

김숙은 이러저러한 사정을 이야기하였다.

"그렇지만 잠깐 남의 손을 빌려 시험을 본 것이지 확인해본 연후에 임의대로 처결하는 것이 좋겠네."

김숙은 냉소하며 말했다.

"그대는 너무나도 이치에 맞지 않는 말씀을 하시는구려. 나이

14세가 되도록 '하늘 천天 따 지地' 두 글자도 깨치지 못하였는데 10년 사이에 어떻게 과문科文을 성취하여 급제를 할 수 있겠는가? 그럴 이치는 만무하니 시험해보고 말 것도 없네."

그리고 곧 급히 매를 치라고 명하였다. 만류해도 듣지 않으므로 시관이 몸소 마루에서 내려가 안국을 붙들고 올라왔다. 김숙은 시관에게 화를 내었다.

"내 자식을 내가 죽이는데 그대가 왜 나서는가? 나는 저놈을 보기만 하면 머리가 아팠는데 지금 또 그러는구려."

급기야는 이불을 덮어쓰고 누워버렸다.

안국은 부친의 노여움이 풀리기 어려운 것을 보고는 반드시 죽게 되리라 생각하여 숨을 죽이고 꿇어 엎드렸다. 시관이 물었다.

"잠깐 일어나서 나의 물음에 대답하게."

"……."

"이번 과거의 글제를 기억하겠는가?"

안국은 일어나 앉아 글제를 외웠다. 그런데 한 자도 착오가 없었다. 김숙이 누워서 들어보고 속으로 '글자도 종내 깨치지 못하던 놈이 책문의 글제를 외다니 참으로 수상하다.' 하고 몹시 의아스러워할 때에 시관이 다시 물었다.

"오늘 지은 글을 또한 기억할 수 있겠는가?"

안국은 또 자기가 지은 대책문을 줄줄 외었다. 그 문장은 실로 끝없는 바다에 파도가 일렁이고 천릿길을 거침없이 내달리는 준마와 같이 막힘이 없었다.

 김숙은 다 듣고 나서 벌떡 일어나 안국의 손을 잡고 말하였다.
 "이게 꿈이냐 생시냐! 네가 어떻게 문장을 성취하였느냐! 10년 동안 만나지 못한 것이 애석하구나. 타향의 등잔불 밑에서 서울을 그리는 마음을 어떻게 견디었느냐! 아! 우리 선조의 혁혁하신 명성이 이제야 다시 떨쳐지는구나. 지난날 두통이 지금 낭랑한 글소리에 완전히 나았다. '부자간에는 서로 착한 일을 하도록 권하지 못한다.'는 말과 '자식은 바꿔서 가르친다.'는 말씀이 이제야 증명이 되었구나."

 안국이 무릎을 꿇고 앉아서 글을 잘하게 된 경위를 아뢰니, 김 숙은 손뼉을 치며 기뻐했다.
 "하인들은 속히 가마를 준비해 가서 안동 며느리를 맞아오너라."
 그리고 시관을 돌아보고 감사해하였다.
 "어진 벗이 아니었다면 우리 문장 아들을 죽일 뻔하였네."
 김청이 밖에서 이 소

작자미상 〈의령남씨전가경완도宜寧南氏傳家敬翫圖〉

식을 듣고 헐레벌떡 달려와서 축하하였다. 안국의 글을 보니 세상에 드문 문장이었다.

"대체 누가 이렇게 만들었습니까?"

"제 처가 가르쳤다는구나."

김청이 김숙을 바라보며 경탄하였다.

"우리 형제가 평생 가르치지 못한 것을 처가 가르쳤군요. 사내대장부가 일개 아녀자보다 못하였습니다."

며느리 이씨의 신행新行이 올라오자 김숙은 대대적으로 일가친척과 빈객賓客들을 초청하였다.

"나의 자식이 문장을 성취하여 선조의 유업遺業을 빛낸 것은 모두 며느리의 공입니다."

모두들 칭찬하고 부러워하였다. 안동에 이런 부인이 있는 줄 누가 생각이나 했겠는가. 이씨는 시댁에 와서 시부모를 섬기는 데 혼신을 다하는 등 부인의 도리를 극진히 하였으며, 일찍이 자신의 공을 뽐내는 법이 없었으므로 시부모는 더욱더 사랑하였다. 안국은 문명文名과 재망才望을 날로 떨쳐 처음에는 한림翰林·옥당玉堂으로부터 마침내 대제학大提學에 이르렀다.   ≪동상기찬東廂記纂≫

12. 이기축李起築과 평양 기생

광해조光海朝 말엽이었다. 평
양에 어느 기생이 있었는데 나
이는 열예닐곱 가량으로 몸가
짐이 단정하여 정조를 팔거나
음란한 행동을 하지 않았다. 그
녀는 마음속으로, '기생이 아무
리 천한 몸이라 해도 마땅히
한 남편을 섬기며 일생을 마쳐
야 한다.'고 생각하였다.

감영과 평양부의 비장神將이
나 책실冊室(고을 원의 비서실이자
또는 그 사람)들이 그녀의 아름다
움을 흠모하여 가까이하려고
하였지만 그녀는 절대로 따르
지 않았다. 심지어 형벌을 가하

작자미상 〈행려풍속도行旅風俗圖〉

고 곤장을 치며 부모를 가두기까지 하였지만 끝내 마음을 바꾸지
않았다. 영읍警른의 모든 사람들 중에는 그녀를 괴물이나 별종이
라고 하지 않는 자가 없었다. 그녀의 부모가 그의 남편감을 여러

번 구하였지만 그녀는 말했다.

"지아비는 저와 평생을 함께할 사람이니, 제가 고를 것입니다."

이 말이 한번 퍼지자 소문을 듣고 찾아온 자들은 미남이거나 풍채 좋고 호걸스러운 부유한 집 자제가 아닌 이가 없었다. 그들이 밤낮으로 문을 메우며 몰려들었지만 그녀는 한결같이 허락하지 않았다.

하루는 그녀가 평양 동쪽 성문인 대동문大同門의 누각에 앉아서 문 밖에 땔나무를 지고 가는 어느 노총각을 보고는 아버지를 불러 말했다.

"저 사람을 반드시 제 집으로 맞아올 것입니다."

그 아버지는 노총각을 보고 나서 한심스러워하며 나무랐다.

"네 속셈은 알 수가 없구나. 네 아름다움을 흠모하지 않은 자가 없어 위로는 평안도의 감사나 병사, 평양부의 부윤府尹이나 서윤庶尹 등의 소실小室도 될 수 있고, 중간으로는 비장裨將과 책실冊室의 부인도 될 수 있고, 아래로는 아무 집 도령과 아무 집 도령도 놓칠 수가 없는데, 모두 마다하고 천하에 흉악하고 가난한 거렁뱅이를 얻으려고 하는 것은 도대체 무슨 속셈이냐?"

그러나 이미 딸의 성격을 잘 알고 있었기 때문에 비록 아버지의 위엄威嚴으로서도 어떻게 할 수가 없었다. 그래서 곧 그 노총각을 맞이하여 남편으로 삼아주었다.

그 뒤에 그녀는 남편에게 말했다.

"우리는 여기에서 오래 살 수 없으니, 당신과 함께 서울에 올라가서 장사를 하고 싶어요."

드디어 남편과 함께 상경上京하여 서대문 밖에 술집을 차렸다. 색주가色酒家로 장안에서 제일가는 술집이 되자 장안의 호걸豪傑스럽고 귀한 사람들이 몰려들었다. 이때 술꾼 대여섯 명이 매일같이 드나들며 술을 마셨는데, 그녀는 술값을 따지지 않고 그들이 달라는 대로 주었다. 그들은 술값이 많이 밀렸으나 한 번도 갚지를 못하였다. 그 술꾼들이 간혹 염치廉恥가 없다고 말하면 그녀는 이렇게 말했다.

"뒷날 갚아도 될 텐데 어찌 꼭 지금 갚아야만 한답니까?"

그 술꾼들은 바로 묵동墨洞(남산 아래 묵사동墨寺洞)에 사는 김정언金正言과 이좌랑李佐郎이었다. 그녀는 조용히 김정언에게 말했다.

신윤복申潤福 〈홍루대주紅樓待酒〉

"이 동네는 생소한 사람이 많아서 남촌南村으로 옮기려 하는데, 나리마님께서 단골이 좀 되어주세요."

"좋다. 우리들이 멀리 와서 술을 마시는 것이 참으로 괴로웠는데 자네가 만일 가까이 술집을 차린다면 우리들은 반드시 단골이 되어줄 것이네."

그녀는 묵동으로 자리를 옮겼다. 그리고 어느 날 김정언을 보고 말했다.

"제 남편은 일자무식一字無識입니다. 언문諺文도 이해하지 못하고 술값을 적는 것조차도 제대로 하지 못합니다. 그러나 나리마님께서 글을 좀 가르쳐주신다면 선생의 예로 대하여 날마다 술 한 병씩을 드리겠습니다."

"좋다. 내일 아침 일찍 책을 끼어 보내거라."

그녀는 남편에게 돈을 주면서 말했다.

"≪통감通鑑≫ 넷째 권을 시장에 가서 사오세요."

남편이 그 말대로 책을 사가지고 오자 그녀는 중간을 표시해주면서 말했다.

"당신은 이 책을 끼고 김정언 댁에 가서 가르쳐주기를 청하십시오. 선생은 반드시 첫 장부터 가르쳐주려고 할 것입니다. 그러나 당신은 이 표시된 장을 가르쳐달라고 청하시고 선생의 말을 따르지 마십시오."

그 남편은 처음부터 지금까지 한결같이 아내의 말을 따라 앉으라면 앉고 서라면 서왔으니, 지금 그녀의 말을 듣고서 어찌 감히 어길 수가 있겠는가.

이튿날 아침 책을 끼고 배우러 갔더니 김정언이 물었다.

"≪천자문千字文≫인가, ≪유합類合≫인가?"

"≪통감≫ 넷째 권입니다."

"이 책은 너에게 맞지 않으니 다시 ≪천자문≫을 가지고 오너라."

"이미 가지고 왔으니 이 책을 가르쳐주십시오."

"좋다. 그렇게 하자. 이것도 글인데 무엇이 해가 되겠느냐?"

김정언은 이렇게 말하고 첫 장부터 가르쳐주려고 하였다. 그랬더니 그자는 손으로 표시해준 장을 펴면서 말했다.

"이 표시된 데를 배우려고 합니다."

김정언은 꼭 첫 장부터 가르쳐주려고 하였으나, 그자는 표시된 장만을 고집하였다. 김정언은 분통이 터져 책을 내던지면서 말했다.

"에이, 천하에 못난 놈, 도대체 제 처의 말만 듣다니!"

그자는 크게 원망하고 돌아와서 그녀에게 말했다.

"이후로는 김정언에게 술 주지 말라. 동냥은 아니 주고 쪽박만 깼어."

그 말을 듣고 그녀는 빙긋이 웃으면서 말했다.

"당신의 인물이 잘났다면 어찌 이 같은 모욕을 받겠습니까?"

조금 후에 김정언이 찾아와서 그녀의 손을 잡고 말하였다.

"너는 사람이냐, 귀신이냐?"

"저 같은 사람이 때를 만나면 양반이 되는 것도 가능하지 않겠는지요?"

"조금만 기다려라."

김정언은 이내 그녀를 불러 술을 따르게 하였다.

그녀가 표시해준 대목은 바로 중국 한나라 때 장군 곽광霍光이 창읍왕昌邑王을 폐위시켜 보내던 일을 기록한 것이다. 김정언은 곧 승평부원군昇平府院君(김도金鍍)이고, 이좌랑은 곧 연양부원군延陽府院君(이귀李貴)인데, 그녀는 인조반정仁祖反正의 모의謀議가 장차 이루어질 것을 미리 알았기 때문에 일부러 ≪통감≫ 제4권을 가지고 그들을 시험해본 것이었다. 승평부원군도 이미 그녀가 벌써 자기들의 모의를 알고 있음을 알았다.

며칠 뒤에 승평부원군과 여러 사람들은 반정을 단행하였다. 반정의 공을 논할 때 먼저 평양집의 술값을 갚아야 한다고 제의하자 여러 사람들이 동의하였다. 그래서 그 남편의 이름을 물어보았지만 아무도 아는 자가 없었다. 승평부원군이 말했다.

"내가 들으니 그 사람은 기축년己丑年에 태어났다고 했소. 육갑으로 이름을 지으면 너무도 고상하지 않으니, 기起자와 축築자로 이름을 짓는 것이 어떠하겠소?"

여러 사람들이 좋다고 하였다. 그러고 나서 그녀의 남편을 3등 공신에 녹훈錄勳하고 곧 한성좌윤漢城左尹으로 임명하였는데, 이기축은 뒷날 병조참판兵曹參判이 되었다 한다. ≪해동야서海東野書≫

13. 수절과부의 유언

진사進士 임희진任希進은 호남 사람으로 임진왜란 때 군사를 모집하여 참전했다가 진주晉州 전투에서 전사하였다. 그의 가문은 대대로 절의節義로 이름이 높았다.

그의 조상 중에 선비 모씨는 글을 잘했다. 그는 혼인하기 전 약관弱冠의 나이로 향시鄕試에 장원을 하고 서울로 회시會試를 보러 가던 길에 장성長城을 지나다가 비를 만나 객점客店을 찾지 못한 채 어느 마을에 이르게 되었다. 대숲이 짙푸르고 그늘 속에 꾀꼬리가 우는 매우 아름다운 경치였다. 여기저기 돌아보고 경치를 즐기며 갈 길도 잊어버렸다.

마을이 끝난 지점에 대울타리를 두른 집이 있었는데, 한 소녀가 사립문 옆에 비스듬히 기대고 서서, 바람에 날리는 부들솜을 잡으며 천진스럽게 방긋방긋 웃고 있었다. 임생은 그녀를 쳐다보고 그만 정신을 빼앗겨 가까이 가서 수작酬酌을 걸어보았다.

소녀는 화를 내지도 대답하지도 않고 엄마만을 불러댔다. 이윽고 곱사등의 노파가 나와서 소녀에게 무슨 일이냐고 물었다.

"어디서 온 손님인지 모르겠는데 치근대며 귀찮게 하네."

임생은 매우 난처하여 목이 마르다 마실 것을 달라며 딴전을 부렸다. 노파는 말했다.

"집이 협소하여 손님이 앉으실 만한 데가 없네요. 애야, 냉수 한 대접 떠온!"

소녀는 대답하며 안으로 들어갔다. 임생이 노파에게 물었다.

"따님 나이가 몇이오?"

"이제 겨우 열넷입니다."

"정혼定婚은 하셨소?"

"시들어진 늙은 몸에 오직 이 딸년 하나만이 슬하에 있을 뿐이라 남에게 보내고 싶지 않구려."

"여자란 출가하여 부모형제를 멀리 떠나야 하는 것이오. 슬하에 두시는 것은 좋은 생각이 아닙니다."

소녀가 냉수를 떠가지고 와서 선비의 뒷말을 듣고 얼굴을 붉히며 노파에게 말했다.

"엄마, 이 손님 마음이 엉큼해. 말 많이 하지 말아요."

노파가 웃으며 말했다.

"들을 만하면 들을 것이니, 그거야 내게 달려 있는 것이다. 못난 년이 웬 잔소리가 많니?"

임생은 향시에 장원했음을 자랑하며 마음이 움직이도록 애를 썼다. 노파가 한참 동안 가만히 생각하다가 물었다.

"장원이란 게 무엇인가요?"

"글을 읽어 재주를 겨뤄서 이름이 금방金榜에 으뜸으로 오르고 이때부터 사원詞垣(예문관)에 들어가 임금이 하달하는 사령장辭令狀 작성을 담당하여, 문장으로 나라를 빛내고 천하에 제1인자가 되는 이것을 이름하여 장원이라 하는 것이오."

"제1인자가 몇 년에 하나씩 나오는지 모르겠네요."

"3년 만에 나온다오."

소녀가 옆에서 듣고 있다가 배시시 웃으면서 임생을 향해 종알 거렸다.

"난 장원이 천고에 제1인자인 줄 알았는데, 본래 3년에 한 개씩 이라니 그것이 어찌 귀한 것일까?"

노파가 나무랐다.

"어린년이 주둥이도 방정맞지. 걸핏하면 남의 단점을 들춰내는 구나."

"나와 무슨 상관이람! 저 어리석은 손님이 스스로 잘못을 불러 온 것이지."

소녀는 깔깔대며 가버렸다.

임생은 멍하니 한참 동안 서 있다가 계속해서 노파에게 말했다.

"만일 언짢게 생각하지 않으신다면 약소한 예물禮物을 드리겠 습니다."

임생이 머리에 꽂은 쌍남금雙南金 동곳을 뽑아주자, 노파가 손 으로 여러 번 문질러보다가 물었다.

"냄새를 맡아도 향내가 없고, 손에 쥐면 차가운 이것이 무엇 이람?"

"그게 황금이라고 불리는 것이오. 추우면 옷을 만들 수 있고, 배고프면 밥을 지을 수 있으니 진짜 보물이지요."

그러자 노파가 말했다.

"우리 집은 밭 몇 이랑과 뽕나무 몇 그루가 있으니 추위와 주림을 근심하지 않소. 이 물건이 여기에선 쓸 데가 없으니 장원랑壯元郎에게 되돌려주겠소. 가져가 쓰시오."

그리고 쌍남금을 땅에 내던지며 덧붙였다.

"가엾구먼. 미친 녀석이 도무지 점잖은 기색이라곤 한 군데도 없어. 한갓 재물로 사람이나 꼬드기려 드는구먼."

말을 마치자 노파는 사립문을 닫고 들어가버렸다. 임생은 멍하니 서서 한참 동안 있다가 탄식을 하며 돌아섰다.

그는 그 길로 상경해서 남궁南宮(예조)에 머물러 있다가 과거에 응시한 뒤 고향으로 내려오게 되었다.

귀로歸路에 다시 왔던 길로 가서 그 노파를 찾았지만 노파는 병을 핑계로 만나주지 않았다. 그 집 내력을 이웃에 물으니, 대대로 사족士族인 장씨댁인데, 빈한貧寒하여 숙부 집 옆에서 모녀 단둘이 의지해 살고 있고 아직 딸의 배필을 정하지 못한 처지라 하였다.

임생이 그 숙부를 통해서 청혼을 하자 그 노파가 처음에는 소실을 삼으려는 줄로 의심했지만 마침내 허락하였다. 그래서 그 소녀를 맞아 집으로 돌아왔다.

그 여자는 총민하고 규범閨範이 있었으므로 임생은 매우 흐뭇하게 여겼다.

그런데 몇 년이 못 가서 임생은 그만 불행히도 유복자 하나를 남기고 세상을 떠났다. 그 부인 장씨는 외아들을 키우고 수절守節

하면서 부인의 도리를 극진히 하였다. 그 외아들이 장성해서 자녀를 많이 낳았으므로 장씨 나이 80여 세가 되었을 때에는 손자, 증손자들이 슬하에 번성하였다

장씨는 임종臨終이 가까워오자 손자와 증손자 그리고 며느리들을 불러 침상에 둘러앉힌 다음 입을 열었다.

"내가 한마디 할 터이니, 너희들은 잘 들어라."

"예."

모두들 공손히 대답하자 장씨는 말했다.

"너희들이 우리집 며느리가 되어서 모두 백년해로百年偕老하면 그야 물론 우리 가문의 복이겠지만, 혹시 불행히도 젊은 나이에 혼자되었을 때에는 스스로 생각하여 수절할 수 있으면 수절하고, 그렇지 못하겠으면 어른께 말씀드려 개가改嫁하는 것도 하나의 방편方便이 되느니라."

모두들 깜짝 놀라, 정신이 혼미한 중의 말씀이라 생각하였다. 장씨가 웃으며 말했다.

"너희는 내 말을 그르다고 생각하느냐? '수과守寡' 두 자는 말하기 어려운 것이란다. 나는 그 가운데에서 살아온 사람이다. 너희들을 위해 지난 일을 이야기해주마."

모두들 숙연한 마음으로 귀를 기울였다. 그러자 장씨는 나즈막히 이야기하였다.

"내가 혼자된 때가 나이 겨우 18세였다. 명색이 양반집에서 태어나 선비에게 시집왔고, 또 뱃속에 한 핏덩이가 있었으므로 아예

딴 마음을 먹지 못하였느니라. 그러나 새벽바람 밤비와 싸늘한 벽 외로운 등잔 밑에서의 시름은 참아내기 어려웠단다. 마침 시부님의 생질甥姪 모씨가 호서에서 찾아와 사랑방에 묵게 되었는데, 병풍 뒤에서 그분의 아름다운 모습을 보고 나도 모르게 마음에 감정이 일어나더구나. 밤에 집안 사람이 깊이 잠든 것을 보고는 그분에게로 달려가려고 등을 들고 나갔었느니라.

그러나 스스로 부끄러워서 머리를 숙이고 몸을 돌려 다시 방으로 왔다가는 마음을 진정시키지 못하고 또 등을 들고 나갔지만 결국 수치스러운 일이라 한숨을 쉬고 돌아섰느니라. 몇 번이고 그리던 끝에 마침내 큰 결심을 하고 사랑방으로 나가다가 부엌에서 종년들의 소근거리는 소리를 듣게 되었단다. 그래서 그만 숨을 죽이고 방으로 돌아와 등불을 탁자에 놓고 지쳐서 앉은 채로 잠이 들었느니라.

꿈에 사랑방으로 들어갔는데 모씨가 글을 읽고 있더구나. 등불 아래 마주앉아 서로의 속 깊은 얘기를 나누고 이내 손을 잡고 휘장 안으로 들어갔는데 어떤 사람이 휘장 속에 도사리고 앉아서 쑥대머리에 피투성이 얼굴로 베개를 치며 대성통곡大聲痛哭을 하고 있었느니라. 자세히 보니 바로 돌아가신 어른이시더라.

고함을 지르고 문득 깨어 눈을 떠보니, 탁상의 등불은 환하게 푸른빛을 발하고 문루門樓에선 바야흐로 삼고三鼓가 울리며 아기는 젖 달라고 포대기 속에서 울고 있더구나. 놀랍고 슬픈 마음에 끝내 후회가 되었지만 아녀자의 정이란 어느 곳으로 사라질지 모를 것이더라.

그로부터 마음을 깨끗이 갖고 비로소 양가良家의 수절한 부인
이 될 수 있었느니라. 그때 만일 부엌 안의 소근거리는 소리를 듣
지 못하고 휘장 속의 몸서리쳐지는 광경을 꿈꾸지 않았더라면 일
생의 결백을 어찌 보장하고, 지하에 계신 분에게 부끄럽지 않았겠
느냐? 이 일로 인하여 수절의 고난은 억지로 감당할 수 없다는 것
을 알았느니라."

장씨는 아들에게 그 내용을 백관白管에 적어 전해 가법家法으로
삼게 한 다음, 웃음을 머금고 눈을 감았다. 후에 종족이 번성하고
대대로 수절한 부인이 있었으며, 백여 년 후에까지 규문閨門이 청
백清白하였다 한다.   ≪동야휘집東野彙輯≫

14. 어사의 두 관상親相

옛날 관상을 잘 보는 한 무관이 있었다. 그가 새로 영흥부사永
興府使로 부임하면서 거울에 자기 관상을 비춰보았는데, 임지任地
에서 어사의 손에 죽을 운명이라 크게 걱정이 되었다.

임금에게 하직하고 나와서 다락원 객점에 이르러 점심을 먹고
있을 때 어떤 상복을 입은 사람이 객점 앞을 지나갔다. 얼핏 그의
관상을 보니 오래지 않아 어사가 될 사람이었다.

무관이 객점 주인에게 물어보았다.

"아까 지나간 분은 어떤 양반인가?"

"뒷동네 이참의댁李參議宅 자제입니다. 참의 어른이 돌아가시어
소상小祥이 지났는데, 그 댁이 워낙 가난하여 가련한 지경입니다."

무관은 이씨집 속사정을 객점 주인에게 두루 캐물어 대략 안
연후에 아전을 보내서 조문弔問 간다고 먼저 알려놓고는 제청祭廳
에 가서 영전에 엎드려 한바탕 슬피 통곡을 하였다. 상인喪人은 이
분이 당연히 선친先親의 절친한 친구이겠거니 생각하고 감동이 되
어 함께 슬피 울었다. 곡哭을 마치자 손님이 주인에게 말했다.

"선영감先令監과 나와의 교분을 말하자면, 슬픔이 오히려 미진
하오. 내 여러 해 전부터 변방에 오래 체류하여 소식이 두절되었
소만, 사람의 일이 이렇게 될 줄 생각이나 하였겠소. 소상이 지난

뒤에 부음訃音을 듣고 지금에야 문상問喪을 하게 되었으니 너무도 부끄럽소."

말을 마치고는 오열하며 또 말했다.

"댁은 원래 어려우신 형편이니, 장사 지내느라 빚이 많을 테지요?"

주인이 말했다.

"어떻게 다 말할 수 있겠습니까?"

그러자 손님이 말했다.

"나는 지방에 벼슬을 얻고 상주喪主는 큰일을 당했으니 옛 정의로 보아서는 마땅히 장례 빚은 내가 도맡아야 할 것이지만, 관가의 일이 많아 부임 즉시 짐을 꾸려 보내기는 어려울 것 같으니, 상주가 대상大祥 전후 아무 때나 말을 세내서 타고 내려오면 내 넉넉히 도와주리다."

그리고는 관아를 출입하는 허가증을 써주고 떠났다. 상인이 손님을 전송하고 안으로 들어갔을 때 그 어머니가 물었다.

"어떤 손님이 문상 와서 그리 애통하게 우셨느냐?"

"새로 제수된 영흥부사라 합니다. 선친과 절친하다고 하시며, 우리 장례 빚을 갚아주겠다고 저에게 한번 내려오라 청하며 관아를 출입할 수 있는 허가증까지 써주시더군요."

"우리 집이 사람 살리는 부처님을 만난 모양이구나. 천만 다행이다. 꼭 가보도록 하여라."

이씨는 대상을 치르고 나서 가까스로 말을 세내고 노복을 빌려서 철령鐵嶺을 넘어 영흥에 당도하였다. 풍설風雪을 무릅쓰고 달렸기 때문에 놀골이 말이 아니었다. 출입 허가증을 내고 관문에 들어갔을 때, 영흥부사가 그의 용모를 바라보니 전과 크게 달라져서 도무지 어사가 될 것 같지가 않았다. 그래서 거절하여 쫓아버릴 생각으로 일단 이씨와 인사를 나눈 뒤에 말했다.

"손님은 나와 무슨 구면舊面이 있나요?"

"사또께서 제 집에 문상을 오셔서 이런저런 말씀을 하시고 출입 허가증까지 써주시며 저에게 한번 내려오라고 신신당부하셨기에 천신만고 끝에 고개를 넘어 찾아왔는데, 지금 와서 갑자기 모른 척하시니 어디 이런 허망한 경우가 있습니까?"

"나는 손님 집에 문상 간 적도 없고 출입 허가증을 써준 일도 없는데, 손님이 초면初面에 나를 협박하니 실로 엉뚱한 데가 있군요."

두 사람 사이에 서로 말이 오가더니 점점 큰소리가 나왔다. 사또가 아전을 불렀다.

"이 양반을 끌어내라."

또 관내 백성들을 불러 호령하였다.

"오늘밤에 만일 이 양반을 재워주는 자가 있으면 곤장을 치고 또 벌로 서울을 오가는 심부름을 시킬 것이다."

이씨는 관문을 나왔다. 그러나 이미 관의 명령이 지엄하게 내려졌으니 누가 그를 재워주려 하겠는가. 때는 바야흐로 살을 에는 듯한 한겨울이고 해는 또 저물었는데 이집 저집을 찾아가서 문을 두드렸으나 번번이 쫓겨났다. 오직 죽음을 기다릴 수밖에 없는 상황이었다.

어느 마을 모퉁이 빈 방앗간에 말을 세우고 상전과 하인이 함께 오들오들 떨고 있을 때였다. 소복을 입은 시골 여자가 열예닐곱 살쯤 되는 딸과 열 살쯤 되어 보이는 아들을 데리고 방앗간을 지나갔다. 이윽고 그 여자가 되돌아와서 이씨에게 물었다.

"어디서 오신 손님이신데 이런 곤경을 당하셨습니까?"

이씨가 대강의 사정을 이야기하니, 그 여자가 말했다.

"상도 나으리(원주原註 : 북쪽지방 사람들이 서울 양반을 일컫는 방언), 영락없이 죽게 되었습니다. 나는 이 마을에 사는 과부입니다. 관의 명령을 어긴다 해도 나를 죽이지는 못할 것이니 내가 사람을 살려야겠습니다."

그 과부는 이씨를 자기 집으로 데려갔다. 따뜻한 물 한 바가지를 떠와 이씨의 얼굴을 물에 담그게 하자, 이윽고 얼굴을 덮고 있던 얼음덩이가 물에 떨어졌다. 곧바로 온돌방에 앉히고 밥을 잘 차려 먹었다. 그것은 그 여자가 집이 부유하고 의기가 있기 때문이었다. 이씨는 깊이 감사하고 그 집에서 이틀을 묵었다. 주인 여자가 이씨에게 말했다.

"상도 나으리께서는 금방 되돌아가시기 어려운 처지입니다. 그런데 사람 마음이란 아무런 관계도 없는 남을 오래 접대하자면 절로 싫어지기 마련이지요. 나으리께서도 무단히 여러 날 내 집에 머물러 계시면 자연 거북할 터이니 제 딸을 소실로 삼으시지요.

제 딸 또한 제법 단정하고 곱답니다."

이씨는 그 말을 기꺼이 따랐다. 곧 신랑으로 대접을 해주니 의식이 매우 풍성하였다. 이씨는 노모가 기다릴 것이 걱정되어 서울로 돌아가려 하였지만 그들 모녀가 말렸다.

"이 같은 엄동설한엔 길이 막혀 있으니, 길을 떠나시다간 결코 목숨을 보존하기 어렵습니다. 부모를 떠나 있는 게 참기 어려운 일이기는 하지만 아무래도 내년 봄까지 기다리시는 것이 좋겠습니다."

이씨는 할 수 없이 그 말을 따랐다. 그 집에 머물러 한 해 겨울을 보내는 동안에 영흥부사의 탐욕스럽고 무도한 폭정에 대해 귀가 닳도록 들을 수가 있었다. 날이 풀려 떠나게 되자 주인 여자는 말을 마련하고 6백 냥의 은자와 수십 필의 세마포細麻布를 실려 보냈다.

이씨는 소실에게 후일을 굳게 언약하고 떠났다. 서울에 돌아와서 장례 빚을 전부 갚았고, 이로부터 운수가 트여 그 해에 과거에 급제하였다. 한림翰林으로 경연經筵에 들어가 임금을 모시고 있을 때였다. 마침 조용한 시간이 되자 임금이 말했다.

"제신들은 옛날이야기나 하나씩 해보오."

이한림이 일어나서,

"신은 몸소 겪었던 일을 옛날이야기 대신하여 아뢰겠사옵니다."

하고, 영흥에서 겪었던 일의 자초지종自初至終을 자세히 이야기하였다. 이를 듣고 임금은 곧 침전에 들어갔다 나온 후, 봉함된 종이 봉투 셋을 손수 이한림에게 내주며 분부하였다.

　"이 봉투 위에 제1, 제2, 제3으로 차례를 매겨놓았다. 제1 봉투는 대궐문 밖에서 뜯어보고 시행하며, 제2 봉투는 당도한 곳에서 뜯어보고, 제3 봉투는 다시 그 뒤에 뜯어보도록 하라."

　이한림이 궐문 밖에 나와서 제1 봉투를 뜯어보았더니, 영흥에 가서 탐관貪官을 잡으라는 암행어사 임명장이었다. 즉시 출발하여 영흥에 도착해서는 낡은 의관으로 바꿔 입고 먼저 그 소실의 집에 들렀지만, 소실의 어미는 그의 의관이 남루襤褸한 것을 보고는 별로 반기는 기색이 아니었다.

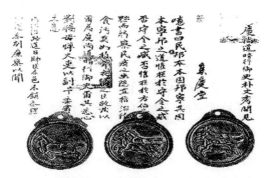

박문수朴文秀의 암행어사 봉서封書와 마패

　"무엇하러 먼 길을 왔소?"

　"따님이 보고 싶어 왔소이다."

　그리고 곧 소실의 방으로 들어갔으니, 서로 얼마나 반기며 사랑했을 것인지는 가히 알 만한 일이었다. 같이 잠을 자다가 밤이 깊자, 이씨는 소실이 잠든 틈을 타서 가만히 빠져나와 방 뒤에 숨어서 몰래 엿보며 그 소실의 마음을 확인하려 하였다.

그 소실은 잠에서 깨어나 팔을 뻗어 낭군을 껴안으려다가 낭군이 없는 것을 알았다. 그러자 벌떡 일어나서 그 어미를 불러 울며 불며 말하였다.

"낮에 어머니가 반기지 않은 기색을 보여서 나으리가 화가 나서 가버렸어요."

"내가 어떻게 대접했기에 화를 낸단 말이냐?"

"천리 객지에서 저를 보러 오셨는데 어머니가 반갑게 맞이하지 않았으니 어찌 화내지 않을 수 있겠어요? 어디를 가도 의탁할 사람 없는데 춥고 굶주려 죽을지도 몰라요. 제 마음이 어떤지나 아세요?"

소실은 결국 울음보를 터뜨렸다. 그러다가 그 어미가 재삼 타이르자 겨우 울음을 그치는 것이었다.

이씨는 즉시 다른 의관으로 갈아입고 서리書吏와 따르는 종들을 불러 객사客舍에서 어사 출두를 하였다. 뜰에 횃불을 가득 밝히고 나서 한편으로는 각 창고를 봉하고 한편으로는 세 향소鄕所와 이방吏房과 호장戶長을 잡아들여 형틀 위에 올려놓으니 온 고을이 두려워 떨었다.

그 소실의 어미가 딸을 데리고 어사 구경을 하러 가서 객사의 담에 기대어 불빛 아래 있는 어사를 바라보았다. 그러다가 한참 후에 그 어미가 그만 가자고 재촉하였으나 딸은 말했다.

"어머니 먼저 가요. 저는 더 구경할게요."

조금 후에 딸이 집으로 달려와서 소리쳤다.

"어머니, 어머니, 어사또가 다른 사람이 아니고 바로 우리 집 나으리이지 뭐예요?"

"설마 그럴 리가 있겠니?"

"제 눈으로 똑똑히 보았어요. 어머니, 다시 가 봐요."

모녀가 다시 가서 담쪽에서 자세히 바라보았는데, 과연 딸의 말과 같아 뛸 듯이 기뻐하고 돌아와서도 잠을 이루지 못하였다.

어사는 즉시 영흥부사가 공금公金을 훔친 일, 백성의 재물을 약탈한 일 등 백성들의 재물을 수탈한 사례 수십 조목을 장계狀啓에 적어서 급히 보고하였다. 그러고 나서 또 제2 봉투를 뜯어보았더니, 그대로 영흥부사의 직무를 행하라는 특명特命이었다. 즉시 인장印章을 추심推尋하고 도임장到任狀을 감영으로 작성해 보냈다. 며칠 후에 금오랑金吾郎(의금부도사義禁府都事)이 달려와서 이전 영흥부사를 잡아갔다.

다시 제3 봉투를 뜯어보았더니, 그것은 소실을 둘째 부인으로 삼으라는 분부였다. 즉시 채색 가마로 그 소실을 맞이하였다. 관청 사람들이 앞뒤에서 둘러싸 내아內衙 큰방으로 모시었다. 읍내 미천한 여자가 갑자기 관부의 내실 마님이 되니 그 영광스런 소문이 사방에 자자하였다.

그 무관은 참으로 관상을 잘 보았던 것이다.

≪동패낙송東稗洛誦≫

15. 병신 신랑과 아리따운 신부

자가 태공太空인 연풍운鳶馮雲은 큰 부자였다. 그는 아리따운 딸 하나를 낳아 애지중지 사랑하던 끝에 그림쟁이에게 잘 생긴 사내 그림을 그리게 하고는, 그 그림을 대문 위에 걸어두고 그 옆에 다음과 같이 써 붙였다.

"사위를 고르노라. 그림과 같은 자는 내 사위로 삼겠고, 그렇지 않은 자는 내 사윗감이 아니다."

그래서 그 대문을 지나가는 자가 날마다 몇백이나 몇천 명씩 되었다. 그러나 정작 사윗감으로 나서는 자는 한 명도 없었다.

그런데 하루는 수염이 긴 노인 하나가 대문을 지나가다가 그 그림에게 절을 하고 뒤로 물러서서 그림을 뚫어지게 쳐다보더니, 손바닥을 치고 크게 웃으며 말하는 것이었다.

"내가 늙어서 노망하였구나. 이 그림을 우리 도련님으로 착각하고 절을 하다니……"

그 노인은 말을 마치자 소매를 야단스럽게 휘저으며 갔다. 이 때 연풍운의 여비女婢가 헐레벌떡 뛰어 들어와서 아뢰었다.

"그림을 내건 뒤로 1년 내내 나서는 자가 한 명도 없었는데, 방금 노인 하나가 그림을 자기집 도령으로 착각하고 절을 하더니 크게 웃고 갔습니다."

　연풍운이 심부름꾼을 시켜 그 노인을 뒤따라가서 물어보게 하였더니 과연 사실이었다. 그래서 그 집과 혼사를 의논한 다음, 좋은 날로 혼인날을 잡아서 신랑을 맞이하였다.

　그런데 신랑이란 자는 앞 못 보는 절름발이에 한쪽 팔은 마비가 되었고 얼굴은 천연두天然痘를 앓아서 빡빡 얽고 검었다. 그 부모가 중매쟁이에게 뇌물을 주고 혼처를 구해서 예단禮緞을 보냈다가 퇴짜를 맞은 것만도 무려 세 번째요, 처녀집에서 도령의 이름을 듣고 중매쟁이를 나무란 것만도 무려 다섯 번이나 되었다. 그러나 무당과 소경에게 물어보면 점괘가 모두 한결같았다.

　"반드시 아름다운 신부를 얻을 것이다."

　이때까지 도령은 서른여덟이 되도록 고독을 씹으며 쓸쓸하게 지냈는데, 늙은 하인 덕분에 큰 부자에게 청혼을 받게 된 것이다.

　혼인날이 되어 혼례를 치르러 갈 적에 일부러 어둑어둑해질 때를 이용하였다. 얼굴엔 분을 바르고 다리는 나무다리를 끼고 마비된 손은 소매 속에 넣고서 혼례를 치렀다. 혼례가 끝나자 양쪽에서 촛불을 밝히고 신랑을 신방으로 인도하였는데, 신부는 절세미인絶世美人이었다.

　신랑은 곧 분바른 얼굴과 나무다리와 마비된 손을 몰래 숨기고 있다가 촛불을 밖으로 내보내고 자리에 누웠다.

　밤이 깊어갈 무렵에 늙은 하인이 새끼줄로 자신의 몸을 감고 붉은 흙을 온몸에 바른 다음, 관솔을 꽂아 불을 붙이고 연풍운의 지붕 위에 올라가서 호통을 쳤다.

"연풍운아 나오너라. 나는 동쪽 연못에 사는 화룡火龍이다. 너에게 예쁜 딸이 있단 말을 듣고 배필로 삼으려 하였는데, 너는 다른 집의 아들에게 아내로 주었구나. 이미 네 딸이 몸을 버렸으므로 이제 취할 수가 없게 되었으니 네 사위를 죄줄 것이다."

신랑이 불려나왔다. 신랑이 뜰에 나와서 절을 하자, 거센 목소리로 말했다.

"네 눈을 멀게 하겠다."

그러자 신랑은 땅에 쓰러지며 눈이 몹시 아파서 못 견디는 시늉을 하였다.

"네 팔뚝을 꺾겠다."

신랑은 또 땅에 쓰러져서 크게 소리 내어 팔뚝이 아파 못 견디는 척하였다.

"네 한 발을 절게 할 것이다."

신랑은 더욱더 크게 소리 내어 발이 아픈 체하였다.

"네 얼굴을 천연두로 검게 만들 것이다."

신랑은 다시 크게 소리 내어 얼굴이 몹시 아파서 못 견디겠다는 시늉을 하였다. 이렇게 신랑은 번번이 거의 죽을 뻔하다가 다시 살아난 듯한 시늉을 하였다.

늙은 하인은 지붕에서 내려와 달음질쳐 큰 나무토막을 연못에 던져 첨벙 소리를 내었다.

이튿날 연풍운이 신랑을 불러내 보았더니, 눈은 멀고 다리는 절고, 한 팔은 마비가 되고, 얼굴은 얽죽빼기에다 검었다. 그것을 본 연풍운은 탄식하였다.

"아! 애석하도다. 동쪽 못의 화룡씨가 우리 아름다운 신랑을 병신으로 만들었구나." ≪어우야담於于野談≫

16. 하녀와 거지

옛날 어떤 한 대감이 노모에 대한 효심은 지극하지만 일이 매일 산더미 같아서 옆에서 모실 겨를이 없었다.

집에는 이제 겨우 15살인 예쁘고 총명하며 슬기로운 하녀 하나가 있었다. 그 하녀는 노마님의 뜻을 잘 받들어 음식과 의복을 알맞게 보살피고 일상생활에 때를 살펴 간호하였다. 그래서 노마님은 평안하였고 대감은 노모를 기쁘게 대할 수 있었으며, 집안 사람들은 수고를 덜 수 있어 하녀는 집안의 귀염을 독차지하고 칭찬도 헤아릴 수 없이 받았다.

하녀는 행랑채에다 따로 방 하나를 들여서 서화書畵와 살림살이 따위를 잘 정돈하여 조금 짬이 날 적에 쉬는 곳으로 삼았다.

기생집을 드나드는 장안 부호의 자제들은 앞을 다투어 천금千金으로 그녀를 취해서 정승댁에 은혜를 살 수 있는 매개로 삼으려고 하였다. 그러나 하녀는 그러한 사람들을 완강히 거절하고 마음속으로 다짐하였다.

'천하에 정직한 사람을 만나지 못하면 차라리 홀로 늙고 말겠다.'

하루는 하녀가 노마님의 심부름으로 친척집에 문안을 갔다가 돌아오는 길에 갑작스런 소나기를 만났다. 부리나케 집으로 돌아오니 쑥대머리에 때가 잔뜩 낀 얼굴을 한 웬 거지 하나가 대문 앞에서 비를 피하고 있었다.

하녀는 첫눈에 비상非常한 사람임을 알아채고 자기 방으로 데리고 왔다.

"당신은 우선 여기에 계세요."

그리고는 나오면서 문에 자물쇠를 채우고 안으로 휙 들어갔다. 그 거지는 백방으로 생각해보았으나 도무지 영문을 알 수가 없었다. 그래서 우선 하는 대로 맡겨두고 대답을 들어보려고 하였다.

조금 후 하녀가 나와 방으로 들어와서 거지를 자세히 뜯어보더니 얼굴에 기쁨이 넘쳤다. 우선 나뭇단을 사다가 물을 데워서 목욕통을 준비해놓고 거지에게 몸을 씻게 하였다. 그리고 저녁을 차려주었다. 좋은 음식은 빈 창자 속의 걸신乞神을 때려 눕혔으며, 아로새긴 그릇과 주홍빛 소반은 황홀하여 마치 바닷속의 도시와 같았다.

날이 이미 깜깜해지고 인정종人定鍾이 울리자 드디어 수놓은 금침 속으로 함께 들어가 춘몽春夢이 어우러지니 난새가 넘어지고 봉새가 엎어졌다.

새벽녘에 거지에게 상투를 짜고 갓을 쓰게 한 다음, 깨끗하고 고운 옷을 입혔는데 몸에 썩 잘 어울렸다. 과연 겉모습도 훤칠하고 기상도 당당하였으므로 전날의 초라한 모습은 온데간데없었다.

하녀는 또 당부했다.

"당신은 들어가서 노마님과 대감님을 뵈셔요. 만일 묻는 말이 있거들랑 꼭 이렇게 대답하셔요."

하녀의 당부에 그는 흔쾌히 대답하고 곧 가서 대감을 뵈었다.
대감은,

"언년이가 전부터 배필을 고르더니만 오늘 이렇게 갑자기 인연
을 맺었으니 분명 합당한 사람을 만난 게로군."
하고 그를 앞으로 가까이 오게 하여 물었다.

"네가 하는 일이 무언고?"

"쇤네는 약간의 은화銀貨를 가지고 사람을 시켜서 팔도에 장사
를 하는데, 물건 값이 변하는 시기를 타서 이문을 취하옵지요."
대감은 크게 기뻐하고 퍽 미더워하였다.

그날부터 그는 잘 입고 잘 먹으면서 아무것도 하는 일이 없었
다. 그러자 하녀는 말했다

"사람이 세상을 살아가는 데 각각 맡은 일이 있거늘, 당신은 밥
만 포식하고 하는 일이 없으니 장차 어떻게 살아가려오?"

"계책을 세워 살아가려면 필시 은자 열 말은 있어야 되겠구려."

"내가 당신을 위해서 마련해보지요."

하녀가 안에 들어가서 틈을 보아 노마님께 간청을 하였다. 노
마님이 대감께 말하자 대감은 흔쾌히 허락해주었다.

그는 그 은자를 가지고 서울의 시장에서 조금 낡은 헌 옷가지
를 많이 사서 큰 길에 쌓아놓고, 평소 같이 구걸하러 다니던 걸인
남녀들을 다 불러 모아 그 옷가지들을 나눠 입혔다. 다음은 원근
의 정처 없이 떠도는 무리들을 찾아 빠짐없이 자선을 베풀었다.
말에 싣고 짐꾼에게 지게 하여 팔도八道를 돌아다니며 모두 나누

어주고 나자, 한 필의 말과 몇 벌의 옷만 남았을 뿐이었다.

그는 옷 담을 그릇을 만들어 말 등에 싣고 다녔다. 그때는 중추절仲秋節이라 환하게 둥근 보름달이 막 떠올랐고, 옅은 안개가 살짝 들을 덮고 있었으며, 들에는 길게 뻗은 길만 나 있을 뿐, 사방에는 오가는 사람조차 없었다. 채찍을 휘둘러 길을 재촉하여 아무데고 닿는 대로 멈추려고 하였다.

가다가 큰 다리를 만났는데, 다리 밑에서 빨래하는 소리와 사람 말소리가 들렸다. 깊은 밤 넓은 들이라 혹시 도깨비가 아닌가 의심하면서, 말에서 내려 난간에 기대어 다리 밑을 살펴보았다. 어떤 영감과 할멈이 옷을 벗고 알몸을 드러낸 채 입었던 옷을 빨다가 사람이 내려다보는 기척에 깜짝 놀라 알몸이 부끄러운지 손을 저으면서 피하며 몸 둘 바를 몰라하였다.

김득신金得臣 〈노상알현도路上謁見圖〉

그가 영감과 할멈을 다리 위로 불러 가진 옷을 내주어 입게 하니, 영감과 할멈은 감사하며 자신들의 집으로 가자고 청하였다. 그래서 그 집에서 자게 되었는데, 그곳은 서까래 몇 개를 걸친 아주 작은 집으로 간신히 비바람을 가릴 정도였다.

그는 말을 밖에 매어두고 방으로 들어갔다. 영감과 할멈은 부산하게 장만하여 거친 밥과 쓴 나물로 식사 대접을 하였다. 그가 포식하고 나서 잠을 자려고 벨 것을 달라고 청하니, 영감과 할멈이 서까래 사이에서 바가지 하나를 내어주며 말했다.

"이걸 베시지요."

그는 그들이 준 바가지를 베고 자리에 누웠다. 캄캄한 데서 손으로 바가지를 문질러보았더니, 쇠붙이나 돌은 아니었고 흙이나 나무와도 다른 것이었다. 조심스레 긁어보았지만 무엇인지 알 수가 없었다.

이때 갑자기 울타리 밖에서 와자지껄 부르는 소리가 났다. 썩 위엄이 있는 것으로 보아 귀인貴人이 온 것 같았다. 이윽고 한 졸개가 명을 받고 방으로 들어와서 그 바가지를 빼앗으려 하였다.

그러자 그는 완강히 말했다.

"이건 내가 베는 것이니 남에게 줄 수 없는 것이다."

여러 졸개들이 잇달아 들어와서 빼앗으려 하였으나 끝끝내 버텼다.

잠시 후 귀인이 직접 들어와서 따져들었다.

"너는 그 기물을 어디에 쓰는 줄 알고 그처럼 보물로 여기느냐?"

"이미 내 손 안에 들어왔으므로 경솔히 남에게 내주지 않은 것이지만 실은 쓰는 방법을 모르고 있소."

"그것은 재물을 늘리는 보물이다. 금가루나 은 부스러기를 그 안에 넣고 흔들면 금방 은이나 금이 기물 속에 가득 찬다. 너는 3년 동안만 쓰고 그것을 동작나루에 던져라. 절대로 남들이 모르게 엄밀히 조심하여 실수가 없어야 할 것이다."

그는 너무 기뻐서 소리치다 깨어보니, 예사로운 한 조각의 꿈이었다. 그때 시각은 새벽을 향해가는데, 영감과 할멈은 벌써 일어나 있었다.

"내 망아지와 이 바가지를 바꾸고 싶소."

영감은 거절하며 말하였다.

"그 기물은 1전의 값어치도 안 되는데 어찌 감히 좋은 말과 바꾸겠습니까?"

그는 입던 옷은 벗어서 벽에 걸어두고 말은 문틀에 매어놓은 뒤, 영감의 헌 누더기 옷을 구하여 자기 몸에 걸치고 거적으로 그 바가지를 싸서 짊어지고 나섰다. 길에서 걸식을 하니 영락없이 이전의 거지꼴이었다. 천릿길을 어렵사리 걸어서 여러 날 만에 서울에 당도하였다.

곧바로 정승댁을 바라보고 가면서 갑자기 마음과 입이 서로 말하였다.

"지난번 그 많던 은전을 가지고 집을 나갔다가 오늘밤 누더기 옷 한 벌 걸치고 돌아왔구나. 남의 눈에 띌까 걱정되니 우선 밖에서 기다렸다가 봉화불이 오르고 종이 울리는 사이 문 앞이 조용한 틈을 살펴 들어가는 것이 좋겠다."

그는 술집에 몸을 숨기고 밤이 이슥해지기를 기다렸다가 정승댁으로 절름거리며 들어갔다.

행랑문은 반쯤 닫히고 방문은 굳게 잠겨 있었다. 그가 컴컴한 가운데서 숨을 죽이고 있는데, 이윽고 하녀가 안에서 나와 빗장을 걸고 들어가면서 중얼거렸다.

"오늘도 인정종이 울리는구나. 내 이 두 눈깔이 사람을 제대로 알아보지 못해 이제 때 늦은 후회를 해보지만 아무 소용이 없게 되었으니, 이 일을 어찌할 것인가?"

그가 가늘게 기침소리를 내어 자기가 온 것을 알리니, 하녀가 깜짝 놀라 소리쳤다.

"누구요?"

"나요."

"어디를 갔다 왔소?"

이에 바가지를 끌고 방에 들어가서 촛불 아래 마주 앉으니 야위고 때낀 얼굴과 남루한 옷차림이 지난날에 비해서 배나 처량해 보였다. 하녀는 탄식을 하고 나가서 저녁밥을 챙겨와 함께 먹고 잠이 들었다.

그날 밤 새벽종이 막 울리자 하녀는 거지를 발로 차서 깨웠다. 가벼운 보화寶貨만을 싸서 짊어지고 몰래 도망하여 은전을 잃은 죄를 모면하려는 것이었다.

그러나 거지는 눈을 부라리며 큰 소리로 말했다.

"내가 차라리 고백하고 벌을 받을지언정 어떻게 함께 달아나 또다시 죄를 짓겠는가?"

하녀는 성을 내며 말했다.

"당신은 마누라 하나 제대로 건사하지 못할망정 어떻게 자신의 잘못으로 남까지 곤경에 빠뜨려 날마다 매를 맞게 하고도 큰소리를 친단 말이오."

거지가 말하였다.

"당신이 만일 끝까지 어리석은 생각을 고집한다면 내가 먼저 참정參政에게 아뢰어 새 사람으로 거듭나는 데 조금이라도 도움을 받고자 하오."

하녀는 더 이상 어떻게 해볼 수 없자 분한 마음을 품고 안채로 들어가버렸다.

그는 이에 혼자서 바가지를 꺼내 하녀의 상자 속에서 편은片銀을 가져다가 바가지에 담고 속으로 천지신명天地神明께 빌며 힘껏 흔든 다음 뚜껑을 열자 눈처럼 하얀 문은紋銀이 바가지에 가득하였다.

그것을 아랫목의 제일 움푹한 곳에다 쏟아부었다. 바가지를 흔들고 또 흔들어 줄곧 붓고 또 부으니, 문은이 금방 천장에 닿았다. 넓은 보자기로 가려두고는 베개를 높이 베고 다시 잠을 청했다.

하녀가 한참 뒤에 방에 돌아와 무슨 물건이 쌓여 있는 것을 보고 의아스러움을 이기지 못하여 보자기를 걷어보았다. 편편이 하얀 은이 산더미같이 쌓여서 몇십 말이나 되는지도 모를 정도였다.

처음에는 놀라서 벙어리처럼 입이 막히고 눈이 휘둥그레졌다가 겨우 진정한 후에 물었다.

"이것이 다 어디서 생겼소? 어찌 이렇게도 많소?"

그는 웃으며 대답했다.

"소견 좁은 아녀자가 어떻게 장부가 하는 일을 알겠는가?"

그들 내외는 웃고 즐거워하며 앉아서 아침이 되기를 기다렸다. 그는 새 옷으로 갈아입고 대감께 인사를 드렸다.

대감은 당초 전 재산을 몽땅 그에게 맡겼는데, 한번 나가더니 오래도록 그림자도 비치지 않자 몹시 궁금해하고 있었다.

그러던 차에 갑자기 간밤에 한 청지기가 그가 낭패한 모습으로 돌아온 것을 보고 대감께 낱낱이 아뢰자, 대감은 놀라 정신을 잃고 잠도 제대로 자지 못하였다.

그러다가 그가 화려한 의복을 차려 입고 앞으로 나와 절하는 것을 보고, 긴가민가 하는 마음으로 대뜸 장사가 잘 되었는가를 물었다.

"대감댁의 도움을 받아 이문은 크게 보았습니다. 스무 말의 은자를 바쳐서 본전과 이자를 갚겠사옵니다."

"내가 너에게 어찌 이자를 받겠느냐? 본전만 갚아라. 일체 다시 말하지 말아라."

"쇤네는 죽어도 이자를 안 갚을 수 없습니다."

이내 은자를 마당에 가져다 놓으니 영락없이 한 겨울에 쌓인

눈과 같았다. 적어도 3, 40말은 되어 보였다. 대감은 본래 이득을 좋아하는 사람이라 기쁘게 받았다.

하녀는 열 말을 노마님께 바쳐 성의를 표하고, 또 열 말을 여러 부인들에게 나누어드렸으며, 그 나머지는 청지기며 비복들에 이르기까지 모두 얼마간 나누어주었다. 온 집안이 모두 감탄하고 부러워하여 혀를 차지 않는 사람이 없었다.

대감은 간밤에 청지기가, 그가 남루한 형상으로 돌아온 것에 대해 낱낱이 말한 것은 확실히 그를 모함하려는 말로 깨닫고 노모에게 아뢰었다.

"청지기가 언년이를 시기해서 얼토당토않은 말을 꾸며댔군요. 비단옷을 입은 것을 거짓으로 누더기를 걸쳤다고 하였고, 전대에 돈이 가득한 것을 낭패를 당해 돌아왔다고 거짓말하였으니, 그 심보가 실로 좋은 사람이 아닙니다."

대감이 청지기를 모질게 책망하여 청지기가 계속 억울함을 하소연하여도 믿어주지 않고 곧 내치도록 하였다.

그는 그날부터 시간이 갈수록 점점 더 부유해졌다. 몸값을 치르고 하녀를 속량贖良시켜 백년해로하였고, 자손이 번창하여 벼슬에 오르는 자까지 있었다.

그 바가지는 과연 3년 후에 제사를 지내고 동작나루에 던졌다 한다.

≪청구야담靑邱野談≫

17. 가난한 진사進士의 세 아내

예전 서울 동소문東小門밖에 어느 진사가 살고 있었다. 집이 몹시 가난하여 끼니를 잇지 못해 매일 태학太學(성균관成均館)에 들어가 아침저녁으로 관내 식당의 식사에 참여했다가 남은 음식을 가지고 돌아와 자신의 아내에게 주었다. 이것이 그의 일과였다.

하루는 어둠을 타서 소매 속에 밥을 감추고 돌아오다가 어떤 미녀를 만나게 되었는데, 그 미녀가 줄곧 뒤를 따라오는 것이었다. 진사는 돌아보며 말했다.

"어떤 여인이기에 나를 따라오는 것이오?"

"당신과 함께 가서 낭군으로 섬길까 합니다."

"우리 집은 너무도 가난하여 마누라 하나도 굶주림에 울고 있는 판인데 첩을 거느릴 수가 있겠소? 낭자가 만약 나를 따라온다면 영락없이 굶어 죽은 귀신이 되고 말 테니 아예 생각지도 마시오."

"죽고 사는 것은 운명에 달려 있고 가난과 넉넉함은 하늘에 매인 것입니다. 불운이 다하면 길운이 오고, 때가 되면 좋은 바람이 불지요. 위수渭水에서 낚시질하던 여상呂尙(강태공姜太公)은 80세에 문왕文王을 만나 출세했고, 곤궁하던 소진蘇秦은 하루아침에 여섯 나라의 재상宰相이 되었는데, 한때의 곤궁함으로 어떻게 평생을 단정할 수 있겠습니까?"

그녀는 손을 저어도 가지 않고 기어이 집까지 따라왔다. 진사는 하는 수 없이 머물게 하고 그녀와 잠자리를 함께하게 되었다. 이튿날 그녀는 가지고 온 돈 꾸러미로 양식을 사고 땔감을 들여와서 아침저녁 밥을 지었다. 그 다음날도 그렇게 하였다. 이로부터 그들 부부는 굶주림을 면할 수 있게 되었다. 돈이 떨어지면 그녀는 어디서 계속 가져오는 것이었다. 4, 5개월이 지나자 그녀는 진사에게 말했다.

"여긴 너무 외져서 살 수가 없습니다. 도성 안으로 들어가 사는 게 어떻습니까?"

"도성 안에 집이 없는데 어떻게 살겠소?"

"도성 안에 들어가서 살려고만 한다면 집이야 걱정하지 마십시오."

그러던 어느 날 하인 7, 8명이 가마 두 채와 말 두 필을 가지고, 어린 하인 하나에게 나귀 한 필을 끌고 오게 해서 함께 들어오는 것이었다.

그녀는 농을 열고 남녀의 새 옷을 꺼내더니, 한 벌은 적처嫡妻에게 주고 한 벌은 자기가 입고 다른 한 벌은 진사에게 입게 하였다.

그리하여 처와 첩이 각각 교자에 타고, 진사는 나귀에 앉아 한참을 따라가 어느 저택에 이르렀다. 처와 첩은 곧바로 안채로 들어가고 진사는 바깥 뜰에서 서성거렸다. 건물은 훌륭하고 화초가 잘 가꿔져 있었다. 조금 후에 젊은 하인이 진사를 안으로 맞아들였다.

처는 안방, 첩은 건넌방에 들었고, 일상에서 필요한 물건이 없는 것 없이 갖춰지고 비복婢僕도 부리기에 충분하였다.

"이게 누구의 집이요?"

진사가 묻자 그녀가 웃으며 대답하였다.

"대〔竹〕를 보았으면 그만이지 주인은 물어 무엇하시게요? 사는 사람이 바로 주인이지요."

그 뒤로 의식이 풍족하고 거처가 넓으므로 여윈 얼굴에 윤기가 돌아 부옹富翁이 부럽지 않았다. 그 집에는 이동지李同知라고 하는 사람이 종종 들러 그의 첩을 만나보며 가까운 친척이라고 할 뿐, 그 밖에는 오가는 사람이 별로 없었다.

하루는 그녀가 진사에게 말을 건넸다.

"낭군께서는 아름다운 첩 하나를 또 얻고 싶지 않으십니까?"

진사는 깜짝 놀라며 말했다.

"내가 낭자를 만난 뒤로 낭자의 복력福力을 입어 이 한 몸이 편안하고 모든 일이 다 넉넉한데 어찌 이 이상 더 바랄 것이 있겠소?"

"이쪽에서 저쪽을 원하는 것이 아니고 저쪽에서 이쪽을 원하는 것입니다. 하늘이 주시는 것을 안 받으면 도리어 재앙을 받습니다."

"그러면 아내와 의논해서 처리하겠소."

그녀가 적극 권하자 진사는 마지못해 대답하였다.

"이런 첩이라면 열이라도 무엇이 해롭겠습니까?"

라며 부인도 권하였기 때문에 진사는 승낙하였다.

어느 날 밤에 한 묘령妙齡의 여인이 두 계집애를 앞세워 달빛을 타고 걸어왔다. 아름답고 단정한 용모에 얼굴에는 부끄러움이 가득한 것이 아무리 보아도 여염집 여자는 아니었다.

진사는 첫눈에 놀랍고 기쁜 나머지 드디어 잠자리를 함께하게 되었다.

그녀가 말하였다.

"저 사람은 바로 사족士族의 따님으로 저와는 비할 바가 아닙니다. 정실正室의 예로 대해주심이 좋을 듯합니다."

진사는 그 말대로 새로 맞은 여자를 정중히 대해주었다. 세 여자가 한 집에서 살았으나 가정이 화목하였다.

하루는 이동지라는 사람이 와서 진사에게 말했다.

"오늘 정안政案(인사에 관한 문서)에 그대가 선공감역繕工監役으로 임명되었으므로 선공감의 하인이 곧 와서 뵈올 것입니다."

"세상에 내 이름을 아는 사람이 없고, 또 그럴 만한 재상 친지도 없는데 누가 천거해서 뽑혔겠소? 잘못 전해진 것이겠죠."

"내 이 눈으로 정안을 똑똑히 보았는데 내 어찌 그대의 성명을 모르겠습니까?"

이윽고 선공감의 하인이 사령장을 들고 와서 대문을 두드리며 외쳤다.

"여기가 진사 나리 댁입니까?"

진사가 그 성명을 보니 자신이 틀림이 없었다. 마음속으로 의 아해하면서 관직에 나아갔다. 그 뒤 언이이 벼슬이 높아져 여러 고을 수령을 역임하게 되었다.

하루는 진사가 말했다.

"내가 임자와 함께 산 지 어언 수십 년이 지나 이제 늙어 죽을 날도 멀지 않은데, 아직도 임자의 내력을 모르지 않소? 전에는 숨 겨왔다지만 이제는 내막을 좀 들려주시오."

그녀는 한숨을 쉬며 말했다.

"이동지란 분은 바로 저의 아버지이십니다. 제가 청춘에 홀로 되어 남녀의 이치를 모르는 것을 부모님이 안타깝게 여기신 나머 지, 하루는 제게 '오늘밤 네 스스로 밖에 나가서 누구든지 처음 만나는 점잖은 남자를 따라가서 섬겨라.' 하시기에 제가 황급히 길을 나섰다가 영감을 처음 만나게 되니 천생연분天生緣分인가 싶 었습니다. 집을 마련하고 세간을 장만한 것은 모두 제 아버지께서 지시한 것입니다.

저 여인은 지금 병조판서兵曹判書의 따님인데 역시 첫날밤도 치 르기 전에 홀로 되었습니다. 제 아버지가 그 재상과 절친한 사이 라 사소한 집안의 일까지도 서로 의논하셨답니다. 두 집이 모두 나이 어린 과부를 두어서 항상 마음 아파하여 심정을 토로하셨는 데, 하루는 제 아버지께서 저를 이렇게 처리하였다는 방법을 말씀 드리자 그 재상도 한참 동안 수심에 잠겼다가 '나도 그래볼 생각 이네.' 하시고는 딸이 병으로 죽었다고 시댁에 부고를 전하고, 죽

은 사람처럼 꾸며 산에다 거짓으로 장사를 지낸 뒤에 영감에게로
보내왔던 것입니다. 지난번 첫 벼슬을 추천한 전관銓官이 바로 그
어른이십니다."

　　진사는 듣고 나서 그 기이한 만남에 비로소 감탄하였다. 진사
는 처와 두 첩을 거느리고 검은 머리 파뿌리가 되도록 해로偕老하
였다. 그리고 출세한 아들들의 효도를 받으며 슬하의 영광을 많이
보았다고 한다.　　　　　　　　　　　　　　　≪한거잡록閑居雜錄≫

18. 슬기로운 백정白丁의 딸

옛날 판서判書를 지낸 조모趙某라는 사람이 있었는데, 그의 처가
는 안동에 있고, 오직 아들 하나만을 두었는데 몹시 사랑하였다.
그가 경상감사로 임명되어 부임한 뒤의 일이다.

그 아들이 외가에 갔다가 돌아오는 길에 아직 안동을 벗어나지
못했을 때 한 주막을 만났다. 뒤에는 푸른 산이 펼쳐져 있고 앞에
는 맑은 시내가 흐르는데, 집은 시원하게 툭 트이고 문 안은 깨끗
이 청소되어 있었다.

조도령이 주막에 들러 하인을 요기시키고 잠깐 앉아 쉬면서 시
냇물이 흐르는 쪽을 바라보았더니, 한 낭자가 빨래를 하고 있었
다. 나이는 열대여섯 살쯤 되어 보이고 얼굴은 매우 아름다웠으며
행동거지 또한 귀여웠다.

조도령과 낭자는 서로 눈이 마주쳤다. 낭자는 얼른 일어나서
건너편 사립문으로 들어가 다시 나오지 않았다.

이때 바람이 살살 불고 날은 어두워지자 조도령이 병을 핑계로
주막에 머물렀는데, 주막의 노파는 정성껏 그를 접대하였다. 조도
령도 노파에게 은혜를 베풀어 돈독한 관계를 맺었다.

이날 밤에 조도령이 낭자가 있는 곳을 찾아갔더니, 낭자가 막
책을 보고 있다가 물었다.

"손님은 어떤 분이신지요?"

"저 건넛집에 머물고 있는 사람이오. 외가에 갔다 오는 길에 우연히 낭자를 보고 사모하는 마음을 견딜 수가 없어 지금 이렇게 찾아왔소."

"감사의 자제가 아니신가요?"

"그렇소."

낭자가 차갑게 대하지 않아 드디어 운우雲雨의 낙을 즐기고 이별할 때에 시 한 구절을 지어 그녀에게 주었다.

조양潮陽에서 술에 곯아떨어진 문장 두보杜甫   潮陽醉夢文章杜

호상湖上에서 노래 부르는 절도사 한세충韓世忠 湖上淸歌節度韓

그런데 기지개를 켜며 깨니 바로 꿈이었다. 이때 낭자도 이런 꿈을 꾸었다. 꿈에서 깨어나서도 이별의 시구詩句가 또렷이 기억나 마음속으로 매우 이상하게 생각하였다.

조도령은 며칠을 주막에 머물렀으나 병은 낫지를 않았다. 그래서 노파에게 청했다.

"나의 병은 할멈이 아니면 치료할 수 없는데 어떻게 하겠소?"

"내가 도련님을 만난 지 얼마 안 되지만 은혜를 너무도 많이 입었으니, 의당 죽을힘을 다해 갚아야지요. 약이라면 늙은 몸이 어떻게 할 수 없지만 몸으로 노력하는 일이라면 어찌 사양하겠습니까?"

"노력하면 되는 일이지만 쉽지만은 않을 것이오."

"노련님 같은 귀공자가 도리어 이 촌구석 늙은 것에게 요구할 것이 있다니요. 그러나 무슨 일인지는 알 수 없지만 잠깐의 수고로움을 피하겠습니까?"

"그렇다면 내 사실대로 말하겠소. 내 며칠 전 사랑 마루에 앉아서 시냇가를 바라보았는데 한 낭자가 빨래를 하고 있었소. 얼굴이 매우 아름다워 촌스러운 시골 여자 같지를 않았소. 낭자는 내 얼굴을 보자마자 집으로 들어가버렸소. 그러니 한번 만나보는 것이 소원이오."

그러고 나서 조도령은 꿈에 있었던 일을 말했다.

"뉘 집 딸인지는 모르겠으나 그처럼 단정하고 고상할 수가 없었소. 할멈을 앞세워서 성사시키고 싶소. 일이 성사되면 반드시 후한 보답을 할 것이니, 미루지 말고 서둘러서 먼 데서 온 사람이 한을 머금고 헛되이 돌아가는 일이 없게 해주오."

"일만 잘되면 다행이지요. 어찌 보답을 바라겠습니까?"

노파는 한참 동안 웅얼거리며 깊이 생각하고 있다가 말했다.

"그 낭자는 이 마을 백정白丁인 송상원宋相源의 딸입니다. 그녀는 비록 촌에서 자랐지만 항상 책 속에서 놀고 몸가짐도 깨끗이 하며 행동거지도 예법에 맞으니, 말로는 그녀를 움직일 수 없습니다."

"이 일은 쉽지 않을 테지만, 할멈께서 은덕을 베풀어 좋은 인연을 맺어주기 바라오."

"한 가지 묘책은 있지만 도련님이 못하실 듯합니다."

"아무리 어려운 묘책이라도 반드시 나를 실망시키지 않는다면 어찌 기쁘게 따르지 않을 리가 있겠소?"

"이 늙은 것에게 출가한 손녀가 있는데 나이가 그 낭자와 동갑이고 재주와 말솜씨가 보통이 아닙니다. 그러니 도련님이 여자로 변장하고 저의 말을 따르신다면 다소나마 희망이 있을 것입니다."

"따르고 말구요."

이날 밤은 유난히 달이 대낮처럼 밝아 나무 그늘이 창문을 가리니, 설레는 마음을 참으로 걷잡을 수 없었다.

조도령은 결국 노파와 함께 송씨의 집으로 갔다. 송씨 부부는 흔연히 나와서 맞으며 말했다.

"천한 집이라 늘 일에 허덕여 한 번도 찾아뵙지 못하였는데 이제 어쩐 일로 저희 집을 다 찾아주셨습니까? 저 아씨는 누구신지요?"

"빤히 바라보이는 거리지만 나 역시 틈이 없어 한가롭게 얘기할 시간을 갖지 못하였기에 마음이 몹시 편치 않았네. 오늘밤은 마침 달이 밝고 또 손녀가 오늘 와서, 자네의 딸과 서로 만나려 하기에 특별히 데리고 온 걸세. 자네의 딸은 어디 있는가?"

송씨 부인이 딸을 불러서 손녀를 대접하게 하니, 그녀는 책을 읽다가 치마를 걷은 채로 문을 열고 나와서, 인사를 마치고는 앉아서 한담을 나누었다.

조도령이 달빛 아래에서 그녀의 자태를 자세히 살펴보니 꿈에서 본 모습과 꼭 닮은 것이었다. 그녀의 고운 용모는 갓 떠오른

둥근달처럼 곱고 살결은 구름 한 점 없는 하늘처럼 깨끗하였으며 얼굴빛은 막 피어난 작약처럼 발그레하고 머리카락은 먹장구름처럼 검었다. 이는 마치 이슬에 젖은 해당화가 봄바람에 흔들리듯 사람을 매우 흥분시켰다.

푸른 달이 갓 떠오른 듯 환한 모습이며 고운 구름 같은 살결, 갓 꽃망울을 터뜨린 작약처럼 발그레한 얼굴이며 짙은 아지랑이 같은 머릿결은 참으로 이슬 머금은 해당화 가지에 봄바람이 이리 저리 스치는듯하여 넋을 잃고 바라보게 만들었다.

낭자가 노파에게 물었다.

"일전에 온 사람은 언제 떠났나요?"

노파는 시치미를 떼며 둘러댔다.

"오전에 벌써 떠났어."

이때 여자로 변장한 조도령이 능청을 떨었다.

"한번 만나고서 고견을 듣고 싶었는데 출가한 사람이라 짬을 내지 못하였으니 마음은 있어도 되지를 않더구려. 그러다가 이제야 훌륭한 인품을 대하게 되니 비루한 마음이 싹 가십니다."

낭자는 고지식하게 말을 받았다.

"벽촌의 천한 여자가 무엇을 했다고 이런 칭찬을 듣는지요. 낭자야말로 타고난 훌륭한 자질로 학문도 하여 옛 역사를 널리 통하고 성현의 글을 깊이 터득하였으며 맹강孟姜의 덕을 벗하고 문희文姬(후한後漢 때 박학다식한 채염蔡琰의 자字)의 시구를 평가하시니 여중문장女中文章이라 할 만합니다. 일찍이 만나뵙고 좋은 말씀을 듣

고 싶었지만 기회가 없었는데, 이제 바람이 배를 보내고 하백河伯
(물귀신)이 돛대를 돌려서 멀리 계신 아름다운 낭자를 이 누추한
곳에 오게 하였으니 좋은 인연이 아니겠습니까?"

낭자와 조도령이 서로 정이 깊어지니, 노파와 송씨 부부는 크
게 기뻐하고 서로 잘 만났다고 여겼다. 이들이 얘기를 나누는 사
이에 달은 벌써 창문 서쪽을 비추고 있었다. 노파가 자리에서 일
어나며 말했다.

"밤이 이미 깊었으니 오늘은 이만 돌아가고 뒷날 다시 오겠네."

그리고 이어 재촉했다.

"아가! 가지 않겠니?"

조도령은 일어서려다가 다시 주저앉았다. 끌리는 정을 도저히
자제할 수가 없던 모양이었다. 그러나 억지로 낭자와 작별하며 말
했다.

"봄바람이 다시 불고 꽃이 다시 필 때 오늘 못 다한 얘기를 하
지요."

낭자는 일어나서 사례하였다.

"이렇게 찾아주셨다가 금방 떠나시는 것은 저도 원치 않는데,
다시 오시겠다는 말씀을 주시니 감사해요. 그렇지만 언제 다시 뵐
지 모르겠군요."

이들은 서로 차마 작별하지 못하였다. 그러자 송씨 부부가 노
파에게 청하였다.

"우리가 오래 전부터 아가씨의 훌륭한 이름을 들어오다가 이렇

게 만나니 인품이 옥처럼 아름답군요. 오늘 작별한 뒤 다시 온다
지만 어떻게 다짐할 수 있겠소. 이 뒤로 아리따운 목소리를 영영
듣지 못한다면, 딸의 사모하는 마음이 더욱 깊을 것이니 도리어
만나보지 못한 때만 못할 것이오. 그러니 함께 오늘 밤을 지내며
좋은 얘기를 다하여 저 우매愚昧한 아이가 쉬운 세상 이치라도 깨
우칠 수 있도록 하시는 것이 어떻겠소?"

노파는 겉으로는 난색을 표명하다가 짐짓 허락하고 혼자 돌아
가며 조도령에게 말했다.

"내일 아침 날이 밝으면 길에 사람이 많아서 남의 눈을 피하기
어려울 것이니, 저녁에 오는 것이 좋겠구나."

조도령이 대답했다.

"예. 내일 저녁에 가지요."

노파가 재삼 낭자에게 부탁하니 낭자는 흔쾌히 승낙하고 조도
령과 함께 방으로 들어갔다.

낭자가 말을 꺼냈다.

"비천한 저는 벽촌에서 나고 자라 배운 것도 없고 또 부모가
아끼는 정만 줄 뿐 가르치는 일이 전연 없어, 사람이 지켜야 할
예절을 많이 그르치고 있으니 나무라지 말아주세요."

"세상에 낭자 같은 이가 드문데 무슨 예절을 그르치겠나요?"

"날이 새려 하네요. 먼 길을 오셔서 몸이 피곤하실 것이니 그만
잠자리에 드세요."

"걸어온 것이 아니어서 크게 피곤하지 않네요. 낭자가 먼저 잠

자리에 드시죠."

서로 잠들기를 권하다가 낭자가 부득이 먼저 잠자리에 누워 두 사람은 함께 한 이불 속에서 자게 되었다. 낭자가 말했다.

"객지에서 자면 속옷만 입고 편하게 자더라도 불편할 것입니다. 오늘은 제 집이 누추하지만 여관보다는 나을 것이니 옷을 벗고 편히 주무세요."

"나그네의 몸이 어떻게 옥처럼 하얀 살에 가까이할 수 있겠나요?"

낭자가 굳이 권하자, 조도령이 그 말대로 하면서 일을 저지르려고 달려들자 낭자는 비로소 그가 남자임을 알았다. 그러나 그의 계략에 잘못 걸려들었기 때문에 어떻게 할 도리가 없었다. 고함을 지르자니 부모는 벌써 깊은 잠이 들어 있지 않는가. 그래서 조용히 타일렀다.

"이러면 아니 됩니다. 정욕은 사람마다 있는 법입니다. 저인들 어찌 목석木石이겠습니까? 저는 본래 우매하지만 경사經史를 약간 압니다. 이미 강상綱常의 예를 들었는데 유독 부부夫婦의 유별有別에 대해서만 어둡겠습니까? 광명천지光明天地에 음란한 여자가 되는 것은 싫으니, 차라리 자결自決할지언정 청을 들을 수 없습니다."

"낭자는 글을 읽었으니 전고를 들어 비유하리다. 옛날 소학사蘇學士와 왕진경王晉卿이 어찌 점잖은 예의를 배우지 않았겠으며 금조琴操(소식蘇軾의 기생)와 춘앵春鶯(송宋나라 왕선王詵의 애첩愛妾, 진경晉卿은 완선의 자字)이 어찌 얌전한 자태를 몰랐겠소? 그런데 한 자

리에서 서로 만나자 문득 정다운 관계를 맺지 않았겠소? 두란杜蘭
(장석張碩이 아끼는 선녀仙女)이 장석張碩에 대해서, 애경愛卿이 내공萊
公(위공魏公의 잘못인 것 같음)에 대해서도 처음에는 위로하는 말을
하고 끝내 실망할 말을 하지 않았는데, 지금 낭자의 말을 들으면
전혀 여운을 남기지 않고 싸늘하여 범접하기 어려워, 멀리서 온
사람으로 하여금 머금은 정을 토해내지 못하고 한을 품은 채 허
망히 돌아가게 하니, 황천黃泉에서 넋이 서로 만나면 무슨 말로
대답하겠소?"

낭자가 말을 받았다.

"제가 어찌 모르겠습니까? 다만 곰곰이 생각해보면 낭군께서
한번 저를 돌아보신 뒤에는 한없이 남은 인생, 주인 없는 외로운
신세가 될 것입니다. 홀로 푸른 풀이 무성한 무덤 속에서 머물러
속절없이 달밤에 떠도는 넋이 되고 초왕楚王과 함께하지 못하고
단지 꽃을 보며 흘리는 눈물만 더하게 될 것입니다. 그렇게 되면
슬픔을 이기지 못할 것인데 운다고 무슨 소용이 있겠습니까?"

"그것은 낭자가 염려할 일이 아니오. 홍불紅拂(당唐나라 이정이 아
끼던 기녀妓女)은 이정李靖의 말을 따랐고 한수韓壽는 가씨賈氏의 향
을 훔쳤으니 옛날에 이미 그런 사람이 있었지 않소? 오늘 이후로
다시 날이 없다면 모르겠지만 그렇지 않다면 백년해로百年偕老하
는 것이 어찌 불가할 일이겠소?"

"낭군만큼 호걸스럽고 아름다운 선비가 흔치 않은데 천한 계집
이 어찌 따를 마음이 없겠습니까만 염려되는 것은 바로 이와 같

은 일입니다."

조도령이 자꾸 설득시키며 달래자, 낭자가 말했다.

"그렇지 않습니다. 낭군은 번화한 서울의 양반집 자제이니, 부모가 혼인할 곳을 구한다면 위로는 재상의 딸이요 아래로는 명사의 딸일 것이니 중매인이 문을 메워 앞을 다투어서 언변으로 아름다움을 과시한다면, 여기가 좋을지 저기가 좋을지 알 수 없어 할 판인데 어찌 이 천한 계집이야 될 말이겠습니까? 후일 낭군께서 출세하신 뒤에는 일대가인一代佳人이 문전에 늘어서 상황 따라 마음을 바꾸실 것인데, 더군다나 이 천한 계집이야 말할 것이 있겠습니까? 그리고 지금 낭군의 부모님께서 어찌 우리의 혼인을 기쁘게 허락해주시겠습니까?"

조도령이 끝내 고집을 부리자 낭자는 말했다.

"낭군의 말씀이 정 그러하시다면 문서를 작성해주십시오."

조도령은 퍽 난처했지만 색욕色慾이 동하여 미칠 듯하였으므로 결국 문서를 작성해주었다. 그 내용은 대강 집에 돌아간 뒤에 곧 맞아가겠다는 약속이었다.

이때 다시 서로 성씨를 확인하였다. 낭자가 촛불을 들고 보니 바로 꿈에서 본 감사의 자제요, 또 성이 조씨이니 틀림없었다. 그래서 자세히 살펴보고 조도령의 손을 잡으며 말했다.

"낭군은 감사어른의 자제가 아니신지요?"

"그렇소."

낭자는 꿈에서 있었던 일을 자세히 말하고, 조도령은 시를 지었던 일을 이야기하면서 서로 기쁘게 웃고 천생연분天生緣分이라고 말하였다. 드디어 이불 속으로 들어가 농침을 하니, 비록 무산巫山의 비와 동정洞庭의 기약이라 하더라도 반드시 이보다 더하지는 못했을 것이다.

이튿날 조도령이 작별을 고하니 낭자는 떠날 시간이 가까워질 무렵 부탁하였다.

"오래 지체하지 말고 속히 오셔서 가을바람에 버려지는 부채 같은 신세가 되지 않게 해주세요."

"그렇게 하리다. 잘 있어요. 내 오래지 않아 꼭 오리다."

이내 눈물을 흘리며 작별하였다.

조도령은 감영監營에 돌아와 곰곰이 생각해보았다.

'저 시골뜨기 천한 백성에게 혼인을 한다는 것은 도저히 말도 되지 않아. 부모께서는 필시 허락을 안 하실 것이다. 만일 사실을 아신다면 크게 불화가 생길 것이니, 철석 같은 약속이 허사로 돌아가고 말 것이다.'

아무리 생각해도 좋은 방법이 없었다. 조도령은 애타게 걱정하다가 끝내 병이 나서 자리에서 일어나지 못하게 되고 온갖 약을 써도 낫지를 않았다.

감사와 부인은 늘그막에 다른 자녀는 없고 오직 이 아들뿐이었으므로 금옥처럼 사랑하던 터라, 병이 위급해지는 것을 보고 증세를 물었지만 원인을 알 수가 없었다.

한편, 낭자는 이별한 뒤로 조도령이 오기를 밤낮으로 기다렸으나 약속한 기일이 지나도 오지를 아니하였다. 또 감영의 소식을 들으니 감사의 아들이 우연히 병을 얻어 소생할 가망이 전연 없다고 하는 것이었다. 크게 놀란 그녀는 부모에게 사실을 말하였다. 부모는 이 말을 듣고 깜짝 놀라며 그녀를 타일렀다.

"감사의 아들이 일시 너를 가까이했으나 어찌 혼인할 리가 잇겠니. 네 생각이 허황虛荒되니 그런 쓸개 빠진 소리를 해서 남의 웃음거리가 되지 말아라."

그녀는 죽기로 맹세하고 끝내 듣지 않았다.

한편, 감사는 아들의 병을 심히 걱정하며 여러 의원들과 함께 증세를 논하고 약을 짓고 있었다. 이때 감영의 아전이 갑자기 보고하였다.

"안동의 여인네가 대문 밖에 와서 문을 열어달라고 청합니다."

감사는 '처가의 어느 누가 혹시 내 아들의 병을 보기 위해 왔겠지.'라고 생각하고 곧 대문을 열어주도록 허락하였다. 그랬더니 여인이 곧장 내아內衙로 들어가서 신부의 예로써 부인에게 폐백을 올리고 절을 하는 것이었다.

감사가 들어가서 보자, 신부는 감사에게 폐백을 올리고 절을 하기를 부인에게 하듯이 하였다. 용모의 화려함과 행동거지의 단정함이 이미 한 감영의 내아에 합당하였으므로 흡족하여 그녀의 아름다움을 칭찬하였다.

감사와 부인은 좌우에 있던 사람들을 내보내고 신부를 앉게 하여 영문을 자세히 물어보았다. 신부가 말했다.

"소녀는 본래 안동 사는 송상원의 딸로써……."

천천히 말을 꺼내 지난달에 사또의 자제가 인동에 가서 한 일이며 꿈과 꼭 들어맞은 일이며 시詩를 지은 일 등을 자세히 설명한 다음, 품속에서 문서를 꺼내놓으니 바로 혼인에 관한 것이었다.

감사와 부인은 그녀의 말을 다 듣고 나자 너무도 기가 막혀서 얼굴이 흑빛이 되고 전신에 소름이 끼쳤다.

조도령은 신부가 온 것을 듣고 신음소리가 더욱 거세져 문 밖에까지 들렸다.

이때 감사의 절친한 친구 송진사宋進士라는 이가 마침 일이 있어 서울에서 내려와 감영을 지나다가 찾아왔기 때문에, 감사는 그를 맞아들였다. 서로 인사를 나누고 나서 송진사가 물었다.

"감사는 요즘 무슨 병이 있기에 얼굴이 수척하오?"

"까닭 없이 그렇다네."

이렇게 적당히 대답한 감사는 밤이 되자 송진사와 자리를 맞대고 사실을 고백하였다.

"우리 가문家門은 이제 세상에 있을 수 없게 되었다네."

"그게 무슨 소린가?"

송진사가 깜짝 놀라 묻자, 감사는 신부가 말한 일을 자세히 알렸다. 감사가 다시 말을 꺼냈다.

"어떻게 처리해야 할지 모르겠네."

"이는 비록 자네 집안일이지만 자네와 나는 허물없는 사이가 아닌가? 나에게 한 묘책이 있으니 자네는 한번 해보려는가? 송씨 딸이 헛되이 돌아가서 원혼寃魂이 되게 하는 것이 좋겠는가? 함께 살면서 남들이 알지 못하게 하는 것이 좋겠는가?"

"그야 물론 같이 살면서 남들이 알지 못하게만 한다면야 그 이상 좋은 일이 있겠는가? 어서 말해보게."

"내게 딸 하나가 있다는 것은 온 친구들이 다 아는 바이네. 그런데 불행히도 일전에 죽었다네. 그러니 신부를 내 딸로 삼아서 서울에 올라가 혼례를 치른다면 누가 알겠는가?"

감사는 크게 기뻐하고 비로소 마음을 놓았다. 감사가 또 물었다.

"그러나 자식의 병이 아직도 낫지 않고 있으니 어떻게 치료하면 좋겠는가?"

송진사는 웃으며 말했다.

"자네 아들의 병은 나도 치료할 수 있네."

송진사는 드디어 감사와 함께 책실冊室로 들어가 조도령을 보고 증세를 물으니, 조도령이 말했다.

"무슨 원인으로 이런지 모르겠는데 가슴이 두근거려 잠을 잘 수 없고 원기가 떨어지고 귀가 어두워 남의 말소리가 듣기 싫고 눈과 귀가 어지러우며 감정이 안정되지 못합니다."

말을 마치자, 다시 이불을 덮어쓰고 벽을 향해 누워버렸다. 송진사가 조도령의 팔뚝을 잡고 말했다.

"옛날 내가 너에게 글을 가르칠 때 활달한 사람이 되라고 부탁했는데 지금 어찌 이처럼 졸장부가 되었느냐? 남아가 세상에 태어나서 도道에 뜻을 두지 않으면 마음에 하고 싶은 대로 하여 평생을 그르치는 것이다.

대장부가 어찌 여자 때문에 황천黃泉의 길을 드려고 하느냐? 이는 용렬한 사람도 안하는 일이거늘 하물며 천명天命을 아는 선비가 할 수 있는 일이겠느냐? 사마장경司馬長卿과 탁문군卓文君(사마상여司馬相如의 처)은 어려운 상황에서도 백년해로하여 만고에 미담美談을 남겼는데 너는 그와 다르게 어찌 그리도 활달하지 못하냐?

내가 이미 너의 부친과 그 처녀를 거느리도록 계획을 정했으니 그 일에 신경 쓰지 말고 냉큼 일어나서 세수하고 음식을 들어 늙은 부모의 마음이 놓이게 하여라."

조도령은 이 일로 병을 앓고 있었기에, 이제 이 말을 듣고 어찌 기뻐하지 않을 리 있겠는가. 조도령은 자리에서 일어나면서 소리쳤다.

"상쾌한 말씀이십니다. 마치 성인의 말씀을 들은 것 같습니다."

그리고 땀이 죽 흐르더니 병이 대번에 싹 나아버렸다. 감사는 그날로 짐을 꾸려 서울에 올라가서 초례醮禮를 행하고 의식을 갖추어 신부를 데리고 왔다.

감사는 주막의 노파에게 후한 상을 내리고 송상원 부부에게 많은 물품을 주어 마음 놓고 편히 살게 하여 며느리의 정체를 남들이 알지 못하였다.

감사와 부인은 다시 살아난 아들을 보게 되고 또 세상에 뛰어나게 아름다운 며느리를 얻게 되었으니, 그 기쁜 마음을 말로 할 수 없었다.

 신부가 효성으로 시부모를 봉양하고 학문으로 남편을 권면勸勉하며 은의恩義로 노복을 부리니 집안에 화목한 기운이 가득하였다. ≪선언편選諺篇≫

19. 떠나지 못하는 상여喪輿

주열녀朱烈女는 병마절도사兵馬節度使 구具 아무개의 소실小室이
었다. 구씨는 본래 홍주洪州(홍성洪城) 사람으로 초년에 무과에 급
제하고 강계江界로 국경을 수비하러 나갔다가 객지에서 쓸쓸함을
견디지 못하여 어떤 시골 여자를 소실로 삼았다. 그녀는 성이 주
씨로 재질이 뛰어나고 음식과 의복을 만드는 솜씨가 훌륭하여 구
씨는 몹시 사랑하였다.

구씨는 애당초 집이 가난하고 천리타향千里他鄕에서 가진 것 하
나 없었기에 그녀가 부지런히 길쌈하여 의복과 음식을 조달하였다.

국경을 수비하는 기한이 끝나자 구씨는 그녀에게 말했다.

"내 집안 형편이 워낙 곤란해서 그대를 데려갈 수가 없구려. 벼
슬자리를 얻게 되면 그때 데려갈 터이니 조금만 기다리시오."

그녀는 말했다.

"당신은 필시 머지않아 벼슬을 할 분인데, 장부丈夫가 수중에
돈이 없으면 무슨 일을 해낼 수 있겠습니까? 제게 여러 해 동안
모아온 은전銀錢 2백 냥이 있습니다. 이 돈을 드릴 테니 잘 이용하
여 벼슬을 구하시고 제가 실망하지 않도록 기억해주십시오."

구씨는 그녀의 성의를 가상히 여겨 굳게 약속한 다음 눈물을
흘리며 작별하였다.

그런데 구씨가 떠난 뒤에 오랫동안 소식이 없자, 그녀의 집에서는 그녀를 다른 곳으로 개가改嫁시키려 하였다.

그녀는 목숨을 걸고 개가하지 않을 것을 맹세하였으나 말로는 도저히 버티기 어려울 것이라고 판단하고, 결국 밤에 도망하여 아무 고을 늙은 군교軍校의 집으로 가 의붓딸이 되기를 원하였다.

그 군교는 집이 부유하고 자식이 없이 홀아비로 살고 있었다. 그녀의 영리함을 기쁘게 생

신윤복申潤福 〈장옷 입은 여인〉

각한 그는 집안 살림을 모두 그녀에게 맡겼다. 그러자 그녀가 말했다.

"매사는 분명해야 하니, 전곡錢穀, 포백布帛, 기명器皿, 잡물雜物 등의 숫자를 낱낱이 뽑아서 제게 주세요."

"이미 부녀父女의 정을 맺었는데 무슨 못 믿을 점이 있다고 굳이 그런 일을 하겠느냐?"

그러나 그녀의 연이은 간청에 못이겨 결국 적어주었다. 그녀는 그 문서를 받아서 상자 속에 간직하고 살림을 잘 꾸려 날로 재산

이 불어났다.

그녀가 군교에게 부탁했다.

"저는 대강이나마 문자文字를 볼 줄 아는데 조보朝報의 정목政目
(벼슬아치의 임면任免을 적은 기록)을 보는 습관이 있습니다. 저를 위해
서 본읍에 오는 조보를 좀 빌려다 주시렵니까?"

군교는 그 말대로 조보를 빌려다 주었다. 5, 6년 사이에 구씨가
선전관宣傳官으로부터 부정副正에 오르고, 드디어는 희천군수熙川郡
守에 이른 것을 발견하였다. 하루는 그녀가 군교에게 말했다.

"제가 여기 올 때부터 이 집에서 오래 살 생각이 아니었으니
오늘 돌아가겠습니다."

군교는 깜짝 놀라 그 까닭을 물었으나 그녀는 한마디뿐이었다.

"저는 부득이 갈 곳이 있습니다."

그리고 현재의 재산장부와 전번에 받았던 재산장부를 내와서
보이며 말했다.

"제가 이 집에 와서 살림을 한 지 지금 7년이 되었습니다. 다행
이 지금의 재산이 전에 비해 줄지 않았고 더러는 서너 배 불어난
것도 있어 저는 유쾌한 마음으로 돌아갈 수 있겠습니다."

그리고 나서 그녀는 작별한 뒤에 더부살이하는 사내종 하나를
데리고 대문 밖에 나와서는 남자로 변장하고 걸어서 희천에 이르
렀다. 구씨가 부임한 지 겨우 3일째 되는 날이었다. 그녀는 소송
하는 백성이라 핑계하고 관정官庭에 들어가서 말했다.

"비밀리에 사뢸 일이 있사오니 뜰 위에 오르도록 허락해주옵

소서."

군수가 허락하자 다시 동헌東軒으로 올라서기를 청하였다. 군수가 의아해하며 허락했더니 이번에는 또다시 방으로 들어가기를 청하였다. 군수는 더욱 의아해하였다.

"사또, 소인을 기억하시겠습니까?"

"내 갓 부임하였는데, 이곳 백성을 어떻게 알 수 있단 말이오?"

"몇 해 전 강계에서 국경을 수비할 때 동거한 사람도 기억하지 못하신단 말입니까?"

군수가 뚫어지게 쳐다보다가 놀라고 기뻐서 급히 일어나 손목을 잡으며 반색했다.

"그대가 어찌 이 모양을 하고 왔는가? 내가 막 부임하자마자 그대가 들이닥치니 참으로 신기한 일이네."

"이별하며 서로 약속할 때 벌써 오늘을 생각하였던 것인데 무슨 신기할 것이 있겠습니까?"

구씨는 마침 아내를 잃었기 때문에 그녀를 내아內衙에 거처시켜 가정 살림을 맡겼다. 그녀는 적자嫡子를 어루만지고 도리를 다해 비복婢僕을 거느려 규문閨門 안에 칭찬이 자자하였다.

그녀는 또 구씨에게 권하여 비변사備邊司 서리에게 돈을 주어 조보朝報를 구해보고 또 서울 소식을 들어 세상 돌아가는 것을 짐작하였다. 그래서 누가 전관銓官이 될 것인가를 미리 알아서 후한 인사를 차리니, 전관이 된 사람은 적극적으로 구씨를 도와주었다.

그래서 구씨가 여러 고을 수령을 역임하게 되자 녹봉이 점차 넉넉해져 위로 인사를 차리는 것도 더욱 풍부하였다. 그리하여 나아갈 길이 날로 열려서 차례차례 승진하여 마침내 아장亞將(병마절도사)에 이르렀으며, 향년 80여 세에 집에서 세상을 떠났다.

구씨가 죽자 그녀는 예를 갖추어 초상을 치르고 성복成服을 지내고 나서 그 적자에게 말했다.

"영감께서 시골 한미한 소관小官으로 높은 관직에 이르고 장수를 누렸으니 무슨 유감이 있겠는가. 나 또한 시골 천인으로 무재武宰의 소실이 되어 여러 고을에서 후한 대접을 받았으니, 나도 누릴 영광은 다 누렸으니 무슨 슬픔이 있겠소. 영감께서 생존해 계셨을 때는 나에게 집안일을 관리하도록 하여 어쩔 수 없었지만 지금은 상주내외喪主內外가 당연히 집안일을 도맡아야 하오."

그리고 창고에 있는 재물장부를 작성해 자물쇠와 함께 적자내외嫡子內外에게 넘겨주었다. 그러자 자부子婦는 울면서 사양하였다.

"우리 집이 오늘에 이를 수 있었던 것은 모두 서모庶母의 공입니다. 우리는 다만 의지하고 살아왔을 뿐인데, 지금 왜 갑자기 이런 말씀을 하십니까?"

"그렇게 않으면 가법家法이 문란하오."

그녀는 이내 뒷방으로 물러가면서 말했다.

"내 이 방에 한번 들어가면 다시는 나오지 않을 것이오."

드디어 문을 잠그고 나서 식음을 끊고 죽으니 적자는 슬퍼하며 말했다.

"서모는 보통 분이 아니시다. 어떻게 서모의 예로 대할 수 있겠는가."

그 후 구병사具兵使의 장례날이 되어 발인發靷을 하는데 널이 무거워서 전진할 수가 없었다. 그러자 어떤 사람이 말했다.

"영혼이 소실에게 얽매여서 그러는 게 아니겠는가? 속히 서둘러 소실의 상여를 마련하여 함께 발인하라."

그러자 병사의 널이 가볍게 나가서 홍주의 어느 마을에 장사지냈다. 그 오른편 10여 보쯤에 있는 무덤은 그 소실의 무덤이다.

≪청야담수靑野談藪≫

20. 윤두수尹斗壽의 어머니

오음梧陰 윤두수尹斗壽의 아버지는 이름이 변忭으로, 문과에 급제하여 벼슬이 승지承旨에까지 이르렀다. 윤공尹公은 장가들어 두 아들을 낳고 나이 50이 넘어서 아산牙山 수령으로 나가게 되었다.

그때 동헌東軒 뒷편에서 불이 났다. 수령이 군졸을 풀어서 불을 끄다가 마침 뒷담 너머로 열대여섯쯤 되는 단아한 여염집 처녀를 보게 되었다.

이후 탐문하여 알아보니, 그녀는 바로 어느 좌수의 딸이었다. 그 좌수를 불러 청혼請婚을 하니, 처음에는 따르지 않다가 끝내 조심스럽게 승낙하였다.

그래서 윤공은 그녀에게 장가를 들었지만 첫날밤을 지내고는 그만 탐탁지 않아 멀리하게 되었다. 윤공은 벼슬이 갈리어 돌아온 뒤로 한 번도 그녀에게 연락을 전하거나 그녀를 데려올 생각이 전혀 없었다.

그러자 신부집에서 그를 나무라니 신부가 말했다.

"저는 윤씨 집 사람입니다. 그를 따라가 섬기려 하니 떠날 준비를 해주십시오."

그 아버지가 떠날 준비를 해주자 그녀는 상경하여 윤공의 집 행랑채에 자리를 잡고 먼저 윤공의 맏아들을 불러 나무랐다.

"나는 바로 자네에게 계모가 되네. 남편이 나를 소원하게 대하는 것은 그럴 수도 있는 일이니 괴상할 것이 없지만, 자네는 인륜人倫이 더없이 중함을 아는 처지에 어찌 감히 나를 이렇게 대하는가? 불효가 너무도 크네. 이것으로 보아서는 마땅히 벌을 주어야 하겠지만 자네는 바로 왕명을 받들고 벼슬하는 사람이라 우선 용서해줄 것이니, 나를 정당正堂으로 인도하여 거처하게 해주게나."

그 아들은 죄를 스스로 인정하고 곧 아버지에게 여쭈어 안채를 깨끗이 청소하고 맞아들였다. 부인은 또 맏며느리를 불러다가 도리를 들어 나무랐다.

"남편의 잘못은 부인이 귀띔해주고 부인의 잘못은 남편이 시정해주는 법일세. 자네 부부와 나는 이미 모자母子와 고부姑婦의 의리가 맺어졌으니, 감히 이처럼 냉대하지는 못할 것일세."

며느리 또한 죄를 스스로 인정하였다. 그러자 부인은 집안 살림의 정도를 살펴보고 며느리에게 열쇠를 돌려주면서 말했다.

"내가 살림을 하려고 한 것이 아니라, 이 집안의 안주인이 되었기 때문에 한번 점검해보려던 것이네. 오늘부터는 자네가 집안 살림을 하게."

이후로 아들과 며느리는 부인에게 감복하였고 노비들도 경건하게 섬겼다.

부인은 임신할 시기가 되자, 곁에서 시중드는 종에게 윤공의 침구를 내실內室로 들여오게 명하였다. 윤공은 겨우 잠자리만 같이할 뿐 또 소원疏遠하게 대하였다. 해산할 날이 다가와 아들을 낳으니 이가 바로 오음이다. 그 뒤에 또 곁에서 시중드는 종에게 명하여 윤공의 침구를 들여오도록 해서 하룻밤을 보낸 뒤에 임신하여 둘째 아들을 낳으니 바로 월정月汀(근수根壽)이다. 이 뒤로는 절대로 윤공과 동침하지 않았다. 그 당시 부인들이 몸가짐을 잃었다고 나무라니 부인은 말했다.

"제가 몸가짐을 잃은 줄 알지만 제가 윤씨 집안에 들어와서 자식 하나도 낳지 않으면 그 죄는 이보다 더 클 것입니다. 자식 낳을 때를 안다면 어찌 작은 몸가짐에 얽매여서 그 큰 일을 그르치겠습니까."

오음 형제는 어릴 때부터 대인大人의 기상이 있었다. 전처 소생인 백씨伯氏와 중씨仲氏가 혈육이 없이 죽자, 승지공(윤변)이 오음공으로 종통宗統을 잇게 하였다.

비록 현부인玄夫人은 시골의 미천한 집에서 나고 자랐으나, 이와 같이 지혜와 덕과 호걸스러운 기백이 있었으니, 어찌 공경하지 않을 수 있겠는가. 오음공은 뒤에 부귀를 누린 다복한 사람이 되었다. 그러므로 맏아들이 아닌 지자支子로 종통을 삼은 것도 부끄럼이 될 수 없었다. 지금 윤씨 자손 중의 혁혁한 자손은 모두 오음공의 후손이다. 나는 그 자손에게 듣고 대략 기록했을 뿐이다.

≪계압만록溪鴨漫錄≫

21. 사나운 며느리와 시아버지

본관이 안동인 권權 아무개라는 진사는 집이 매우 부유하였으며 성품이 준엄하여 법도에 따라 집안을 다스렸다. 슬하에 있던 외아들이 장가를 들었는데 며느리 성질이 사납고 질투가 심하여 휘어잡기 어려웠다. 그러나 시아버지가 워낙 엄하였기 때문에 함부로 기세를 부리지는 못하였다.

권진사는 한번 화가 났다 하면 반드시 대청에 자리를 깔고 앉아서 혹 비복婢僕을 때려죽이기도 하고 설령 생명을 상하기까지는 않아도 반드시 피를 보고야 말았다. 이 때문에 대청에 자리만 깔면 집안 사람들은 벌벌 떨며 반드시 죽는 사람이 있을 것으로 생각했다.

아들의 처가妻家가 이웃 고을에 있었다. 그 아들 권생權生이 처부모를 뵈러 갔다가 돌아오는 길에 비를 만나서 객점客店에 들어갔는데, 한 청년이 먼저 마루 위에 앉아 있었다. 마구간에는 대여섯 필의 준마駿馬가 매어져 있고, 비복도 많은 것으로 보아 부녀자를 데리고 가는 행차인 듯하였다.

청년은 권생과 인사를 나누고 술과 음식을 권하였는데 술맛이 뛰어나고 안주도 일품이었다. 서로 성씨와 거처를 묻게 되어 권생이 먼저 사실대로 말했으나, 청년은 단지 성씨만 말할 뿐 거처는 밝히지 않았다.

"우연히 이곳을 지나가다가 비를 피하러 이 객점에 들렀는데 다행히 동년배同年輩의 좋은 벗을 만났으니 어찌 즐겁지 않겠습니까?"

청년의 말에 그들은 곧 서로 주거니 받거니 취할 때까지 실컷 마셨다. 권생이 먼저 취해서 곯아떨어졌다.

권생은 밤이 깊어서야 비로소 술이 깨어 눈을 뜨고 둘러보니 술잔을 나누던 청년은 그림자도 없고, 자기는 낯선 안방에 누워 있었는데 곁에 소복한 아름다운 여인이 앉아 있었다. 그 여인은 나이 18, 9세로 자태가 단아한 것으로 보아 여염집 사람은 아닌 것 같았고 서울의 대갓집 아녀자임이 틀림없었다.

권생은 깜짝 놀라 물었다.

"내가 어떻게 여기에 누워 있소? 그대는 어느 댁 아녀자며 댁은 어디오?"

그 여인은 낯을 붉히면서 대답을 못했다. 다그쳐 물어도 끝내 입을 열지 않다가, 몇 시간이 지난 뒤에 비로소 나지막한 소리로 말을 꺼냈다.

"저는 서울에서 문벌이 번화한 사환仕宦 집의 딸입니다. 14세에 출가했지만 15세에 남편을 잃고 부친도 일찍 작고하셔서 오라버니 집에 붙어살았습니다. 오라버니는 성격이 유달라서 습속習俗을 따르고 예법에 구애받아 어린 누이를 혼자 살게 하려 하지 않았습니다. 그러나 개가改嫁할 곳을 찾다가 문중에서 크게 말썽이 일어나 모두들 가문을 더럽힌다고 호되게 꾸짖었습니다. 그래서 오라버니는 부득이 의논을 그만두고 가마와 말을 준비하여 저를 태우고 성문을 나서서 정처 없이 다니다가 이곳까지 왔습니다. 오라버니 생각은 합당한 남자를 만나면 저를 맡기고 자신은 달아나 일가들의 이목을 따돌리려고 하신 것입니다. 지난밤 당신이 취한 틈을 타서 하인을 시켜 제 방으로 업어 들이고 오라버니는 지금쯤 아주 멀리 가셨을 것입니다."

그리고 옆에 놓인 상자를 가리키며 말을 이었다.

"저 안에 은자 5, 6백 냥 정도가 있는데, 이것으로 저의 의식 밑천을 삼게 하셨습니다."

권생이 이상하게 생각하고는 밖으로 나와 보니, 함께 술 마시던 청년과 그 많던 인부와 말은 오간 데 없고 우매한 어린 계집종 둘만 남아 있었다.

권생은 다시 안으로 들어와서 그 여자와 동침同寢을 하였다. 그러나 가만히 생각해보니 큰일이었다. 엄격한 아버지 슬하에서 사사로이 첩을 두었으니 반드시 큰 난리가 날 것이요, 사납고 질투심한 아내가 결코 용납하지 않을 것이니 장차 이 일을 어찌할 것인가. 이리저리 아무리 생각해보아도 뾰족한 계책이 서지 않아 미인과의 기이한 만남이 도리어 두통거리가 되었다.

권생은 아침이 되기를 기다려서 계집종에게 문을 잘 지키라 이르고 그 여자에게 말했다.

"집에 엄친嚴親이 계시므로 돌아가서 여쭌 뒤에 데려갈 것이니 기다리시오."

그러면서 객점 주인에게도 신신당부하고 문을 나섰다.

권생은 그 길로 지혜로운 친구의 집을 찾아가 사실대로 털어놓고 좋은 묘책을 물었다. 친구는 한참 동안 깊이 생각하다가 말했다.

"참 어려운 일일세, 어려운 일이야. 정말 별 뾰족한 묘책이 없는 걸. 그러나 단 한 가지 방법이 있긴 있네. 자네가 집에 돌아가면 며칠 후에 내가 술자리를 마련해 자네를 청할 것이니, 자네는 그 다음날 또 술자리를 마련해 나를 청하게. 그러면 내가 자연스럽게 좋은 방법을 만들어보겠네."

권생은 그 말대로 할 것을 약속하고 집으로 돌아왔다.

며칠 후에 그 친구가 심부름꾼을 보내서 간청하였다.

"마침 술이 있어서 여러 벗들이 모두 모이는데, 이 자리에 그대가 빠질 수 없으니 권형은 꼭 왕림해주시기를 바라네."

그래서 권생은 부친에게 여쭙고 가서 참석하였다. 다음날 권생은 다시 부친에게 여쭈었다.

"한 친구가 어제 주연을 베풀어 친구들을 초대했으니, 답례를 하지 않을 수가 없습니다. 마침 오늘 약간의 음식이 준비되어 여러 벗들을 초대하는 것이 괜찮을 것 같습니다."

부친이 허락하여 권생은 주연을 마련해 그 친구와 함께 동네여러 젊은이들을 초청하였다.

여러 젊은이들이 모두 모여 권진사에게 인사를 드렸다.

"자네들이 돌아가며 술자리를 마련하면서 늙은 나를 한 번도 청하지 않는 것은 도대체 무슨 까닭인가?"

권진사의 이 말에 친구가 대답하였다.

"어른신께서 좌석에 앉아 계시면 나이 어린 저희들이 자리가 불편할 뿐 아니라, 또 어르신께서 성품이 워낙 준엄하시기 때문에 저희들이 잠깐 뵈옵는 데도 혹시 잘못이 있지나 않을까 여간 조심스럽지 않은데, 어떻게 종일토록 술자리에서 모실 수 있겠습니까? 어르신께서 만일 참석하시면 그야말로 살풍경殺風景이 될 것입니다."

권진사가 껄껄 웃으며 말하였다.

"술자리에 무슨 장유유서長幼有序가 있겠는가? 오늘 술은 내가 주인일세. 예법에 구애받지 말고 종일 실컷 즐겨보세. 자네들이 내게 백 번 실례를 해도 내 조금도 허물하지 않겠네. 아무튼 실컷 즐겨 이 늙은이의 쓸쓸하고 고독한 회포를 하루 위로해주게나."

여러 젊은이들은 모두 공손히 '예' 하고 대답하였다.

노소老少가 섞여 앉아 잔을 들었다. 술이 반쯤 돌았을 때 그 지혜 많은 친구가 권진사 앞으로 가서 말했다.

"저희에게 옛날이야기가 있으니 한바탕 웃음꺼리를 제공할까 합니다."

"옛날이야기라, 거 좋지. 어서 해보게."

그는 권생이 객점에서 기이하게 미인을 만난 일을 가지고 옛날이야기처럼 꾸며서 이야기했다. 권진사는 구구절절이 칭찬하였다.

"기이한 일이다! 기이한 일이야! 옛날에야 가끔 기이한 인연이 있기도 했지. 그런데 요즘에는 도무지 들어볼 수가 없어."

그 친구가 이 말을 받았다.

"만일 어르신께서 그런 지경을 당하시면 어떻게 대처하시겠습니까? 밤중에 아무도 없는 방에서 절세가인絶世佳人이 곁에 있는데 그를 가까이하시겠습니까? 안하시겠습니까? 이미 가까이하셨다면 그를 데리고 사시겠습니까? 아니면 버리시겠습니까?"

"고자가 아니라면 어찌 황혼黃昏에 가인을 만났는데 그냥 헛되이 보낼 이유가 있는가? 그리고 기왕 가까이했으면 데리고 살아야지, 어찌 버려서 못된 짓으로 죄를 쌓겠는가?"

"그래도 어르신네께서는 성품이 워낙 엄격하시고 정확하셔서 아무리 그런 경우를 당해도 결코 지조를 꺾지 않으실 것입니다."

권진사는 머리를 흔들었다.

"아니네. 절대 그렇지 않다네. 내가 그 경우를 당하면 어쩔 수 없이 지조를 꺾게 될 것일세. 그 사람이 안방에 들어간 것은 고의가 아니고 속은 것이니 이는 자신이 고의로 저지른 잘못이 아닐세. 또 젊은 사람이 미색美色을 보고 마음이 동하는 것은 당연한 일이요. 또한 그 여인이 사족士族의 딸로 그런 일을 했으니 그 사정이 측은하고 처지가 딱하네. 만일 한 번 보고 버린다면 그녀는 필시 수치와 원한을 품고 죽을 것인데, 어찌 죄를 쌓는 것이 아니겠는가? 사대부의 처사가 그토록 모질어서는 안 되는 것이네."

그러자 그 친구가 다시 다그쳐 물었다.

"인정人情과 사리事理가 과연 그럴까요?"

"어찌 다른 뜻이 있겠는가? 결단코 야박한 사람이 되지 않는 것이 좋네."

이에 그 친구는 웃으며 아뢰었다.

"제 이야기는 실은 옛날이야기가 아니옵고, 바로 어르신 자제가 일전에 겪었던 일입니다. 어르신께서 사리에 합당함을 거듭 단언해 말씀하시니, 자제가 다행히 죄를 면할 수 있게 되었습니다."

권진사는 듣고 나서 한동안 말이 없다가, 문득 정색正色을 하고 거센 목소리로 말하였다.

"자네들은 그만 돌아가주게. 내 조처할 일이 있네."

여러 친구들은 모두 겁을 먹고 흩어졌다.

권진사는 소리를 벼락같이 질러 빨리 대청에 자리를 깔도록 하였다. 집안 사람들은 누구를 벌주는 줄 몰라 벌벌 떨었다. 권진사는 자리에 앉아서 다시 큰소리로 명령하였다.

"빨리 작두를 가져오너라."

하인들이 황망히 작두와 널판을 뜰 아래에 차려놓고 명을 내렸다. 권진사는 또다시 큰소리로 명하였다.

"너희 서방님을 잡아다가 작두판에 엎어놓아라."

하인이 권생을 잡아다가 목을 작두판 위에 걸쳐놓았다. 권진사가 크게 꾸짖었다.

"이 인륜人倫을 어긴 자식! 입에 아직 젖내도 안 가신 놈이 부모에게 고하지도 않고 사사로이 축첩蓄妾을 하다니! 이것은 집안을 망치는 행동이다. 내 살아생전에도 이런 짓을 하는데, 하물며 내 죽은 뒤에야 오죽하겠느냐? 너같이 인륜을 어긴 자식은 살려두는 것이 해로우니라. 내가 세상에 있을 때 목을 베어 아예 후환後患을 없애는 편이 낫다."

권진사는 말을 마치고 하인에게 호령하여 발을 들어 작두를 밟게 하였다. 그러자 모두 허둥지둥 사색死色이 되었다. 권진사의 부인과 그 며느리가 모두 뜰에 내려가 애걸하며 눈물로 간하였다.

"비록 죽을죄를 지었다지만 어찌 차마 눈앞에서 외아들의 목을 자른단 말입니까?"

권진사가 소리를 질러 물러가라고 꾸짖자 노부인은 겁을 내어 피하였으나 며느리는 땅에 머리를 박으며 피범벅이 된 얼굴로 아뢰었다.

"나이 어린 사람이 설령 방자히 행동하여 죄를 지었더라도 아버님의 혈족은 이 사람 뿐인데, 아버님께선 어찌 이처럼 잔혹한 일을 행하시어 여러 대의 제사를 하루아침에 끊으려 하십니까? 비옵건대 이 며느리의 몸으로 대신 죽게 해주옵소서."

"집안에 인륜을 어긴 자식을 두어 집구석이 망하는 날, 조상께 누를 끼치느니보다는 내 차라리 눈앞에서 없애고 양자養子를 구해 들이는 것이 옳겠다. 이래저래 망하긴 일반이니 망하더라도 깨끗이 망하는 것이 낫다."

권진사가 호령하여 작두를 밟게 하므로 하인은 입으로 대답하면서도 차마 발을 디디지 못하고 있었다.

자부가 더욱 애타게 울며 간하자 권진사는 말했다.

"이 자식이 집을 망칠 일을 한 것이 비단 한 가지만이 아니다. 부모를 모시는 사람으로서 제 맘대로 첩을 두었으니 그것이 첫째 망조요, 네 성질이 거세고 투기가 심하여 소실을 결코 용납지 못하고 가정이 날마다 분란할 것이니 그것이 둘째 망조다. 이런 망조는 미리 제거하는 것이 좋으리라."

"저 역시 명색이 사람의 가죽을 둘러썼고 사람의 마음을 가졌는데, 이런 광경을 목격하고도 어찌 질투할 마음을 가질 수 있겠습니까? 만약 한 번만 아버님께서 용서해주신다면 저는 그와 함께 살면서 화목한 기운을 조금도 잃지 않겠다고 맹세할 수 있습니다. 바라옵건대, 아버님께서는 그런 염려는 마시고 특별히 관용을 베풀어주옵소서."

"아니다. 네가 지금은 상황이 다급하여 이런 말을 하지만, 반드시 겉으로는 이러면서도 속은 다를 것이니라."

"어찌 그럴 리가 있겠습니까? 만약 말씀하신 것 같은 일이 있으면 하늘이 반드시 저를 죽이고 귀신이 기필코 벌을 내릴 것입니다."

"네가 내 생전에는 그렇지 않는다 치더라도 내 죽은 뒤에는 네가 다시 광기를 부릴 것이다. 그땐 내 이미 세상에 있지 않고 저 인륜을 어긴 자식이 절대로 휘어잡지 못할 것이니 집을 망치게 되지 않겠느냐? 아무래도 지금 목을 베어 화근을 없애는 것만 못한 것이다."

"어찌 감히 그렇게 하겠사옵니까? 아버님께서 돌아가신 후에 혹시 터럭만큼이라도 그릇된 마음을 먹으면 개돼지만도 못할 것입니다. 이 말로 맹세하여 다짐을 하겠습니다."

"그러면 너는 맹세한 말을 종이에 써서 바쳐라."

며느리는 맹세를 쓰고 이어서 말하였다.

"만약 맹세를 어기는 일이 있으면 저는 마땅히 벼락을 맞아 죽을 것입니다. 이렇게 맹세를 해도 아버님께서 끝내 들어주지 않으시면 저에게는 죽음만이 있을 뿐입니다."

권진사는 그제야 용서하고 우두머리 하인을 불러 분부하였다.

"가마와 말과 인부를 거느리고 객점에 가서 서방님 소실을 모시고 오너라."

하인들은 명령대로 가서 그 여인을 데려왔다. 권진사는 그 여인으로 하여금 예물禮物을 갖추어 시부모께 신부의 예禮를 한 다음, 또 정실에게도 예로써 절하게 하여 한 집에서 함께 살게 하였다. 그 며느리는 감히 한마디도 입을 떼지 못하고 늙을 때까지 화목하게 지냈기 때문에 남들이 이간질하는 말을 못했다 한다.

≪계서잡록溪西雜錄≫

22. 보쌈당한 송진사宋進士

송진사는 그 이름은 알 수 없으나 영광靈光 사람으로 집이 몹시 가난하였다. 이미 부인을 잃고 아들도 없는 데다 나이 40에 몸은 궁할 대로 궁하였다.

이웃에 한 과부가 살고 있었는데, 얼굴도 예쁘고 집안도 넉넉하였다. 송진사가 여러 번 은근히 속마음을 내비쳤지만, 그녀는 죽음을 맹세하고 재가再嫁하지 않겠다고 다짐하는 것이었다.

그런데 하루는 송진사가 뜰을 거닐고 있는데, 그녀가 갑자기 지나가면서 송진사에게 말했다.

"이웃에 살면서 아직도 훌륭한 모습을 뵙지 못하니 우러러 사모하는 마음이 간절합니다. 오늘 저녁에 술과 안주를 준비할 것이니, 왕림枉臨하여 누추한 저의 집을 빛나게 해주십시오."

송진사는 한편으로는 놀라고 한편으로는 기뻐하면서 선뜻 승낙하였다. 그리고 반드시 일이 잘 이루어질 것이라고 생각하였다. 해가 지자마자 찾아갔더니, 그녀는 자리를 깔고 술상을 내오는 등 갖은 정성을 다하였다. 등불을 켜고는 그녀가 웃으면서 간청하였다.

"나리께서는 머리를 땋아 늘이고 저는 북상투를 묶은 다음 서로 옷을 바꾸어 입고 잠깐 노시지요."

송진사는 그 뜻을 알지 못하였지만, 간청을 어기기 어려워서 허락하였다.

분장扮裝을 마치고 나서 함께 손을 잡고 잠자리에 들어갔는데, 그녀는 갑자기,

"속이 거북하니 나가서 볼일을 좀 보고 오겠어요."

하고는 나가서 오래도록 돌아오지 않았다.

송진사가 궁금함을 참지 못하고 밖에 나가서 그녀를 찾아보려던 참이었는데, 갑자기 떠드는 소리가 들리는가 싶더니, 뭇사람들이 뛰어들어 송진사를 이불로 덮어 씌워 짊어지고 가는 것이다. 한참을 가다가 어느 집에 도착하자 그를 내려 안방에 두는 것이었다.

송진사는 소년들이 과부를 겁탈하려는 계획임을 넌지시 짐작했다. 그러나 어떤 일이 벌어질지 소리도 내지 않고 기다리며 가만히 살펴보니, 바로 같은 고을 이방吏房의 집이었다.

조금 후 이방이 미음을 권하며 놀란 마음을 달래려고 하자, 송진사는 굳이 이불을 둘러쓰고 몸을 돌려 벽으로 향하였다.

이방이 말하였다.

"오늘밤 놀라고 겁이 났을 테니, 마음을 조금 안정시켜야 할 것이다."

그리고는 시집갈 나이가 되었는데도 시집가지 못하고 있는 딸에게 함께 자며 위로하도록 하자, 딸이 함께 베개를 베고서 손을 끌어 얼굴에 가져가기도 하면서 마음을 돌리려고 애를 쓰는 것이

었다.

송진사가 비로소 어울려 장난을 치자 딸은 그다지 의심하지 않았다. 그러자 송진사는 껴안고 일을 저질러버렸다. 그 딸은 당황스럽고 겁도 났지만 힘에 눌려 감히 소리도 지르지 못하고 그가 하는 대로 맡겨버렸다. 관계가 끝나자, 그 딸은 곧 나가 부끄러워 죽고 싶었지만 또한 감히 부모에게 말도 하지 못하였다.

날이 밝자 송진사는 이불을 껴안고 앉아, 이방을 불러 큰소리로 꾸짖었다.

"네가 딸로 나를 모시려고 했다면 조용히 내게 승낙을 얻는 것이 옳았거늘, 어찌 감히 깊은 밤에 묶어 와서 어둠 속에 시중을 들게 하였느냐? 이것이 무슨 도리이냐?"

이방은 처음에 과부寡婦를 묶어 온 줄 알았는데, 이웃 양반兩班을 잘못 묶어 왔을 줄 어찌 알았으랴? 이미 그 말을 듣고 눈을 들어 자세히 보니, 곧 평소에 친하던 송진사가 아니던가. 이방은 스스로 생각해보았다.

'과부를 겁탈하려다가 이웃 양반을 욕보였으니 그 죄는 용서받지 못할 것이며, 아리따운 여인을 구하려다가 도리어 곱사등이를 얻었으니 그 죄는 스스로 지은 것이다.'

그리고는 곧 땅에 엎드려 사죄하고 애원해 마지않았다.

송진사가 말하였다.

"네 죄는 죽어 마땅하지만 내 이미 네 딸과 하룻밤 인연을 가졌으니, 내가 우선 너를 용서할 것이다. 너는 속히 가마를 준비하여

네 딸을 치장하고 재산의 절반도 네 딸에게 주도록 하라.”

이방은 머리를 조아려 사죄하며, '분부대로 하리다.' 하였다.

송진사가 집에 돌아오니, 그 이웃에 사는 과부가 또 와서 말했다.

“저는 진사나리께서 저를 마음에 두고 계신 줄 알았으나, 스스로 고집이 있어 개가改嫁하지 않기로 맹세하고 그럭저럭 오늘날까지 왔는데, 마침 이방이 어느 날 밤에 와서 겁탈한다는 소식을 듣고 잔뜩 놀랐습니다. 죽기를 맹세코 개가하지 않을 것을 각오하였으나, 실낱같은 목숨을 버리기도 어려웠습니다.

또 생각하건대, 포악한 사람에게 욕을 당하기보다는 차라리 사대부에게 절개를 꺾는 것이 나을 것 같기 때문에, 진사나리를 유인하여 여자로 분장시키고 저는 곧 도피하여 그날 밤 괴로움을 면하였습니다.

진사나리께서 비록 위험한 그물에 걸리기는 하였으나 마침내 아리따운 처녀로 후실後室을 삼으시어, 처음에는 화가 났어도 뒤에는 웃으시게 되었으니, 어찌 행복이 아니겠습니까? 저는 이미 진사나리와 무릎을 맞대고 옷을 바꾸어 입고 하룻밤 가까이 모셨으니, 평생 지켜오던 절개가 남김없이 허물어졌습니다. 지금부터 평생토록 모시며 이 몸을 의탁하기를 원합니다.”

조금 후에는 이방도 그 딸을 치장해 보내왔다. 송진사는 연달아 두 소실小室을 얻고 재산도 넉넉해졌으므로 일생을 편히 누리고 자손도 번성하였다 한다.　　　　　≪동야휘집東野彙輯≫

23. 어사 박문수朴文秀의 사랑 시험

영성군靈城君 박문수는 호가 기은耆隱으로, 어려서 진주목사晉州
牧使로 부임하는 외숙外叔을 따라간 적이 있었다. 그곳에서 한 기
녀妓女를 가까이하여 죽을 때도 함께하기로 맹세할 정도였다.

하루는 문수가 서실書室에 있었는데, 못생긴 여종 하나가 물을
길어가지고 그 앞을 지나갔다. 그러자 사람들이 그녀를 손가락질
하며 웃어댔다.

"저 여자는 하도 못생겨 나이 30이 다 되도록 아직까지 음양陰
陽의 이치를 모르니, 만일 가까이하는 자가 있으면 적선積善을 하
는 셈이니 반드시 신명神明의 도움을 받을 것이다."

문수는 그 말을 듣고, 그날 밤에 그 처녀가 또 그 앞을 지나가
자 불러들여서 동침을 하였다. 그랬더니 그 처녀는 크게 기뻐하며
나갔다.

문수는 서울에 돌아와서 과거에 급제하였고, 그 뒤에 암행어사
暗行御史의 직명을 띠고 진주에 내려갔다. 그전에 가까이했던 기녀
의 집을 찾아가 대문 밖에 서서 밥을 빌었다. 그때 안에서 한 노
파가 나와서 눈이 뚫어지게 쳐다보며 말했다.

"참 괴상도 하구나! 괴상도 해!"

어사가 노파에게 물었다.

"왜 그러는가?"

"당신의 얼굴이 그전 박서방님 얼굴과 흡사해서 괴상하다고 하는 거라오."

"내가 바로 그 사람일세."

노파는 깜짝 놀랐다.

"이게 웬일이래? 서방님께서 이런 거지가 되실 줄은 미처 생각지도 못했소. 아무튼 내 방으로 들어와서 잠깐 계시다가 밥이나 자시고 가오."

어사는 방으로 들어가서 자리에 앉은 다음 물었다.

"할멈 딸은 잘 있는가?"

"지금 본부本府의 수청을 들어야 하는 차례라 나올 수가 없다오."

이렇게 대답하고 노파가 막 불을 때서 밥을 짓고 있을 때였다. 갑자기 신을 끄는 소리가 나더니 그 딸이 부엌으로 들어오는 것이었다.

"서울 박서방이 왔다."

"언제 여기에 왔어? 무슨 일로 왔대?"

"그 몰골이 말이 아니여. 다 떨어진 갓에 해진 옷을 걸쳤는데 영락없는 비렁뱅이더구나. 그 사연을 물어보았더니, 외가인 그전 사또집에서 쫓겨나서 지금 여기저기 빌어먹다가 이곳이 전에 살던 곳이라 이속吏屬들과도 낯이 익어 동냥이나 얻어 가려고 왔다더라."

딸은 성질을 내며 말했다.

"그런 말을 왜 나한테 해."

"네가 보고 싶어서 왔단다. 이왕 왔으니 한번 들어가보는 것이 좋지 않겠니?"

"보면 뭐해. 그런 사람 보고 싶지 않아. 내일이 병사또 나으리의 생신인데 수령들이 많이 모여서 촉석루矗石樓에서 풍악을 벌인대. 병영兵營과 본부에서 기녀들에게 옷을 잘 차려 입도록 엄히 주의를 주는구면. 내 옷상자 속에 새 옷이 있으니, 엄마가 좀 들어가서 꺼내와."

그러자 그 어미가 말했다.

"내가 어떻게 아니? 네가 들어가서 꺼내가거라."

그 딸은 부득이 방문을 열고 들어왔다. 잔뜩 화난 얼굴에 눈길도 주지 않은 채 옷상자를 열어 옷을 꺼내고는 어사는 돌아보지도 않고 나가버렸다.

어사가 그 어미를 불러 말했다.

"주인이 이처럼 냉대하니, 내 오래 머물러 있을 수 없겠네. 그만 가겠네."

그 어미가 만류하며 말했다.

"나이 어려 사리를 모르는 것을 뭐 나무랄 것이 있겠소? 밥이 거의 되었으니 조금만 앉아 계시다가 자시고 가오."

"밥 먹고 싶지 않네."

어사는 거절하고 이내 문을 나섰다.

어사는 그 길로 또 옛날 동침했던 여종의 집을 찾아갔는데, 그 여종은 아직도 물을 긷고 있었다. 여종이 마침 물을 길어 오다가 어사의 얼굴을 보고 오랫동안 눈이 빠지게 쳐다보더니 말하는 것이었다.

"이상하다. 참 이상해."

"왜 사람을 보고 '이상하다'고 하는가?"

"손님의 모양이 전에 이 고을 책방冊房 박서방님과 너무도 닮았기 때문에 하도 괴이해서 그러네요."

어사가 말했다.

"내가 바로 그 사람일세."

그 여종은 물동이를 땅에 팽개치고 어사의 손을 덥석 잡고 대성통곡大聲痛哭을 하며 말했다.

"이게 웬일이래요? 이게 무슨 꼴이래요? 하여튼 제 집이 여기서 멀지 않으니 같이 가십시오."

어사가 그녀를 따라가니, 두어 칸짜리 조그마한 집이 나타났다. 어사가 방으로 들어가 자리에 앉자, 그녀는 걸인이 된 이유를 물었다. 어사는 앞서 기녀의 어미에게 대답했던 것과 똑같이 말하였다. 그런데 그녀는 깜짝 놀라며 말하는 것이었다.

"이처럼 곤궁하게 되시다니! 저는 서방님께서 크게 출세하시리라 생각했는데, 이 지경이 되실 줄이야 어찌 예상이나 하였겠습니까? 아무튼 오늘은 제 집에서 묵으십시오."

그리고 곧 허름한 상자 하나를 내오더니 곧 명주옷 한 벌을 꺼내서 갈아입도록 권하는 것이었다.

"이 옷은 어디서 났느냐?"

"이것은 바로 제가 여러 해 물 길은 품삯입니다. 푼돈을 모아서 명주를 사고 사람을 사서 옷을 지어두었지요. 제 생전에 만약 서방님을 만나면 옛정을 표시하려고 한 것이었습니다."

어사는 사양하였다.

"내가 오늘 해진 옷을 입고 여기 왔는데 지금 갑자기 이 새 옷을 입는다면 사람들이 어찌 이상하게 여기지 않겠느냐? 나중에 꼭 입을 것이니 우선 넣어두어라."

그녀는 부엌으로 들어가서 저녁밥을 준비하다가 뒤뜰로 갔다. 그리고는 구시렁구시렁 마치 누구를 나무라는 듯한 말을 하는가 싶더니 또 와장창 그릇을 깨는 소리가 났다. 어사가 이상해서 이 이유를 묻자, 그녀가 대답하였다.

"남쪽 지방에서는 귀신을 공경합니다. 그래서 저는 서방님을 떠나보낸 뒤로 신위神位를 차리고 아침저녁으로 서방님께서 입신양명立身揚名하시기만을 기원하였습니다. 그런데 귀신이 만약 영험이 있다면 서방님께서 어찌 이 지경이 되셨겠습니까? 그래서 조금 전에 그 신위를 부셔 불태워버렸습니다."

어사는 웃음을 참으며 그녀의 성의誠意에 감격할 수밖에 없었다.

이윽고 그녀가 저녁상을 차려왔다. 어사는 저녁을 먹고 나서 머물고는 그 이튿날 해 뜰 무렵에 아침밥을 재촉해 먹고는,

"내 가볼 곳이 있다."

하고 문을 나와 촉석루로 가서 누대 밑에 숨어 있었다.

해가 뜬 뒤에 관리들이 와서 부산하게 청소를 하고 자리를 깔 디니 조금 후에는 병사兵使와 본관사또가 오고, 이어서 이웃 수령들 10여 명이 다 와서 모였다.

어사가 툭 튀어나가 자리로 올라가서 병사를 향해 말했다.

"지나가는 길손인데 성대한 연회에 참석하기 위해 왔소이다."

병사가 허락하였다.

"저 한쪽에 조용히 앉아서 구경하는 것은 무방하리라."

이윽고 술상이 어지럽고 음악과 노래 소리가 요란하였다. 이때 어사와 일찍이 관계를 가졌던 기녀는 본관사또의 등뒤에 서 있었는데, 고운 옷차림을 하고 교태를 흘리고 있었다. 병사가 그 기녀를 돌아보고 웃으며 말하였다.

"본관은 요즘 저 요물妖物에 심히 혹하였는가? 얼굴빛이 영 전만 못하구먼."

본관사또가 웃으며 대답하였다.

"어찌 그럴 리가 있겠소이까? 명색만 있지 실상은 없소이다."

병사가 웃으며 말했다.

"반드시 그렇지 않을 것이오."

이내 그녀를 불러 술을 따라 돌리게 하자, 그녀는 술을 따라 돌리며 조금씩 앞으로 나아갔다.

"이 길손도 술을 잘 마시니 한잔 주구려."

어사가 술을 청하자 병사가 허락하였다.

"한잔 주도록 하라."

그러자 그 기녀는 곧 술을 따라 구실아치에게 주면서 말하는 것이었다.

"저 길손에게 갖다 주게."

어사가 호탕하게 웃으며 말했다.

"이 길손도 남자올시다. 이왕이면 기생이 손수 따르는 술잔을 받고 싶구려."

그러자 병사와 본관사또가 화를 벌컥 냈다.

"아무렇게나 마시면 되지. 어찌 꼭 기생이 따라주는 술잔을 원하느냐?"

어사는 할 수 없이 그대로 받아 마셔야만 했다.

음식을 내왔는데, 여러 사람들 앞에는 각각 큰 상이 휘어질 듯 차려 내왔지만 어사의 앞에는 겨우 두어 그릇뿐이었다. 그러자 어사가 또 따져 물었다.

"다 같은 양반인데 음식에 어찌 차별이 있소이까?"

본관사또가 화를 내며 나무랐다.

"장자長者의 모임에 어찌 이같이 번거롭게 구느냐? 얻어먹었으면 속히 갈 것이지 무슨 잔말이 많은고?"

어사도 화를 내며 따졌다.

"나도 장자가 아니오이까? 나도 이미 처자식이 있고 머리와 수염이 희끗희끗한데 어찌 어리단 말이오?"

본관사또가 노발대발怒發大發하였다.

"저 걸인이 요망하구나. 쫓아내야 되겠다."

그리고는 곧 관노官奴들에게 분부하여 쫓아내게 하였다. 그러자 관노들이 누대 아래에 서서 꾸짖으며 타일렀다.

"속히 내려오라."

"내가 내려가긴 왜 내려가는가? 본관사또가 내려가야지."

어사가 꿈적도 않자, 본관사또는 더욱 화가 나서 붉으락푸르락 하였다.

"저런 미친 놈 봤나. 저놈을 어찌 아직 끌어내리지 않는고?"

추상秋霜 같은 호령을 내리자마자 구실아치들은 소매를 치켜들고 등을 떠밀었다. 그러자 어사는 큰소리로 외쳤다.

"너희들이 나가야겠다."

이 말이 채 끝나기도 전에 문 밖에서 역졸驛卒들이 소리를 질렀다.

"암행어사 출또야."

그러자 병사 이하 수령들은 죽을상을 하면서 황급히 나갔다. 어사는 높이 앉아서 웃으며 말했다.

"당연히 그렇게 나갈 것이지."

그렇게 말하면서 그대로 병사의 자리에 앉아 있자, 병사 이하 각읍 수령들이 모두 사모관대紗帽冠帶를 갖추고 뵙기를 청하며 일일이 들어와서 예를 갖추어 뵀다.

현신하는 예가 끝난 뒤에 어사는 조금 전 그 기녀를 잡아들이라 명하고 또 그 어미를 불러온 다음, 그 기녀에게 분부했다.

"몇 해 전 나와 너는 애정이 어떠하였더냐? 산이 무너지고 바닷

물이 마르더라도 애정을 변치 말자고 약속까지 하질 아니하였더
냐? 지금 내가 이런 꼴로 왔으면 너는 옛정을 생각하여 좋은 말로
위로해야 하거늘 어찌하여 화를 내는 거냐? 속담에, '동냥은 안 주
고 쪽박을 깬다.'는 것은 바로 너를 두고 한 말이구나. 사리로 보
아서는 당장 때려죽여야 마땅하나 너를 어찌 죽일 수 있겠느냐?"

그리고 이내 약간의 태벌笞罰을 가하고 나서 기녀의 어미에게
말했다.

"너는 조금 인사를 알더구나. 너 때문에 우선 네 딸을 죽이지
않노라."

그러면서 쌀과 고기를 그 어미에게 주도록 명하였다.

그리고 또 명령하였다.

"내가 가까이했던 여자를 속히 불러오라."

어사는 불려온 그 물 긷던 관비를 마루에 올라오게 하여 곁에
앉히고 어루만지며 명령하였다.

"이 사람이 진짜 정 있는 여자이다. 이 여자는 기안妓案에 올려
관아의 우두머리 기생인 행수기생行首妓生의 일을 행하게 하고, 저
기녀는 물 긷는 관비로 강등시켜라."

곧이어 또 본 고을 이방을 불렀다.

"이유를 묻지 말고 돈 2백 냥을 속히 가져오너라."

어사는 여종에게 그 돈을 주고 떠났다.   ≪기문총화記聞叢話≫

24. 기생 팔뚝에 새긴 이름

조선 성종成宗 때에 노아蘆兒라는 기생이 있었는데 미모와 재주가 당대에 가장 뛰어났다. 고을 수령이 그녀에게 빠져 정신을 잃은 것은 물론, 왕명을 받든 어사御使들까지도 그녀에게 빠져 여러 날씩 머물러 고을의 큰 폐단이 되었다.

노모盧某라는 어사가 남쪽 지방으로 내려가면서 기생인 노아를 죽이는 것을 자신의 임무로의 삼았다. 소문이 멀리 퍼져, 그 고을수령은 이를 듣자 식음食飮을 폐하고 눈물을 흘렸다.

그러자 노아가 웃으며 말했다.

"제에게 계략이 있으니 사또는 걱정하지 마세요."

노아는 그 오라비를 데리고 혼자 사는 과부寡婦로 위장한 다음, 어사의 종적을 염탐

신윤복申潤福 〈전모* 쓴 여인〉
* 조선시대 여자들이 나들이할 대 쓰던 모자의 하나.

하여 이웃고을 객점客店에서 기다렸다. 과연 어사가 그 객점으로 들어왔다.

노아는 담박한 화장에 소복 차림으로 물동이를 이고 자주 어사의 앞을 오가며 시선을 끌었다. 그녀의 곱고 가냘픈 맵시는 참으로 선녀仙女 같았다.

어사가 정욕情慾을 이기지 못해 가만히 주인집 어린아이에게 그녀가 누군가를 묻자 아이가 대답하였다.

"바로 쇤네의 누이인데 남편을 여읜 지 겨우 3년이 지났습니다."

그래서 어사는 밤이 깊은 뒤에 그 아이를 시켜 누이를 불러오게 해서 밤새도록 뼈에 사무치는 정을 나누었다. 이때 노아가 말했다.

"저는 시골 천한 촌부로서 이미 귀공貴公의 총애를 받았으니, 지금부터 다른 사람에게 개가改嫁하지 않고 죽을 때까지 반드시 수절守節할 것입니다. 그러니 귀공께서는 제 팔뚝에 이름을 남겨서 후일의 신표信標로 삼게 해주시는 것이 어떻겠나이까?"

"그렇게 하지."

어사는 노아의 팔뚝에 자기의 이름을 써주었다. 결국 전국시대 곤경에 빠진 범수范雎가 장록張祿으로 개명하듯 거짓 과부로 꾸민 기생을 몰라봤던 것이다. 어사가 장성長城에 들어가서 크게 형벌의 위엄을 펴고 노아를 잡아들여 말하였다.

"요물을 그냥 두고 볼 수 없다."

그러고 나서 그녀로 하여금 휘장揮帳을 사이에 두고 서게 한 다음, 그 범죄행위를 들추어내자 노아가 큰 소리로 말했다.

"공초供招(진술서)를 바치고 죽기를 원합니다."

어사가 종이와 붓을 주게 하자, 노아는 단지 다음과 같은 절구絶句 한 수만을 썼을 뿐이었다.

노아의 팔뚝에 적힌 건 누구의 이름일까　　　蘆兒臂上是誰名
고운 살결에 스민 먹 글자마다 선명하네　　　墨入冰膚字字明
차라리 강물이 마르는 것을 볼지언정　　　寧見川原江水盡
이 마음 첫 맹세 끝내 저버리지 않으리　　　此心終不負初盟

어사는 이 시를 보고는 그녀에게 속은 것을 알고서, 감히 아무 소리도 못하고 밤에 몰래 도망쳐야만 했다. 그가 조정에 돌아오자 성종 임금은 그 소식을 듣고 크게 웃고는, 특별히 노아를 어사에게 보내주도록 명하였다. 그래서 어사는 그녀와 동거하고자 했던 소원을 이루고 장성은 이때부터 고을의 폐단이 영원히 끊어졌다.

≪계압만록溪鴨漫錄≫

25. 경주 궤제독櫃提督

근년에 어떤 문관이 경주慶州에 있는 각 향교의 학사學事를 감독하는 제독提督이 되어 매번 경주부로 갈 때마다 기생을 보기만 하면 꼭 담뱃대로 머리를 두드리면서 '사기邪氣'니 '요기妖氣'니 잔소리를 늘어놓았다.

"사람이 어찌 이런 요물을 가까이할 수 있겠는가."

유운홍劉運弘 〈기녀妓女〉

여러 기생들이 모두 분노하는 것은 물론, 부윤府尹까지도 그를 미워하였다. 그래서 부윤은 여러 기녀들에게 명을 내렸다.

"기묘한 꾀를 내서 제독을 속이는 자가 있으면 반드시 후한 상을 줄 것이다."

그러자 나이 어린 기생 하나가 자청하고 나섰다.

이때 제독은 향교鄉校의 재실齋室에 자리잡고 오직 구실아치 소
동小童만 데리고 거처하고 있었다.

기생은 촌부村婦의 모습으로 변장하고 향교에 가 대문에 기대
서서 소동을 부르며, 얼굴의 반만 살짝 드러내거나 혹은 전신을
드러내어 보이기도 하다가, 소동이 나가서 만나주면 곧 돌아가곤
하였는데, 하루에 한 번 오기도 하고 혹은 두 번 오기도 하였다.
며칠을 이렇게 하자 제독이 소동에게 물었다.

"저 여자는 어떤 사람이길래 매일 와서 너를 부르는고?"

"그 여자는 소인의 누이입니다. 남편이 행상 나가고 1년 동안
돌아오지 않아 집에 사람이 없어 매일 소인을 불러 집을 보아달
라고 청하는 것입니다."

하루는 저녁 무렵에 소동은 저녁밥을 먹으러 가고, 제독 혼자
재실에 있었다. 기생은 또 가서 대문에 기대서서 소동을 불렀다.
제독이 드디어 그녀를 불러들였다. 그녀는 거짓으로 부끄러운 체
하면서 멈칫멈칫 들어와 제독의 앞에 섰다. 제독이 말했다.

"소동이 마침 없구나. 내가 담배를 피우고 싶은데 너는 불 좀
가져올 수 있겠느냐?"

그녀는 불을 가지고 왔다. 그러자 제독이 말했다.

"너도 자리로 올라와서 한 대 피워보겠느냐?"

"쇤네가 어찌 감히 그렇게 하겠나이까?"

"보는 사람도 없는데 뭘 주저하느냐?"

그녀는 결국 못 이긴 체하고 자리에 올라가서 억지로 한 대를 피웠다.

제독은 드디어 사랑을 고백하였다.

"내가 미인을 많이 보아왔지만 너 같은 미인은 일찍이 보지 못하였다. 내 너를 한번 본 뒤로는 먹지도 자지도 못하고 있으니, 너는 밤에 몰래 올 수 없겠느냐? 나 혼자 빈 재실에서 자는데 누가 알겠느냐?"

그녀는 거짓으로 흠칫 놀라는 체하며 말했다.

"사또는 귀인이시고 쇤네는 상것인 데다 용모도 추한데, 사또께서 어찌 천한 계집에게 그런 마음을 품으셨나이까? 혹시 희롱하시는 게 아닌가요?"

"나는 진심으로 너에게 고백하는데, 어찌 희롱일 수 있겠느냐?"

제독이 이내 맹세하는 말을 하자 그녀는 허락하였다.

"사또의 뜻이 정 그러시다면 저도 실로 감격한 터에 어찌 감히 명을 따르지 않겠사옵니까?"

제독은 기뻐하며 말했다.

"내가 너를 만난 것은 기이한 인연이라 할 만하다."

"그런데 한 가지 마음에 걸리는 일이 있네요. 제가 일찍이 듣기로는 '향교 재실은 지극히 경건한 곳이라 여자를 끼고 자는 것은 예법禮法에서 금하는 바'라 하는데 이 말이 사실이옵니까?"

제독은 그녀의 볼기짝을 두드리면서 놀라워했다.

"너는 촌여자인데도 어찌 이리도 영리하냐? 네 말이 사실 옳다. 그러면 어떻게 꾀를 써야 하지?"

"사또께서 과연 저에게 마음을 두신다면 제가 한 가지 꾀를 내겠나이다. 제 집이 향교의 문 밖 몇 걸음 거리에 있는데 저만 있고 다른 사람은 없으니, 사또께서 심야에 몰래 찾아오시면 조용한 만남을 가질 수 있겠사옵니다. 제가 내일 저녁에 동생을 시켜 전립 하나를 사또께 보내드릴 것이니, 그것을 쓰고 오시면 남들이 전혀 모를 것입니다."

"네가 나를 위해 낸 꾀가 어찌 그리도 기특하냐? 내 장차 네 말을 따를 것이니 언약言約을 저버리지 마라."

제독은 크게 기뻐하며 두세 번 당부하고 보냈다.

그녀는 드디어 향교문 밖에 초가 한 채를 비워서 거처하고 그날 저녁에 소동을 시켜 전립 하나를 제독에게 보냈다.

제독이 약속대로 밤에 갔더니, 그녀는 제독을 반갑게 맞아들여 촛불을 밝히고 술과 안주를 내왔다. 제독과 그녀는 서로 술잔을 주고받으며 허물없이 농담을 하였다.

이윽고 제독이 먼저 옷을 벗고 이불 속에 들어가 누운 채로 그녀더러 옷을 벗게 하였지만, 그녀는 일부러 시간을 끌며 아직 눕지 않고 있었다. 그때 사립문 밖에서 사납게 부르는 소리가 들렸다. 그녀가 귀를 기울여 듣고는 크게 놀라며 소리쳤다.

"저 소리는 바로 소인의 전남편인 관노官奴 철호鐵虎의 목소리입니다. 소인이 불행하여 일찍이 저놈을 남편으로 삼았는데 천지에 둘도 없는 악인惡人이었습니다. 살인殺人과 방화放火를 몇 번이나 했는지 모릅니다. 3년 전에 간신히 떼어버리고 다른 남편을 얻었지요. 저놈과는 서로 관계를 끊은 사이인데 지금 도대체 또 무엇 때문에 왔는지? 소리를 들으니, 술이 많이 취하였습니다. 사또께서 반드시 큰 변을 당하실 터인데 어쩌면 좋습니까?"

그녀는 곧 나가서 대꾸하며 말했다.

"너는 어떤 사람인데 심야에 떠부르느냐?"

그러자 그자는 사립문 밖에서 큰 소리로 화를 내며 소리쳤다.

"네년은 어찌 내 목소리를 모르느냐? 왜 문을 열지 않고 있느냐?"

"너는 철호가 아니냐? 나와 너는 서로 관계를 끊은 지 이미 오래거늘 지금 무엇 때문에 여기에 왔느냐?"

그자는 더욱 거센 목소리로 말했다.

"네가 나를 버리고 다른 남편을 얻었기 때문에 내 마음이 항상 아프다. 지금 너와 할 말이 있어서 왔노라."

그는 이내 사립문을 밀고 들어왔다. 그러자 그녀는 바삐 달려 들어와서 말했다.

"사또는 할 수 없이 피하셔야 되겠습니다. 그런데 몇 칸에 불과한 초가집이라 숨을 만한 곳이 없습니다. 방 안에 빈 궤가 있으니 사또는 잠깐 이 속에 들어가서 피신하십시오."

그녀가 손수 궤 뚜껑을 열고 재촉하였으므로 제독은 알몸으로 궤속에 들어갔다. 그녀는 곧 뚜껑을 닫고 자물쇠를 채웠다.

그자는 취해가지고 들어와 그녀와 한바탕 크게 싸움을 벌였다.

"3년 전에 이미 버려놓고 무슨 일로 다시 찾아와서 시비是非를 하느냐?"

"네가 이미 나를 등지고 다른 남편을 얻었으니 전에 내가 해준 의상衣裳과 기명器皿을 다 찾아가야겠다."

그러자 그녀가 곧 의상을 그자에게 던져주면서 말했다.

"옛다. 네 옛날 물건을 돌려주마."

그자는 궤를 가리키며 말했다.

"이 궤도 내 물건이니, 이제 가져가야겠다."

"이것이 어찌 네 물건이냐? 내가 상목常木(품질이 안 좋은 무명 베) 두 필로 산 것이다."

"그 상목 한 필은 바로 내가 준 것이니, 지금 그대로 놓아둘 수 없다."

"네가 비록 나를 버렸으나 어찌 상목 한 필을 보태주었다고 이 궤를 도로 빼앗느냐? 내 결코 도로 줄 수 없다."

두 사람이 궤를 가지고 옥신각신 실랑이를 하였다.

"네가 내 궤를 돌려주지 않으니 관가에 가서 송사訟事를 해야 겠다."

조금 후에 날이 밝자, 그자는 곧 궤를 짊어지고 관가로 달려가 고 그녀는 뒤따라 함께 재판정에 들어갔다.

부윤府尹이 이미 관아官衙에 나앉아 있었다. 남녀가 궤를 다투어 판가름해주기를 청하므로 부윤은 판정을 내려야만 했다.

"궤 산 값으로 남녀가 각각 상목 한 필씩을 냈으니, 법에 마땅히 그 궤를 반으로 똑같이 나누어 가져야 한다."

그리고 곧 명하여 큰 톱으로 그 궤를 잘라서 반씩 나눠주도록 하였다. 나졸들이 분부에 따라 톱을 궤 위에 올려놓고 두 사람이 톱을 끌어 톱소리가 막 나자마자, 궤 속에서 큰 소리가 들렸다.

"사람 살려, 사람 살려!"

부윤이 깜짝 놀라는 체하며 명령했다.

"궤 속에서 웬 사람 소리가 나느냐? 속히 뚜껑을 열어보도록 하라."

나졸들이 자물쇠를 부수고 뚜껑을 열었더니, 어떤 사람이 알몸으로 있다가 나와서 뜰 위에 초라하게 섰다. 부중府中의 모든 사람들은 그것을 보고 해괴하고 처량맞기 이를 데 없으므로, 입을 가리고 웃지 않는 자가 없었다.

여러 사람들이 쳐다보고 궁금해하였다.

윤두서尹斗緖 〈진단타려도陳摶墮驢圖〉

"저분은 제독인데 어찌하여 궤 속에 있었다지?"

부윤이 나졸들에게 명하여 그를 끌어올리게 하니, 제독은 두 손으로 그 물건을 가리고 계단을 올라와 자리에 웅크리고 앉아서 머리를 떨군 채 풀이 죽었다.

부윤이 한참 동안 크게 웃고 나서 옷을 주도록 명하자, 기녀들이 일부러 여인의 장옷을 주었다. 제독은 장옷만 입은 채 이마를 드러내고 맨발로 달려 향교로 돌아와서, 그날로 줄행랑을 쳐 도망가버렸다. 지금까지도 경주부에서는 '궤제독櫃提督'이란 말을 가지고 웃음거리로 삼고 있다. ≪천예록天倪錄≫

26. 왕수재王秀才와 용녀龍女

왕수재는 고려高麗 태조 왕건太祖王建의 아버지이다. 태어난 지 채 석 달도 못 되어서 전염병으로 부모를 다 여의고 밤낮으로 울어대었는데 그 정상情狀이 처절하였다. 이웃에 사는 어떤 부인이 마침 아들을 낳았는데 젖이 풍족하였다. 밤에 왕씨 애기가 우는 소리를 듣고 측은한 마음이 들어 그 젖먹이를 데려다가 자기가 낳은 자식인 양 길렀다. 왕씨 아이는 점점 자라더니 8, 9세쯤 되던 어느 날 그 유모에게 물었다.

"사람들이 나더러, '이 애는 저 집 아들이 아니고 왕씨의 아들이다.'라고 말들 하는데, 그에 대한 자세한 말씀을 듣고 싶습니다."

유모가 전후 사실을 상세하게 알려주었다. 왕씨 아이는 다 듣고 나서 대성통곡하며 외쳤다.

"우리 부모는 다 돌아가셨구나! 나는 한 핏덩이로 태어난 지 겨우 석 달 만에 이미 부모를 잃었으니, 만약 거두어 길러주신 은혜가 아니었더라면 어떻게 실낱같은 목숨을 보전할 수 있었겠는가. 그 은혜를 갚으려 할진대 하늘처럼 무궁無窮하리로다."

이때부터 그는 그 유모 내외內外를 친부모처럼 지성至誠으로 섬겼다.

왕씨 아이는 스무 살에 체구가 장대하고 용모가 풍만豊滿하여 귀인의 기상을 지녔으며, 도량度量이 활달하고 용력이 뛰어났다. 가산家産에는 주력하지 않고 범을 잡고 노루를 사냥하는 일을 능사로 삼았다. 이따금 활쏘기를 연습하여 백 보 밖에서 버들잎을 꿰뚫을 수 있는 명사수가 되었다. 스무 살이 되도록 아직 장가를 들지 못했는데 사람들은 모두 그를 '왕수재'라 불렀다.

왕수재는 학문에 능통하고 사술射術·검술劍術·병법兵法·천문天文·언변言辯에 이르기까지 모두 통달하였으므로 사람들은 그를 영웅으로 인정하지 않는 자가 없었다.

이때는 바로 삼한三韓이 병립立立하고 있을 때였다. 마한馬韓에서 중국 남경南京에 통신사通信使를 보낼 일이 있어 사람을 골라 보내게 되었는데, 왕수재도 자청하여 이 사행使行에 참여하게 되었다.

통신사 일행은 행장을 꾸려서 모두 배를 타고 해로海路를 따라 중국으로 향하였다. 항해한 지 며칠 동안은 세찬 바람이 없어 물결이 일지 않고 그저 출렁거리는 물소리만 들릴 정도여서 배가 빨리 나아갈 수 있었다. 배 안의 사람들은 하늘을 향하여 무사하기를 빌지 않는 자가 없었다.

그런데 하루는 갑자기 바람도 조용하고 물결도 잠잠한데 배가 제자리에서 빙글빙글 돌 뿐 앞으로 나가지 않는 것이었다. 사공들이 힘을 다해 노를 저었으나 꼼짝도 하지 않았다. 사흘이 지났으나 이와 같았으므로 더 이상 손을 쓸 수 없었다. 그러자 상사上使가 일행을 향해 걱정스럽게 물었다.

"바람 한 점 없고 잔잔한 물결도 일지 않는데, 이처럼 의외의 변을 만나 사흘 동안이나 가지 못하고 있으니, 이 일을 어쩌면 좋겠는가?"

배 안에서 한 사람이 말했다.

"이것은 필시 해신海神이 방해하기 때문일 것이니, 지성으로 기도하면 순조롭게 갈 수 있을 것입니다."

상사는 그 말을 옳게 여겨 목욕재계하고 제문祭文을 지어 고하고 제물을 갖추어 제사 지냈다. 그러나 별로 반응이 없었다. 두 번 세 번 연거푸 반복하였지만 역시 배를 출발시킬 수가 없었다.

이렇게 되자 일행 중에는 겁내지 않는 자가 없었다. 상사 또한 걱정했다.

"지성으로 기도해도 이처럼 효과가 없으니 이 일을 어쩌면 좋겠는가?"

그러나 일행은 묵묵부답默默不答이었다. 이때 왕수재가 말했다.

"이는 필시 일행 중에 함께 가지 못할 불결한 사람이 있기 때문에 해신이 방해한 것일 터이니, 그 사람을 가려내서 버리면 반드시 방해되는 일이 없을 것입니다."

상사가 의아해하며 물었다.

"어떻게 그 사람을 알아내어 버리겠는가?"

왕수재가 말했다.

"알 방법이 있습니다. 상사 이하 전원이 모두 상의를 벗어 동정을 쥐고 해신에게, '영신靈神의 밝은 교시教示를 알고자 모든 사람이 상의를 차례로 벗어 이름을 적은 뒤 물에 던질 것이니, 삼가 원하옵건대 갈 수 있는 사람은 옷이 물에 잠겨 보이지 않게 하고 갈 수 없는 사람은 옷이 물에 가라앉지 않게 하여 영험靈驗을 보여주신다면, 마땅히 교시에 따라 거행하겠습니다.'라고 고하면, 징험할 방법이 있을 것 같습니다."

"그 말에 묘리妙理가 있다."

상사가 옳게 여기고, 스스로 상의를 벗어 직접 동정을 쥐고 해신에게 빌며 물에 던지기를 왕수재의 말처럼 하니, 옷이 바로 가라앉아 형체가 보이지 않았다. 뒤이어 차례로 던졌는데 왕수재의 옷만 두둥실 떠서 가라앉지 않았다. 부사副使 이하 전원이 모두 의아하게 생각하고 떠 있는 옷에 돌을 던졌는데, 돌이 옷 위에 올라가 있는데도 끝내 물에 가라앉지 않았다. 그러자 일행은 서로들 말없이 얼굴만 물끄러미 바라보고 하릴없이 왕수재를 쳐다보았다. 상사가 왕수재에게 말했다.

"네 말대로 옷을 던져 시험한 결과 네 옷만이 수면에 둥둥 떠서 끝내 가라앉지 않으니 이 일을 어쩌면 좋겠는가?"

"이 일은 바로 신神이 시킨 것이요 명命이 다한 것인데, 다시 무슨 말을 하겠습니까? 소인이 이 사행을 자청한 것은 황도皇都의 장려壯麗함을 보고 장부의 답답한 회포를 풀려고 했던 것인데, 지금 해신이 이처럼 방해하니 어떻게 감히 강행하겠습니까? 이제 바다에 빠져 죽으려 하오니, 삼가 원하옵건대, 일행은 만리 해로에 평안히 다녀오셔서 왕명王命을 욕되게 마옵소서."

왕수재는 이렇게 대답하고 나서 곧 바다에 뛰어들려고 하였다. 그러자 일행은 탄식하며 그의 몸을 끌어당겨 중지시키고 술과 안주를 권하였다. 여러 사람들은 모두 측은해하며 눈물을 흘렸다. 상사도 눈물을 흘리며 말했다.

"지금 우리 모두가 차라리 왕명을 버리고 함께 물고기 뱃속에 장사 지낼지언정 차마 왕수재만 바다에 뛰어들게 할 수 없다."

왕수재는 완강하였다.

"그렇지 않습니다. 소인 한 사람 때문에 왕명을 창해滄海 속에 버리어 훗날 나라에 걱정을 끼치는 것은 충신忠臣의 일이 아닙니다. 또한 소인 한 사람 때문에 수십 명이 함께 물고기 뱃속에 장사 지내는 것은 인자한 사람의 마음이 아닙니다. 소인은 팔자가 기구하여 위로는 부모가 없고 아래로는 처자가 없으니 죽어도 애석할 것이 없습니다. 다시 딴 마음을 품어 해신이 재차 노하게 하지 마십시오."

이때 일행 중의 한 사람이 말했다.

"왕수재와 함께 파도를 타고 구사일생九死一生으로 여기에 이르렀으니 골육骨肉만큼이나 정情이 깊습니다. 이제 불행한 일로 인하여 이와 같은 부득이한 상황을 맞닥뜨렸으나 그가 바다에 뛰어드는 장면은 차마 보지 못하겠습니다. 제 어리석은 생각으로는, 저쪽에 있는 섬이 그리 멀어 보이지 않으니, 배를 운행해 저 섬에 가서 왕수재를 거기에 내려놓는다면, 절박한 사정이 바다에 투신하는 것보다는 나을 것입니다."

모두들 한마디씩 했다.

"그 말이 좋기는 좋지만 배가 움직이지 않으니 어찌하겠소?"

상사가 말했다.

"그 말이 내 뜻과 꼭 같으니 아무튼 배를 출발시켜 저 섬으로 향하라."

그래서 사공들이 노를 저어 배를 출발시켰다. 그랬더니 배가 쏜살같이 움직여 순식간에 섬에 이르렀다.

왕수재가 일행에게 하직인사를 하고 배에서 내려 뭍으로 올라 갔다. 일행은 모두 눈물을 흘리며 작별하고 곧 돛을 올리고 출발 하였다. 하늘 끝 땅끝이 훤히 드러난 곳에서 거센 바람이 돛을 밀 어 보내니 배가 쏜살같이 달렸다. 일행은 계속 돌아보면서 섬이 점점 멀어짐에 눈물 흘리지 않는 자가 없었다.

이때 수재는 뭍에는 올랐지만 죽는 수밖에 다른 묘책이 없었 다. 그저 허전한 마음으로 사행使行의 배가 점점 멀어져감을 쓸쓸 하게 바라보고 있을 뿐이었으니, 비록 영웅의 무쇠 같은 심장을 가졌다 한들 어찌 창자가 끊어지는 듯한 슬픔이 없을 수 있었겠 는가.

수재가 탄식하며 방황하던 차에 우연히 언덕 위에 대숲이 있고 그 사이에 길의 흔적을 발견했다. 그래서 마음속으로 '이 같은 바 닷속 외딴섬에 웬 길이 있을까?' 하며 매우 이상하게 여겨 그 길을 따라 걸어갔다. 그런데 1리를 채 못 가 대숲이 울창하고 기이한 꽃이 울긋불긋하며 이상한 풀이 무성한 가운데에 몇 칸 초옥草屋

이 있었는데 몹시 정결하였다.

의심도 하고 괴상하게 여기기도 하면서 느릿느릿 걸어가며 어떤 집의 사립문 안을 보았더니, 처녀 하나가 뜰가에서 머뭇거리고 있는 것이었다. 수재는 정신을 집중하고 주목해 보았다. 나이는 열여섯쯤 되어 보였는데 얼굴은 복사꽃 같고 눈은 샛별 같았으며 고운 자태와 얌전한 맵시가 참으로 천상의 선녀요 인간의 처녀가 아니었다.

그 처녀는 수재가 엿보는 것을 알고 몸을 피해 안으로 들어갔다. 수재가 천천히 걸어서 그 집 사랑에 이르렀지만 문 앞에서 손님을 응대하는 아이 하나 없이 너무도 적적하였다. 수재가 토방 위에 걸터앉아 있자니, 조금 후에 노인 하나가 안에서 나왔는데 기상이 헌칠하여 범상한 인물이 아닌 것 같았다.

그 노인은 수재를 보더니 희색喜色이 만면滿面하여 수재에게 말했다.

"수재가 올 줄 이미 알았노라."

수재가 재배하고 나서 물었다.

"선생은 어떻게 소인이 올 줄을 알았습니까?"

"수재가 남경을 못 간 것은 바로 내가 그렇게 만든 것인데, 어찌 그대가 올 것을 모르겠는가?"

수재는 이 말을 듣고 마음속으로 몹시 의아해했는데, 미처 다시 물어보기도 전에 노인은 수재를 내실로 맞아들였다. 좌정한 뒤에 노인이 말했다.

"수재는 멀리서 파도를 건너왔으니 몹시 시장할 것이다."

그리고 곧 선반 위에서 사발을 내려놓아 수재의 앞에 놓고 그 뚜껑을 열었는데 쌀밥이 가득하였다. 노인이 숟갈로 그 밥의 한가운데를 그어 주면서 말했다.

"절반만 먹고 절반은 남겨두어 뜻밖의 일에 대비하라."

수재가 그 말을 따라 먹었는데, 밥이 매우 연하고 달며 맛이 아주 향긋하였다. 다 먹고 나자 노인은 다시 그 사발을 선반 위에 얹어두었다. 저녁밥 때가 되자 노인은 또 그 사발을 가져다가 수재의 앞에 놓고 다시 먹도록 권하였다. 수재가 뚜껑을 열고 보았더니, 아까 먹은 자리에 밥이 다시 가득하였다. 수재는 몹시 기뻐하며 전처럼 다시 먹었다.

어느새 밤이 되어 촛불을 켜고 앉았는데, 노인이 한숨을 쉬며 크게 탄식하였다.

"수재는 잠깐 나의 말을 들어라. 나는 본디 속세의 사람이 아니고 바로 서해 용왕龍王의 아들인데 이 섬에 산 지 이미 천여 년이 지났다. 구름을 타고 하늘에 오를 기간이 몇 년밖에 남지 않았는데 불행하게도 이 섬에 사는 3천 년 묵은 늙은 여우가 나의 굴택窟宅을 빼앗으려고 한다. 5일에 한 번씩 싸움을 하는데, 나는 나이가 많아 그를 대적하기 어렵다. 때문에 수재의 신묘한 활솜씨를 빌려 이 늙은 몸을 돕게 하려 한 것이다. 그래서 수재를 이 궁벽한 땅에 맞아왔지만 도리어 미안한 마음이 복받쳐 나도 모르게 죄스러운 생각이 드는구나."

수재가 자리를 피해 답하였다.

"소인은 속세의 천한 몸이고 선생은 용궁의 귀한 아들이신데, 어떻게 감히 같은 자리에 앉을 수 있겠습니까? 게다가 소인은 본디 재능이 없는데 어떻게 선생께서 청하신 바를 감당할 수 있겠습니까?"

"수재의 신묘한 활솜씨는 오래 전부터 알고 있으니 과히 겸손하지 말라. 모레가 바로 여우와 싸울 날이니, 수재는 한 팔의 수고를 아끼지 말고 나의 위기를 구해주기 바란다."

수재가 대답하였다.

"선생의 말씀이 이와 같은데 어찌 감히 힘을 다하지 않겠습니까? 그러나 활도 없고 화살도 없으니 어찌해야 합니까?"

"이미 굳센 활과 독 묻힌 화살을 준비해둔 지 오래니, 수재는 그것일랑 염려하지 말라. 밤이 깊었으니 피곤할 것 같구나."

그들은 이내 각자 취침하여 동방이 이미 밝은 줄도 모르고 잠이 들었다. 그날 오후에 종고鍾鼓와 관약管籥 소리가 먼 데서부터 점점 가까이 다가왔는데 그 소리가 청아清雅하여 인간의 풍악소리가 아니었다. 수재가 노인에게 물었다.

"이 무슨 풍악소리가 공중에서 납니까?"

노인은 콧날을 찌푸리며 대답하였다.

"이것은 바로 요망한 여우가 하는 짓이야."

"여우는 일개 요물인데 어떻게 이 같은 선악仙樂의 소리를 낼 수 있습니까?"

"요망한 여우는 변화무쌍變化無雙하여 귀신이 되기도 하고 사람이 되기도 하며, 바람을 불러일으키기도 하고 비를 불러 내리기도 하며, 금방 보면 앞에 있다가 어느새 뒤에 가 있기도 하니, 실로 천하의 요물이다. 지금 그 요물이 틀림없이 이곳을 지나갈 것이니, 수재는 장차 볼 수 있을 것이다."

조금 후에 경필警驆(임금이 거동할 때 통행을 금하던 일이나 소리) 소리가 점점 가까워졌다. 수재가 몸을 숨기고 보았더니, 여우는 없고 한 부인이 옥교玉轎 위에서 몸을 젖히고 앉아 있었다. 그 모습을 보니, 화용월태花容月態에 온갖 아름다운 교태를 부려 사람의 눈을 현혹시키고 사람의 마음을 방탕하게 하였다.

그리고 모든 행렬은 마치 임금이 나들이하는 것 같아서 붉게 화장한 시비侍婢가 앞뒤로 옹위하고 깃발들과 창검이 좌우로 나열하였으며, 희게 화장한 미녀들이 피리 불고 북 치며 뒤를 따랐다. 수재가 노인에게 물었다.

"저것이 다 요망한 여우입니까?"

"그렇다네."

"만일 그렇다면 급히 활과 화살을 다 주십시오. 옥교 위의 부인을 쏴 죽이겠습니다."

"안돼, 안돼. 이 같은 때에 쏘면 비록 백 개의 화살을 일제히 쏜다 하더라도 한 손으로 막아낼 것이니 어떻게 할 수 없다네."

"그렇다면 내일 싸움에 비록 소인 같은 자가 열 명이 있다 하더라도 그 화살을 막아낼 수 있다면 어떻게 하겠습니까?"

"내일 나와 싸울 때는 미처 생각이 다른 데 갈 겨를이 없으니, 화살이 날아오는 것도 모를 것이다. 그 기회를 타서 요물의 명치를 겨냥해 쏘면 일이 잘 이루어질 수 있으니, 어쨌든 내일을 기약하기로 하세."

이튿날 과연 요망한 여우가 졸개를 많이 거느리고 와서 도전하니, 노인이 수재에게 요물을 죽여달라고 거듭 부탁을 하고, 해상에 나가서 싸우는데 마치 평지에서 싸우는 것과 같았다. 수재가 활을 당기고 화살을 메겨 여우 부인을 쏘려하였지만 그 고운 용모를 보니 차마 쏠 수가 없었다.

수재는 마음속으로, '저것은 바로 사람이다. 여우가 둔갑했다 하더라도 어찌 사람으로서 사람을 쏴 죽일 수 있겠는가?' 하고 활을 멈추고 쏘지 않았다. 그들은 한바탕 크게 싸우고 각자 파해 돌아갔다. 노인은 수재를 보고 크게 화를 내며 말했다.

"수재가 내 말을 따르지 않고 끝내 활을 쏘지 않은 것은 무슨 심사였느냐?"

"그 형체를 보니 사람이지 여우가 아니었습니다. 그래서 차마 죽이지 못한 것입니다."

"수재가 만약 내 말을 듣지 않을 거라는 생각을 했더라면 어찌 수재를 맞아왔겠느냐? 네가 만일 내 말을 듣지 않는다면 살아서 돌아가지 못할 것이다. 그러나 내가 늦게 딸 하나를 낳아 지금 방년 16세인데 아직 배필配匹을 정하지 못하였으니, 수재가 만일 내 말을 들어 요망한 여우를 쏴 죽여준다면 내 딸을 아내로 삼게 해주겠노라."

수재는 올 때 처녀의 모습을 목격한 후 몹시 흠모하여 마음에 잊지 못하던 중이라, 이 말을 듣자 귀가 번쩍 뜨여 마음속으로 혼자 기뻐하였다. 그러나 용자龍子라는 칭호에 의심되어 꿇어앉아서 대답하였다.

"소인은 속세의 천한 몸이고 아가씨는 용궁의 귀인인데, 어떻게 감히 더불어 배필을 맺을 수 있겠습니까? 또 뭍과 물은 같지 않고 사람과 용이 다르니, 비록 선생께서는 흔쾌히 승낙하실지라도 서로 이르지 못할까 염려됩니다."

"수재는 염려하지 말고 아무튼 나의 걱정거리나 제거하라. 그리하면 내가 반드시 은혜를 갚을 것이다."

그로부터 닷새가 지나 요망한 여우가 다시 도전해왔다. 노인은 굳센 활과 독 묻힌 화살을 수재에게 내어주며 신신당부를 하였다.

요망한 여우와 해상에 나가서 싸움을 벌이자, 구름이 일고 바람이 불며 우레는 우르릉거리고 번개 빛은 번쩍거렸으며, 천지가 캄캄하여 지척을 분별할 수 없었다. 용과 여우가 서로 싸워 엎치락뒤치락 승부가 나지 않을 때에 수재가 정신을 집중하고 활을 당겨 화살을 메운 후 요물이 얼굴을 드러낼 때를 기다려 당겼다. 활줄 소리가 펑하고 나면서 화살이 유성流星처럼 날아가 요물의 얼굴에 명중하였다. 그러자 비명소리에 함께 요물이 물결 위에 쓰러져 죽으니 바로 꼬리 아홉 개 달린 늙은 여우였다. 그 나머지 붉고 희게 화장한 무리들은 여우새끼로 변하여 풍비박산風飛雹散

이 되었다.

이렇게 되자 구름이 걷히고 바람이 멎으니, 천지가 화창하고 수파水波가 일어나지 않았다. 노인은 좋아서 덩실덩실 춤을 추며 돌아와서 수재에게 감사의 말을 하였다.

"이제 수재의 신묘한 활솜씨 덕에 나의 큰 걱정거리를 제거하였으니, 그 덕으로 말하면 산처럼 높고 바다처럼 깊어 보답할 수 없을 정도이다. 내가 비록 나이 많은 늙은이지만 어찌 감히 식언食言을 할 수 있겠는가?"

그리고 곧 수재의 손을 이끌고 내실로 들어가서 그 딸에게 말하였다.

"수재는 나의 은인恩人이니 막중한 사람이다. 너와 백년의 아름다운 짝이 될 만하니, 배필을 맺어 부부의 낙을 이루도록 하라."

말을 마치자마자 바로 문을 열고 나갔다. 방에 있는 여인이야말로 요조숙녀窈窕淑女요 수궁미녀였으니, 푸른 물에 떠 노는 원앙새의 희롱과 양대陽臺에서 어우러진 운우雲雨의 홍취가 과연 어떠했겠는가?

며칠 후에 노인이 수재에게 말했다.

"여기는 진세 사람이 오래 머물 곳이 아니니 자네는 떠나가게."

수재가 답하였다.

"본래 원하던 일입니다. 그러나 창해만리滄海萬里에 배 한 척 얻기 어려운데 장차 어찌할까요?"

"자네는 그것일랑 걱정 말라."

노인은 검은 소 한 마리를 끌고 왔는데 그 빛깔이 칠흑과 같았다. 수재를 소 등에 태우고 그 딸은 수재 앞에 앉힌 후, 수놓은 비단으로 허리를 칭칭 동여매 두 사람이 서로 꼭 껴안게 한 다음 말했다.

"두 눈을 감고 뜨지 말라. 그러면 오로지 바람 소리와 물 소리만 들릴 것인데, 편안히 앉아 움직이지 않으면 저절로 바다를 건너 육지에 도달하게 될 것이다. 육지에 이르러서는 소가 가는 대로 맡겨두고, 소가 멈추는 곳에 이르러 집을 짓고 살면 절로 좋은 방도가 생길 것이다."

수재와 아내가 함께 노인에게 작별인사를 하고 그 말에 따라 소의 등에 앉았다. 과연 바람소리와 물소리가 마치 산이 무너지고 하수가 터지는 듯하므로 매우 두려웠는데, 조금 후에 소리가 그쳤다. 그래서 눈을 뜨고 보았더니, 이미 육지에 이르렀다. 이에 소가 가는 대로 맡기니, 산을 넘고 물을 건너는데 그 걸음이 나는 듯하였다. 그런데 소가 어느 곳으로 가는지는 알 수 없었다. 계속 가다가 송악산松岳山 아래에 이르러서는 소가 눕고 가지 않았다. 수재가 소에서 내리니 소는 곧 몸을 일으켜 떠나 겨우 수십 보를 지나자 갑자기 사라졌다. 그래서 수재는 매우 괴이하게 여겼다.

수재는 재목材木을 모아 소가 누웠던 곳에 집을 지었다. 이후로 수재가 농사를 지으면 백곡이 배倍로 나고, 장사를 하면 그 이익이 배로 남았다. 뜻을 품으면 반드시 이루어지고 일을 꾀하면 반드시 완성되었다. 집이 매우 풍족해져 집을 크게 세우고 노복을 많이 두니, 사람들이 모두 '왕생원댁'이라 칭하였다.

하루는 어떤 도사道士가 갈건葛巾에 야복野服 차림으로 손에는 육환장六環杖을 쥐고 등에는 바랑을 짊어지고서 수재의 앞에 와서 절을 하는 것이었다. 수재가 물었다.

"자네는 어떠한 사람인고?"

"본래 산인山人으로 천성이 산수를 좋아하여 사방을 두루 유람하되 마치 기러기가 남북을 마음대로 날 듯, 뜬 구름이 동서를 마음대로 가듯 이리저리 다니다가 여기에 이르러 주인의 집터를 보니, 바로 천하의 명승지라 1년도 채 안 되어 반드시 성인聖人이 태어나 팔도강산의 주인이 될 것입니다. 원컨대, 주인께서는 잘 보호하고 교육시키며 진중珍重하게 기르십시오. 3년 후에 다시 와서 뵈오리다."

"자네의 말이 실로 위험하다. 삼가 입 밖에 내지 말라. 자네의 성명을 들려주게."

"산인의 이름은 도선道詵인데 바로 중국 석일행釋一行의 제자입니다."

도사는 하직인사를 하고 떠났다. 수재는 이 말을 듣고 내심 기뻐하며 매우 좋아하였다. 이달부터 뜻하지 않게 태기가 있어 열 달이 지나 한 사내아이를 낳았다. 아기는 우뚝한 코에 용의 얼굴이요 좌우 이마가 풍만하고 눈빛이 샛별 같으며, 상서로운 광채가 서며 은은하게 빛나고 기상이 엄숙하였으므로 수재는 마음속으로 몹시 기뻐하였다.

과연 3년 뒤에 도사가 또 와서 수재에게 하례를 하였다.

"주인께서 성인을 낳으셨으므로 크게 축하드립니다. 잘 보호하고 교육시키소서. 필시 이 아이가 뭇 흉적凶賊을 토벌하고 삼한三韓을 통합하며 백성을 도탄에서 건지고 큰 이름을 후세에 드리울 것입니다."

그러면서 재삼再三 치하하고 갔다. 그 뒤에 부인이 또 딸 하나를 낳았다. 이후로 부인은 얼굴이 초췌하고 안색이 야위었으며 제대로 숨을 가누지 못하고 말도 잘 하지 못하였다. 수재가 물었다.

"당신은 무슨 병이 있어서 그처럼 수척하오?"

"저는 본시 용인지라 때때로 형체를 변환하여 지기志氣를 펴야 하는데, 당신을 한번 따른 뒤로는 감히 형체를 변환하지 못했습니다. 때문에 이로 말미암아 병이 나서 죽을 날이 장차 임박하였으므로 마음이 몹시 슬픕니다."

"그것은 어려운 일이 아니오. 내가 보고 싶으니 당신은 변환해 보시오."

"형체를 변환하는 것을 볼 수는 있지만 부부지간에는 보면 안됩니다. 낭군께서 제 병이 낫기를 바라신다면 제 말대로 따라주십시오. 지금부터는 낭군께서 출입하실 때 비복들을 시켜 미리 통지한 뒤에 안에 들어오시면 제 병이 자연 나을 것입니다."

"그게 뭐 어려울 게 있겠소."

수재는 이후부터 한 번 나가고 한 번 들어가는 것을 모두 부인의 말에 따라 비복들을 시켜서 먼저 통지한 뒤에 하였다. 그래서 부인은 마음대로 변환하여 병세가 점점 나아졌다.

그런데 하루는 수재가 긴급한 일로 부인의 말을 망각한 채 미리 통지하지 않고 종종걸음으로 안으로 들어갔는데, 이때 부인이 뜰가의 우물 안에서 변환하는 술법을 써서 막 황룡黃龍으로 변한 뒤라, 머리는 구름 낀 하늘에 서 있고 꼬리는 우물 안에 박혀 있었다.

그 길이는 백여 길 정도요 그 굵기는 10여 아름이나 되었고, 이마 아래의 진주는 크기가 항아리만 하고 등 위의 갈기는 그 모양이 키 같았으며, 번지르르한 광택은 누렇기도 하고 희기도 하며, 냉기가 사람을 엄습하고 비린내가 코를 찔렀다.

수재는 그 형상을 목격하고 황급히 물러나와서 가만히 생각하니, 다시는 부부간에 화합할 마음이 없어지고 자연히 금실이 소원해지는 느낌이 들게 되었다. 수심에 잠겨 있을 때에 부인이 비복을 시켜 수재를 불렀다. 수재가 안에 들어갔더니 부인이 옅은 화장에 소복을 입고 난간에 의지해 앉아 있는데, 전일의 모습과는 조금도 다름이 없었으나, 다만 수심이 얼굴에 가득할 뿐이었다. 부인은 수재에게 말했다.

"옛말에, '군자의 도리는 부부에게서 시작된다.' 하였습니다. 그렇다면 비록 부부 사이가 아무리 가깝다고는 해도 예의와 신의가 없어서는 안 된다는 것이 분명합니다. 그런데 지금 낭군께서 까닭 없이 중문 안에 들어오셨으니 이는 예의가 없는 것이고, 비복을 시켜 미리 통지하지 않으셨으니 이는 신의가 없는 것입니다. 이로

써 이미 '부부에게서 시작된다.'는 도리를 잃었습니다.

낭군께서 제가 변환한 형체를 보시고는, 마음속으로 겁먹고 정이 이미 소원해졌을 테니 전일의 즐거운 정을 계속하기 어렵습니다. 그러니 저는 떠나가겠습니다. 다행히 아들과 딸을 두었으니 마땅히 다 데리고 가야 하겠지만 인정에 끌린 까닭에 아들은 낭군에게 맡기겠으니, 낭군께서 잘 길러서 교육시키면 나라를 세울 인재가 될 수 있을 것입니다.

한 가지 아쉬운 것이 있으니, 제가 만일 3년만 더 낭군과 생활하였다면 틀림없이 성자聖子를 낳아 중원을 차지하여 삼대三代의 정치를 이룩할 수 있었을 것입니다. 그러나 낭군의 신의 없는 행동 때문에 그 결과를 보지 못하였으니 더욱 한스럽습니다. 그러나 이 또한 천명天命이지 인력人力으로 된 것이 아닙니다."

"비록 과실은 저질렀지만 부부지간에 어찌 이처럼 과격할 필요가 있겠습니까? 홀쩍 떠나가지 말아주오."

"제 마음이 이미 확고한 데다 상황도 마치 활시위를 떠난 화살과 같으니, 비록 수만 마디 말씀을 하시더라도 돌이키기 어렵습니다."

부인은 말을 마치고 그 아들의 등을 어루만지며 눈물을 흘리면서 작별하고 나서 그 딸을 끼고 뜰 가운데 서서 바람을 부르고 비를 부르니, 검은 구름이 사방에서 일어나고 비바람이 크게 일어나며 우레 소리가 우르릉거리고 번개 빛이 번쩍거렸다. 그러자 부인은 황룡으로 변환하여 구름을 타고 하늘로 올라갔다.

수재는 부인을 잃고 자신의 행동이 불민不敏했음을 탄식하며,

항상 구름 속을 바라보고 밤낮으로 눈물을 떨어뜨리며 길이 한탄할 뿐이었다.

수재는 아들을 사랑으로 길렀고, 장성하자 이름을 '건建'이라 불렀다. 건은 태어나면서부터 아는 것이 많았다. 지혜는 관중管仲(춘추시대 제齊나라의 재상)과 제갈량諸葛亮(삼국시대 촉한蜀漢의 정치가 겸 전략가) 같고 변론은 소진蘇秦(전국시대 대표적인 유세가)과 장의張儀(전국시대 위魏나라의 모사가) 같았으며, 스승 없이도 반고班固(후한後漢 초의 역사가, ≪한서漢書≫의 저자)와 사마천司馬遷(전한前漢의 역사가, ≪사기史記≫의 저자)의 문장을 이해하고, 배우지 않고도 손빈孫臏(제齊나라의 병법가)과 오기吳起(위衛나라의 병법가)의 병법을 알았다.

그래서 3척검尺劍을 휴대하고 병사 5백을 거느리고서 남쪽 북쪽을 정벌하여 삼한을 통합하고 송악산 아래에 나라를 세워 국호를 '고려'라 하고 드디어 고려 태조가 되었는데, 성자신손聖子神孫이 계승하여 나라를 5백 년간 누렸다. 이 때문에 후인들이 왕씨를 '용의 자손'이라 칭하는 데에는 반드시 까닭이 있었던 것이다.

≪고소설古小說≫

27. 용녀龍女와 이의남李義男

이의남李義男은 철산鐵山 관아의 젊은 종이었다. 본관사또를 따라 상경하였는데, 때는 마침 화창한 봄날이었다. 우연히 강교江郊에서 놀다가 용산龍山에 이르러, 높은 곳에 올라가 경치를 구경하던 중 피곤해서 앉은 채로 잠이 들게 되었다.

꿈에 한 노인이 편지봉투를 가지고 와서 건네주며 말하였다.

"내가 오랫동안 떠나와서 집안소식이 궁금하니, 나를 위해 이 편지를 우리 집에 전해다오."

"할아버지 댁이 어디 있습니까?"

"내 집은 백각산白角山 아래 큰 연못 속에 있는데, 연못가에 가서 세 번 유철兪鐵을 부르면 사람이 물속에서 나올 것이니, 이 편지를 전해다오."

의남이 승낙하고 꿈에서 깨어보니, 봉함된 편지 하나가 곁에 있는 것이 아닌가. 매우 이상히 여기고 그 편지를 주머니 속에 넣어가지고 돌아왔다.

본관사또를 모시고 관아로 돌아오자마자 곧장 꿈속에서 노인이 일러준 백각산 아래의 연못가로 가서 유철을 세 번 불렀더니, 갑자기 연못물이 끓어오르더니만 사람이 물속에서 나와 묻는 것이었다.

"당신은 누구인데 무엇 때문에 나를 부르시오?"

의남이 오게 된 동기를 말하고 또 편지를 전해주자 그 사람이,

"조금 머물러 결과를 기다리시오."

하고는 곧 몸을 번쩍 들어 물속으로 들어갔다가 잠시 후에 다시 나와서 말하였다.

"수부水府에서 부르니 들어갑시다."

"내가 어떻게 물속에 들어갈 수 있겠습니까?"

"눈을 감고 내 등에 업히시오. 잠시면 갈 수 있습니다."

의남은 그 말대로 하였다. 그러자 연못 가운데가 갈라져 길이 열려 옷이 젖지 않았으며, 두 귀에 다만 바람소리와 물소리만이 들릴 뿐이었다. 이윽고 언덕에 당도하니, 그 사람은 의남을 등에서 내려놓으며 눈을 뜨게 하였다.

하얀 모래가 깔린 언덕 위에 붉은 대문이 우뚝 서 있었는데, 대문 밖에서 잠시 기다리게 하고, 그 사람이 먼저 들어가서 통보하고 다시 나와 길을 인도하였다. 몇 겹의 대문을 거쳐 창문과 기둥이 모두 구슬로 장식되어 눈이 부실 만큼 화려한 전각에 다다랐다. 전각 위에 있던 여러 시녀들이 아름다운 한 미인을 받들고 나와 맞이하였는데, 미인이 말했다.

"아버지께서 집을 떠나신 지 이미 오래되어 소식을 듣지 못하다가 지금 편히 계신다는 소식을 전해주시니, 이 얼마나 감사하고 다행한 일인지 모르겠습니다. 아버지가 서신으로 저에게 군자를 받들어 모시고 삼생三生의 인연을 맺으라고 하셨습니다. 그런데

저는 바로 용의 딸이옵니다. 만일 사람이 아니라 하여 혐의嫌疑스럽게 여기지 않으신다면 더없는 은혜로 생각하겠사온대, 군자의 생각은 어떠하온지요?"

의남은 그녀의 아름다운 용모를 보고 마음이 끌려 갑자기 웃으면서 답하였다.

"육지에 사는 천한 사람이 이와 같은 환대歡待를 받으니 이보다 영광스러울 수가 없지요, 어찌 혐의스러움이 있겠습니까?"

의남은 드디어 그곳에 머물러 용녀와 동침하였다. 자리의 화려함과 음식의 진귀함을 이루 다 형언할 수 없으며, 운우雲雨의 낙도 인간과 다를 것이 없었다. 의남이 며칠을 묵고 돌아가기를 청하자, 용녀가 말했다.

"왜 갑자기 가시려 합니까?"

"나는 관아에 매인 몸인데, 여러 날을 떠나와 있으니 죄를 받을까 두렵소."

"당신이 사또 앞에서 입는 복색은 어떤 것입니까?"

의남이 복색의 생김새를 말하자, 용녀는 곧 상자에서 귀한 비단을 꺼내서 옷을 지어 입히고 나서 부탁하였다.

"후일에 생각이 나거든 수시로 들어오십시오."

그리고는 유철을 불러 올 때처럼 업고 나가게 하였다.

본관사또는 젊은 종이 오래도록 돌아오지 않자, 그 아버지를 가두어 의남의 행방을 추궁하였다.

이때 의남이 관아에 들어가 사또를 뵈니, 사또는 그가 입은 화려하고 기이한 옷이 인간이 만든 것이 아님을 알아채고 그를 가까이 오게 하여 물었다.

"너는 그동안 어디에 갔었느냐? 입은 옷이 이상한데 그 옷은 어디에서 났느냐?"

의남은 감히 숨기지 못하고 낱낱이 실토하였다.

사또는 크게 기이하게 여기고 다시 말하였다.

"그는 비록 용녀이나 이미 너와 교제를 하였으니 인간이 되는 셈이다. 내가 그의 얼굴을 한번 보고 싶은데, 너는 내가 볼 수 있게 주선해주겠느냐?"

"아내와 상의해보겠습니다."

의남은 대답하고 곧 연못가로 가서 유철을 부르니, 유철이 나와서 전처럼 등에 업고 들어갔다. 의남은 용녀를 보고 사또의 뜻을 전달하였다. 용녀는 처음에는 매우 난처한 기색을 보였지만 결국은 허락하고, 아무 날 물가에서 서로 만날 것을 약속하였다. 의남이 돌아와 사또에게 보고하자 사또는 크게 기뻐하였다.

사또 일행은 약속된 날 연못가에 장막을 크게 설치해둔 다음 위세를 떨치며 그곳까지 갔다. 고을에서 구경 온 사람들이 산과 들에 가득 차 있었다.

의남이 전처럼 들어가 용녀를 보고 나가기를 청하자, 용녀는 사또에게 고하도록 하였다.

"평복을 입으리까? 군복을 입으리까?"

사또는 미녀가 군복을 입으면 더욱 아름다우리라 생각하고 군복을 입고 보도록 청하였다. 의남이 다시 돌아와 이렇게 대답해주사, 용녀는 한참 동안 웅얼거리며 생각에 잠기다가 말하였다.

"사또의 분부를 어찌 감히 어기겠습니까?"

그리고는 조금 후에 바람이 일고 물이 치솟더니 연못의 가운데가 갈라졌다. 여러 사람들은 모두 주목하고 절세미색을 보게 될 것이라고 생각하였는데, 갑자기 물속에서 뿔이 솟아오르더니 곧 한 마리의 황룡이 물 위로 몇 자쯤 나와서 두 눈을 번쩍거리는 것이었다.

비늘은 황금빛을 띠고 핏빛처럼 붉은 혀에 불빛 같은 갈기를 가졌는데, 구름과 안개를 토해냈다. 그 모습을 보고 언덕 위에서 구경하던 사람들은 크게 놀라 앞을 다투어 도망갔다. 용은 곧 스르르 물속으로 들어가버리고 사또도 허망하게 돌아갔다.

작자미상 〈청룡도青龍圖〉

때는 6월이라, 가뭄이 너무 심하였다. 기우제祈雨祭를 누차 지냈으나 효험이 없자 사또가 의남에게 말했다.

"너는 가서 용녀에게 비를 오게 해달라고 청할 수 있겠느냐?"

"감히 분부대로 하지 않을 수 있겠습니까?"

의남은 대답하고 용녀에게 가서 그 사정을 말하였다. 그러자 용녀는 크게 난처해하면서 말했다.

"용이 비록 비를 내리게는 할 수 있으나, 상제上帝의 명령 없이 감히 마음대로 못합니다."

그렇지만 의남이 백성들의 갈망과 사또의 성의를 가지고 누누이 간청하자, 용녀는 오랫동안 생각하다가 허락하고 나서 자그마한 병 하나와 버드나무 가지 하나를 가지고 나갔다. 의남이 그 광경을 구경하고 싶어 함께 가기를 청하였지만 용녀는 거절하였다.

"당신은 보통 사람이라 구름을 탈 수 없습니다."

그러나 의남이 꼭 따라가겠다고 우기자, 용녀는 할 수 없이 허락하였다.

"정 그렇다면 내 겨드랑 밑에 붙어 있는 갈기를 꼭 붙잡고 절대 놓지 마십시오."

용녀는 드디어 의남을 끼고 공중으로 올라가 구름을 일으키고 우레 소리를 내며 버들가지로 병 속의 물을 적셔서 세 방울을 뿌렸다.

의남이 물을 뿌린 곳을 내려다보니 바로 철산 지방이었는데, 전답들이 모조리 말라 터졌다. 한 움큼 물을 떨어뜨려도 족히 해갈할 수 없을 것 같았다. 그래서 몰래 그 병을 기울여 전부 다 쏟아버렸다. 그러자 용녀는 크게 놀라며 당황해하는 것이었다.

"큰 화가 닥칠 것이니 속히 내려가야 하겠소."

의남이 그 까닭을 묻자 용녀가 말했다.

"병에 담긴 물 한 방울이 인간 세상에 내려가면 한 치의 비가
되니, 지금 세 방울만으로도 가뭄을 충분히 구제할 수 있는데, 병
에 들어 있는 물을 모조리 쏟았으니, 필시 산이 잠기는 재앙이 일
어날 것입니다. 저는 이미 하늘의 노여움을 사, 천벌을 피할 길이
없습니다. 당신은 곧바로 이곳을 빠져나가 함께 타죽는 화를 면하
십시오. 그리고 내일 백각산 아래에 가서 나의 뼈를 거두어 묻어
주시고 부디 옛정을 잊지 말아주십시오."

의남은 부득이 돌아와 경내를 보았는데, 그동안 물난리를 겪어
아득한 자갈밭이 끝없이 펼쳐져 있었다. 사람들에게 그 까닭을 물
으니, 모두들 한결같이 대답하였다.

"지난밤 3경에 폭우가 퍼부어 삽시간에 평지의 수심이 한 길
남짓이나 되었다오."

의남은 크게 후회하고 이튿날 백각산 아래에 가보았더니, 과
연 용의 뼈가 떨어져 있었다. 그래서 적삼으로 싸서 나무 궤에
담아 산위에 묻은 뒤 한바탕 통곡하고 돌아왔다.

《동야휘집東野彙輯》

28. 물고기가 전해준 사랑의 편지

강릉에 사는 서생書生 하나가 명주溟州로 공부하러 갔을 때이다.
예쁜 양가의 규수를 보고 시詩로 꾀어내려 했으나 그녀가 말했다.

"여자는 망령되이 함부로 다른 사람을 따르지 않는 법입니다.
서생께서 과거에 합격한 뒤에
부모님들의 승낙이 있으면 일
이 잘될 것입니다."

이 말을 듣고 서생은 서울로
와서 과거 공부를 열심히 하고
있었는데 그녀의 집에서는 다
른 사람을 사위로 맞이하려고
하였다.

그녀는 평소 연못에 물고기
를 길렀는데, 물고기는 그녀의
기침 소리만 들어도 달려와서 먹
이를 먹을 정도로 친숙하였다.

이때 마음을 졸이던 그녀는
물고기에게 먹이를 주면서 말
했다.

심사정沈師正 〈어약영일魚躍迎日〉

"내가 너희를 길러온 지 이미 오래니, 너희는 내 뜻을 잘 알 것이다."

그러고 나서 비단 조각에 쓴 편지를 연못에 던지자, 큰 물고기한 마리가 뛰어나와서 그 편지를 물고는 어디론가 유유히 헤엄쳐갔다.

서울에 있는 서생이 하루는 부모를 위해 반찬을 장만하려고 시장에서 생선을 사 가지고 와서, 배를 가르다가 비단조각에 쓰여있는 편지를 발견하고 깜짝 놀랐다.

서생은 그 편지를 가지고 부모와 함께 서둘러 그녀의 집에 갔더니, 사위 될 사람이 벌써 그녀의 대문에 와 있었다. 그래서 서생이 물고기 뱃속에서 나온 이 편지를 그녀의 부모에게 보여주었는데, 그녀의 부모는 신기하게 여기며 말했다.

"이것은 정성에 감화한 소치所致요, 인력으로 할 수 있는 일이아니다."

이에 그 부모는 이미 와 있던 사윗감을 돌려보내고 이 서생을사위로 맞아들였다.

≪계산담수鷄山談藪≫

부 록

출전해설

❏ ≪계산담수鷄山談藪≫

송내희宋來熙(1791~1867)가 편찬한 잡록집이다. 여기에 수록된 내용은 인물·지역·행정에 대한 이야기부터 임진왜란 관련 기사, 우리말과 중국어의 비교·몽고어와 만주어 해석, 전제田制의 문제 등에 이르기까지 다양한 문제를 다루고 있다. 주요 이본으로는 영남대본·미국 UC버클리대본이 있다.

❏ ≪계서야담溪西野談≫

이희평李羲平(1722~1839)이 편찬한 문헌설화집文獻說話集으로 ≪청구야담靑邱野談≫·≪동야휘집東野彙輯≫과 더불어 3대 설화집으로 지칭한다. 편찬 연대는 1833~1839년 사이로 추정된다. 주요 이본으로는 서울대 규장각奎章閣본·고려대高麗大본·성균관대成均館大본·보성고普城高본·정명기鄭明基 소장본·일본 천리대天理大본이 있다.

❏ ≪계서잡록溪西雜錄≫

조선 후기 이희평李羲平(1772~1839)이 편찬한 문헌설화집으로, ≪계서야담溪西野談≫의 모체로 여겨진다. 이전에는 아우인 이희준李羲

準(1775~1842)의 저술이라는 설이 있었으나, 이희평이 지은 것이 확실시된다. 편찬 연대는 성균관대본에 있는 심능숙沈能淑의 서문이 순조純祖 33년(1833)에 작성된 점을 미루어 볼 때 이희평이 죽은 1839년 사이에 편찬되었을 것으로 추정된다. 내용상 ≪동패낙송東稗洛誦≫을 모범으로 삼은 것으로 보이며, 이후에 편찬된 ≪계서야담溪西野談≫·≪선언편選諺篇≫·≪기문총화記聞叢話≫·≪청구야담靑邱野談≫·≪해동야서海東野書≫·≪동야휘집東野彙輯≫ 등의 후대 야담집에 영향을 준 중요한 야담집으로 평가된다. 주요 이본으로는 고려대본·성균관대본·일몽본군一夢本群·장서각본군藏書閣本群·미국 하버드대본·UC버클리대본이 있다.

❏ ≪계압만록溪鴨漫錄≫

조선 말기에 편찬된 편저자 미상의 문헌설화집이다. 편찬연대는 수록내용을 통해볼 때 1884년에서 1892년으로 추정된다. 내용상 ≪어우야담於于野譚≫·≪천예록天倪錄≫·≪동패낙송東稗洛誦≫·≪계서야담溪西野談≫을 모범으로 한 것으로 보인다. 여기에 수록된 작품은 일화와 야사가 주를 이루고 있으며, 일부 저작자의 견해도 포함되어 있다. 현재 한문 필사본인 서울대 규장각본이 전한다.

❏ ≪고소설古小說≫

편저자와 연대가 미상인 문헌설화집이다. 〈최원정화풍남태설崔猿亭畫諷南台說〉·〈왕수재취득용녀설王秀才取得龍女說〉·〈이진사자지

취삼계설李進士耆智就三計說〉 세 편의 한문단편이 수록되어 있다. 현재 한문필사본인 단국대본이 전한다.

❏ ≪기문습유紀聞拾遺≫

편저자와 연대가 미상인 문헌설화집이다. 주요 이본으로는 일본 동경대 아천阿川문고본이 있다. 1990년 한국 국립중앙도서관에서는 ≪기문습유≫의 이본을 조사하여 영인본을 제작하였다.

❏ ≪기문총화記聞叢話≫

편저자와 연대가 미상인 문헌설화집이다. ≪기문총화≫에는 조선 후기 설화집 중에서 가장 방대한 양의 자료가 수록되어 있다. 수록된 순서·내용체제 면에서 ≪계서야담溪西野談≫과 매우 흡사하나, ≪계서야담≫의 편저자인 이희평과 관련된 이야기만이 제외되어 있다. ≪기문총화≫에는 다른 야담집에 있지 않은 자료들이 많아 ≪청구야담靑邱野談≫·≪계서야담≫·≪동야휘집東野彙輯≫과 함께 중요한 야담집으로 평가된다. 주요 이본은 연세대본·국립중앙도서관본·서울대 규장각본·정명기 소장본·일본 천리대본·동양문고東洋文庫본·학습원學習院본·미국 UC버클리대학본이 있다.

❏ ≪담정총서薄庭叢書≫

김려金鑢(1766~1822)가 자신의 글과 주위 문인들의 글을 수록하여, 34권 17책으로 편집한 문집이다. 김려의 ≪담정총서≫는 그의 사손嗣孫인 고령현감高靈縣監 김겸수金謙秀가 김려의 작품만을 뽑아 ≪담정유고薄庭遺藁≫ 11권 5책으로 간행하였고, 이후 종손從孫 김기수金綺秀가 〈보유집補遺集〉 1권을 더해 총 12권 6책으로 다시 간행했다. ≪담정유고≫의 주요 이본으로는 서울대 규장각본·고려대본·단국대본·국회도서관본·조선대본·충남대본·미국 컬럼비아대본이 있다.

❑ ≪동상기찬東廂記簒≫

백두용白斗鏞(1872~?)이 문양산인汶陽散人(?~?)의 희곡인 ≪동상기東廂記≫에 전대 문헌 80여 편의 이야기를 더하여 1918년에 편찬한 문헌설화집으로 한문에 토를 붙여 간행한 것이 특징이다. ≪동상기≫는 현재 1791년 이옥李鈺(1760~1815)이 저술한 희곡작품이자, 현전하는 우리나라 최고最古의 한문 희곡으로 추정하고 있다. 일제강점기에 간행된 활자인쇄본이 전한다.

❑ ≪동야휘집東野彙集≫

1869년 이원명李源命(1807~1887)이 편찬한 문헌설화집이다. ≪동야휘집≫은 ≪청구야담靑邱野談≫·≪계서야담溪西野談≫과 더불어 3대 야담집으로 지칭된다. 내용상 ≪어우야담於于野譚≫·≪기문총화記聞叢話≫ 등을 모범으로 삼고, 민간에서 채록한 것을 더한 것으로 보인다. 등장인물의 신분을 기준으로 13개 대항목을 설정하고, 제재를 기준으로 84개 소항목으로 분류한 것이 특징이다. 이는 현재까지 알려진 한국 최고最古의 설화 분류법으로 평가된다. 주요 이본으로는 서울대본·연세대본·성균관대본·숙명여대본·국립중앙도서관본·김상기金庠基 소장본·김일근金一根 소장본·일본 대판大阪시립도서관본이 있다.

❑ ≪동패낙송東稗洛誦≫

조선 후기 노명흠盧命欽(1713~1775)이 편찬한 문헌설화집이다. 편찬 연대는 1773년에서 1789년 사이로 추정된다. ≪동패집東稗集≫과 제목과 성격이 유사하나, 수록된 이야기와 체제가 일치하지 않아서, ≪동패집≫을 이본으로 보지 않는 견해가 지배적이다. 내용상 ≪청구야담靑邱野談≫·≪동야휘집東野彙輯≫을 모범으로 삼은 것으로 보인다. 그러나 문장 구성과 표현이 탁월하여, 이전 설화집들이 이야기를 단순 전재하기만 했던 것과는 대비된다. 주요 이본으로는 연세대본·이화여대본·임형택林熒澤 소장본·일본 천리대본·동양문고본이 있다.

❑ ≪선언편選諺篇≫

조선 말기 편저자 미상의 문헌설화집이다. 내용상 한산 이씨韓山李氏들의 일화가 많이 들어있고, 자신의 집안일에 대해 기록하는 방식을 취하고 있어, 한산 이씨 집안 인물이 편찬한 것으로 추정된다. 글 속에서 '조중회趙重晦'와 '정묘正廟'를 언급한 것으로 보아, 19세기 이후 편찬된 것으로 보인다. 수록된 자료의 내용과 편차編次가 대부분 ≪계서야담溪西野談≫과 유사하여 ≪계서야담≫을 모범으로 삼은 것으로 보인다. 주요 이본으로는 서울대 규장각본 · 한국학중앙연구원 장서각본이 있다.

□ ≪어우야담於于野談≫

조선후기 유몽인柳夢寅(1559~1623)이 편찬한 문헌설화집이다. 내용상 유몽인이 살던 시대의 인물이나 사건을 주로 다루었으며, 다양한 제재로 되어 있다. 조선 후기에 야담류가 성행하게 되는데 지대한 영향을 준 것으로 평가된다. 주요 이본으로는 서울대 규장각본 · 서울대 고도서본 · 국립중앙도서관본 · 영남대본 · 시화총림詩話叢林본 · 만종재萬宗齋본 · 낙선재樂善齋본 · 미국 UC버클리대본이 있다. 이 중 한글번역본인 낙선재본과 한문인쇄본인 만종재본을 제외한 나머지 대부분은 한문필사본이다. 만종재본은 1964년 유몽인의 방계傍系인 유제한柳濟漢(?~?)이 재편집한 것으로, 이본 중 가장 많은 522편이 실려 있다.

□ ≪천예록天倪錄≫

조선 후기에 임방任埅(1640~1724)이 편찬한 문헌설화집이다. 내용상 비현실적이며 환상적인 이야기를 다루고 있으나, 시대 현실을 어느 정도 반영하고 있다. ≪동패낙송東稗洛誦≫ · ≪동야휘집東野彙輯≫ · ≪이향견문록里鄕見聞錄≫ 등의 후대 문헌들에 영향을 주었다. 이 책은 '여余'라는 1인칭 시점으로 서술된 점과, 전기류傳奇類 이야기와 소설에 근접한 자료들이 상당하다는 점 때문에 전기소설과의 영향관계를 연구하는데 귀중한 자료로 평가된다. 주요 이본으로는 김영복 소장본·최민열 소장본·정명기 소장본·유재건 소장본·일본 천리대본·동양문고본·미국 UC버클리대본이 있다.

❑ ≪청구야담靑邱野談≫

조선 후기 편저자 미상의 문헌설화집이다. ≪계서야담溪西野談≫·≪동야휘집東野彙輯≫과 더불어 3대 설화집으로 지칭한다. 편찬 연대는 ≪계서야담≫과 ≪동야휘집≫의 사이인 19세기 중엽에 나온 것으로 추정된다. 내용상 ≪학산한언鶴山閑言≫·≪계서야담溪西野談≫·≪기리총화綺里叢話≫를 모범으로 삼은 것으로 보인다. 주요 이본으로는 서울대 규장각본·서울대 고도서본·국립중앙도서관본·일본 동양문고본·미국 UC버클리대본이 있다. 이중 규장각본은 유일하게 한글본으로 262편이 실려 있다.

❑ ≪청야담수靑野談藪≫

편저자와 연대가 미상인 문헌설화집이다. 원문은 한문으로 토는 국문으로 된 필사본이다. 현토본의 형태를 토대로 편찬 연대를 19세기 말에서 20세기 초로 추정하고 있다. 내용상 ≪동야휘집東野彙輯≫·≪동패집東稗集≫·≪동패낙송東稗洛誦≫·≪파수록罷睡

錄≫·≪학산학언鶴山閑言≫·≪이순록二旬錄≫·≪계서잡록溪西雜
錄≫·≪기문총화記聞叢話≫ 등을 모범으로 삼고, 간혹 독창적인
이야기도 서술한 것으로 보인다. 현재 서울대 규장각본이 남아
있다.

❏ ≪한거잡록閑居雜錄≫

조선 말기 학자인 신재철愼在哲(1803~1873)의 문집 ≪송암유고松
菴遺稿≫에 들어 있는 잡록雜錄이다. ≪한거잡록≫에는 보고 들은
것에 대한 내용이 수록되어 있다. 한편 ≪송암유고≫는 손자 신종
봉愼宗鳳이 편집한 것을, 1963년 증손 신문성愼文晟이 간행하였으
며, 현재 연세대본이 전한다.

❏ ≪해동야서海東野書≫

조선 후기 편저자 미상의 문헌설화집이다. 편찬 연대는 책에
기재된 '갑자유월일취월필서甲子流月日取月畢書'를 근거로, 1864년
(갑자년甲子年)에 필사된 것으로 추정하고 있다. 내용상 ≪청구야
담靑邱野談≫를 모범으로 삼은 것으로 보이며, 현재 한국학중앙연
구원 장서각본이 남아 있다.